मशहूर हुए तो क्या हुआ?

मशहूर हुए तो क्या हुआ?

सोहा अली खान

प्रभात प्रकाशन

प्रकाशक

प्रभात प्रकाशन प्रा. लि.

4/19 आसफ अली रोड, नई दिल्ली–110002

फोन : 23289777 • हेल्पलाइन नं. : 7827007777

इ–मेल : prabhatbooks@gmail.com ❖ वेब ठिकाना : www.prabhatbooks.com

संस्करण

2025

अनुवाद

रामेंद्र सिन्हा

पेपरबैक मूल्य

चार सौ पचास रुपए

मुद्रक

आर–टेक ऑफसेट प्रिंटर्स, दिल्ली

★

MASHHOOR HUE TO KYA HUA?

by Smt. Soha Ali Khan

(Hindi translation of

'THE PERILS OF BEING MODERATELY FAMOUS')

Published by **PRABHAT PRAKASHAN PVT. LTD.**

4/19 Asaf Ali Road, New Delhi-110002

by arrangement with Penguin Random House India (P) Ltd.

ISBN 978-93-5322-162-1

₹450.00 (PB)

अपनी बिटिया

इनाया

को

भूमिका

यदि आपने यह पुस्तक करीना के दमकते रंग-रूप के पीछे छिपे राज या भाई का वाकई क्या मतलब था, जब वह भाई-भतीजावाद अथवा सुजनन विज्ञान में अंतर के बारे में बात कर रहे थे, को जानने की उम्मीद में खरीदी/उधार ली/दुकान से चुराई तो दुर्भाग्यवश, यह पुस्तक आपके लिए नहीं है।

हालाँकि आगामी पृष्ठों में मेरे परिवार के अधिक प्रसिद्ध सदस्यों की विशिष्टताओं का क्षणिक संदर्भ है जिसका बड़ा हिस्सा, मैं सशंकित हूँ, मेरे बारे में ही है।

सिर्फ मैं।

क्या मेरा जीवन वाकई लिखने लायक है, या साफ कहूँ तो आप द्वारा खरीदकर पढ़ने लायक है? ठीक है, अच्छी खबर यह है कि आप फिल्म के लिए इंतजार नहीं करना चाहते थे।

इस मामले की सच्चाई यह है कि मेरे पास कुछ वक्त था। जब तक यह पुस्तक प्रकाशित होगी, मैं उनतालीस की हो जाऊँगी, सिवाय इसके कि पुस्तकें मेरी कुछ मूवीज के जैसी और पर्वतीय सालामैंडर्स के गर्भाधानकाल (48 माह) से भी अधिक उत्पादन अवधि न ले लें। देखिए, आपने कुछ तो पहले से सीखा ही है, भले ही संदिग्ध व्यावहारिक प्रासंगिकता की बात हो, जब तक आप सरीसृप विज्ञान पर एक सम्मेलन में चूक न जाएँ।

लेकिन मैं विषय से हटती हूँ। एक अभिनेत्री के रूप में जिसने फिल्मोद्योग में बारह वर्ष से अधिक गुजारा हो और जो, जैसा कि मैंने पहले कहा कि अपने

तीसवें साल में गलत किनारे पर है। फिल्मों में उसकी संतोषजनक भूमिकाएँ उसी तरह दुर्लभ हैं, जैसे मानसून के दौरान एक गड्ढामुक्त मुंबई राजमार्ग। देखिए, व्यावसायिक फिल्मों में एक स्त्री के रूप में आप या तो नायक की प्रेयसी या नायक की माँ की भूमिका निभा सकती हैं और इसके लिए आपका तीस के नीचे अथवा पचास के ऊपर का होना आवश्यक है।

तो, उनतालीस की उम्र में एक अभिनेत्री क्या करे? एक फिल्म निर्माता बन जाए, एक आभूषण डिजाइनिंग व्यवसाय स्थापित करे, आंतरिक सज्जाकार बन जाए। पारिवारिक जीवन प्रारंभ करे। फैशन की लाइन पकड़े, पुस्तक लिखे।

मेरे मित्र आपको बताएँगे कि मैं ढंग से तैयार होती हूँ और मुझे स्टाइल का गहरा बोध है, किंतु मेरे घनिष्ठ मित्र आपको बताएँगे कि वस्त्र पहनने को मैं एक चुनौतीपूर्ण अनुभव के रूप में पाती हूँ। मैं एक परिधान चुन सकती हूँ, लेकिन मैं यह स्वीकार करूँगी कि मैचिंगवाले जूते, बैग, आभूषण, लिपस्टिक, नेल पॉलिश और एक प्रशंसनीय हेयर-स्टाइल का चुनाव मेरे वश का नहीं। मैं एक गुप्त पहेली कम समय में हल कर लूँगी, बनिस्बत कि एक ताम-झामवाले कार्यक्रम के लिए तैयार होना। यही बात आंतरिक सज्जाकारी या आभूषण डिजाइनिंग के लिए भी लागू होती है। इस तरह आनेवाले दशक में स्व-रोजगार के अधिकतर विकल्पों से मैं स्वयं बाहर हो जाती हूँ। जहाँ तक पहला विकल्प—एक फिल्मोद्योग कंपनी खोलने का है, कुणाल और मैंने पहले ही ऐसा कर लिया है; जिसका नाम 'रेनेगेड फिल्म्स' है और इसके बैनर तले हम कुछ रोमांचक सामग्री के निर्माण की उम्मीद करते हैं, लेकिन इसमें समय लगेगा। इसीलिए मैंने जैसा कि पहले कहा कि मेरे हाथों में कुछ वक्त है।

पारिवारिक जीवन प्रारंभ करना—हुँह, अब यह पेचीदा है। कौन पहले आता है—मुरगी या अंडा? घोंसला निर्माण या बच्चा? क्योंकि मैं अभी इसे सही नहीं समझती, वह माँ बनने की चाह। एक दिन मैं अपने प्रसूति विशेषज्ञ के पास यह पूछने गई कि बच्चा पैदा करने के लिए कितनी देर हो चुकी है।

'मैं धूम्रपान नहीं करती, शराब नहीं पीती, मैं योगा करती हूँ और बैडमिंटन खेलती हूँ और सभी कहते हैं कि मैं अपनी उम्र से काफी कम की लगती हूँ,'

मैंने अपनी बड़ाई करते हुए कहा।

उसका उत्तर संक्षिप्त और कठोर था। 'तुम्हारा अंडाशय तुम्हारा चेहरा नहीं देख सकता।' कुछ तो सोचना होगा।

पुस्तक लिखना। यदि मेरे पास हर उस व्यक्ति के लिए एक डॉलर होता, जिसने मुझसे ऐसा कहा, 'मैंने यह किया होता…उम्म्म…छह डॉलर।' 'तुम बहुत बुद्धिमान हो', 'तुम ऑक्सफोर्ड गई', 'तुमने अनेक पुस्तकें पढ़ीं'। निश्चित रूप से यह उससे अधिक लेता है? एक पुस्तक लिखने के लिए क्या तुम एक कहानी बताना जरूरी नहीं समझती, बताने लायक एक कहानी?

तो, आइए शुरुआत करते हैं और देखते हैं कि कहाँ हम समाप्त करते हैं।

आभारोक्ति

यह पुस्तक संभव नहीं होती, अगर यह मेरे परिवार के लिए नहीं होती, जिसके कारण मैं वह हूँ, जो मैं हूँ और बहुत स्पष्ट रूप से जिसके कारण मेरी कुछ रुचि पहले स्थान पर पुस्तक लिखने की थी।

यह पुस्तक कभी लिखी नहीं जा सकती थी, यदि मेरे एजेंट अंजलि और श्वेता, जिन्होंने मुझे इसे लिखने के लिए राजी किया और पेंगुइन रैंडम हाउस के अच्छे लोग, जिन्होंने इसे प्रकाशित करने की इच्छा नहीं जताई होती।

यह पुस्तक कभी खत्म नहीं हो पाती अगर यह मेरे पति कुणाल के लिए नहीं होती, जो मेरे साथ खड़े रहे और मुझ पर नजर रखी (अकसर शाब्दिक रूप से), जब तक यह पूरी नहीं हो गई, आप काफी हद तक मेरे होने का कारण हैं।

इस पुस्तक के प्रारूप को पढ़ने के लिए समय देने और प्रयास करने के लिए तथा अनमोल आलोचनात्मक प्रतिक्रिया देने, जिनमें से अधिकांश को मैंने समाहित किया है, के लिए मैं इन सभी के प्रति आभारी हूँ—कुणाल, मेरी माँ, मेरे भाई सैफ, मेरी संपादक गुरवीन और मेरे दोस्त नवराज, प्रियंका, निन्ना, संयुक्ता, श्वेता, अमृत और नयन।

धन्यवाद टॉम, यात्रा संबंधी मेरे अध्याय का नायक होने के लिए।

अंत में, मैं टैगोर की दो कविताओं का अंग्रेजी में अनुवाद करने के लिए शांतनु राय चौधरी के प्रति आभार प्रकट करती हूँ।

अनुक्रम

भूमिका *7*

आभारोक्ति *11*

1. बड़े जूते, छोटे पाँव 15
2. बांग्ला बोलते पारो ? 43
3. सभी सड़कों का रुख सैफीना की ओर 63
4. एक युग का प्रारंभ 69
5. जीवंत शहर 87
6. अभिनेत्री के रूप में नई पारी 105
7. हमारे पास हमेशा होगा पेरिस 131
8. यह जटिल है 153
9. महत्त्व देने लायक 175

1

बड़े जूते, छोटे पाँव

'क्या आप मशहूर हैं?'

यह पहली बार नहीं था, जब मुझसे यह प्रश्न पूछा गया था (और यह संभवत: अंतिम बार नहीं होगा), लेकिन मैंने हमेशा सही जवाब के साथ संघर्ष किया है। मैं सेलफ्रिजेस में थी, प्रसिद्ध ऑक्सफोर्ड स्ट्रीट डिपार्टमेंट स्टोर, जो लंदन में एक सामाजिक युगांतरकारी स्थल बन चुका है। जुलाई 2015 का महीना था और बहुत प्रत्याशित ग्रीष्मकालीन सेल बस शुरू हुई थी, अर्थात् स्टोर लोगों से भरा हुआ था। शैर्लोट टिलबरी का 'पिल्लो टॉक' लिप लाइनर मेरे हाथ लग गया था, निर्विवाद रूप से दशक का विलासितावाला लॉन्च, जिसने त्वचा जैसे सटीक रंग का वादा किया था, ताकि आपके होंठों पर मेक-अप का पता नहीं चले।

जब मैं सोलह पाउंड का भुगतान करने के लिए लाइन में इंतजार कर रही थी, आप मुझे समझा नहीं सकते थे कि मैं कितनी बरबादी कर रही हूँ, प्रसाधन काउंटर पर एक भारतीय लड़की ने मुझे पहचान लिया और अपने दोस्तों को बुलाया। जल्द ही सेल्फी के लिए एक शालीन समूह मेरे चारों ओर इकट्ठा हो गया था। कुछ गैर-भारतीय लोग भी देखने के लिए ठिठक गए थे।

'क्या आप प्रसिद्ध हैं?' बेचनेवाली महिला ने पूछा, जब मैं अपनी खरीदारी का भुगतान करने के लिए कतार में आगे आई।

मैंने बेचनेवाली महिला की शर्ट पर नाम की चिप्पी पर ध्यान दिया।

'बेकी, आपको कुछ पूछना तो नहीं,' मैंने परिहास करते हुए कहा, लेकिन मैं अपने भीतर शर्मिंदगी और अपनी अहमियत के अजीब मिश्रण का एहसास कर रही थी।

'वे कौन हैं?' खीसें निपोरती हुई उन लड़कियों के झुंड में से एक से उसने पूछा, जब मैं जाने लगी, मैंने सुना।

'क्या तुम नहीं जानती?' लड़की ने हाँफते हुए कहा।

अपने लिए काफी खुश महसूस करते हुए मैं उसकी प्रतिक्रिया पर मुसकराई। मैं सोशल मीडिया पर हाल ही में सक्रिय हुई थी और मेरा इंस्टाग्राम अकाउंट यू.ए.ई. और इंग्लैंड के साथ ही दुनिया के दूसरे हिस्सों के प्रशंसकों के साथ लोकप्रियता प्राप्त कर रहा था।

'वे सैफ अली खान की बहन हैं!'

मैंने क्षण भर अपनी आँखें बंद कर दीं, क्योंकि चिड़चिड़ाहट ने विनम्रता को रास्ता दिया। बेशक! और यह सच था। मैं थी, मैं हूँ।

शायद यह कहना ठीक है कि मुझे सोहा अली खान के रूप में मान्यता से कहीं ज्यादा शर्मिला टैगोर की बेटी या सैफ अली खान की बहन के रूप में मान्यता मिली है। आपको लगता होगा कि यह दुर्भावनापूर्ण होगा, लेकिन मैंने अपनी पहचान के उस हिस्से को गले लगाना समय के साथ सीखा है।

क्या आप प्रसिद्ध हैं?—यह एक अच्छा सवाल है, एक, जिसे मुझसे अकसर पूछा गया है और एक, जिसे मैं अकसर खुद से पूछती हूँ। मैं कहूँगी कि 'मैं सामान्य रूप से प्रसिद्ध हूँ'। भारत में और भारत के बाहर कुछ लोग जानते हैं कि मैं कौन हूँ। इसका क्या मतलब है?

क्या इसका मतलब यह नहीं है कि वह हमेशा मेरा नाम जानते हैं। वह सड़क पर रुक जाएँगे और अपने साथी को मेरी ओर इशारा कर बताएँगे (यह अकसर होता है)। कुछ ने मेरी फिल्में देखी हैं और मुझे जानते हैं और कुछ मेरे भाई सैफ ('भाई'), मेरी भाभी करीना, मेरी माँ शर्मिला टैगोर (अम्माँ), या मेरे पिता मंसूर अली खान पटौदी (अब्बा) के प्रशंसक हैं और मुझे कुछ हद तक विशिष्ट परिवार के सबसे कम उम्र के सदस्य के रूप में पहचान लेते हैं। मैं अपने परिवार के सदस्यों के साथ प्रतिस्पर्धा नहीं कर रही हूँ और न ही मैं सूरज के सामने अपनी जगह बनाने के लिए प्रयास कर रही हूँ। अपने अनूठे भाग्य की तलाश करते हुए मैं प्रतिबिंबित गौरव में आनंद लेने से संतुष्ट हूँ।

परियों की राजकुमारी होना भी एक कठिन कार्य है

यह पुस्तक मेरे परिवार के लिए मेरा नमन है, जिसके बिना मैं यहाँ नहीं होती, जिनके बिना मैं वह नहीं होती, जो मैं हूँ। इसलिए यही सही एवं उचित है कि एक इतिहास, जो उतना ही उत्कृष्ट और शानदार है, जितना वह अनौपचारिक और विलक्षण है, में जाना उनके साथ शुरू किया जाए। उनके बारे में लिखते हुए मुझे आश्चर्य है कि क्या मेरी जिंदगी सबसे अधिक प्रासंगिक है। मेरे ज्यादातर अनुभव कुछ हद तक अलग हैं, यद्यपि अद्वितीय नहीं। मैं आखिरकार, एक राजकुमारी हूँ। अब मेरे बारे में यह मत सोचें कि अपने पैरों को आगे बढ़ाते हुए, मैं सिर पर एक मुकुट के साथ एक चाँदी जैसे सितारे जड़े कपड़े पहने हुए हूँ।

यदि प्रिवीपर्स और रियासतों को 1971 में समाप्त नहीं किया गया होता, तो मेरा आधिकारिक टाइटिल पटौदी और भोपाल की नवाबजादी सोहा अली खान होता।

आपमें से कुछ को यह आश्चर्यचकित कर सकता है कि पटौदी नाम नहीं, बल्कि एक स्थान है। यह लगभग 23,000 लोगों की कुल संख्यावाला हरियाणा राज्य का एक छोटा सा शहर है। यह 1804 के बाद से नवाबों द्वारा शासित रहा, जब इसे ईस्ट इंडिया कंपनी द्वारा दूसरे आंग्ल-मराठा युद्ध में मराठा साम्राज्य के खिलाफ उनकी सहायता के लिए फैज तालाब खान को एक पुरस्कार के रूप में स्थापित किया गया था।

आठवें नवाब मेरे दादा, इफ्तिखार अली खान पटौदी थे, जो भारत और

पटौदी पैलेस

इंग्लैंड दोनों के लिए क्रिकेट खेलने के लिए और बाद में भारतीय क्रिकेट टीम का कप्तान होने के लिए काफी प्रसिद्ध थे। वे उसी कॉलेज में गए थे, जिसमें लगभग सत्तर साल बाद मैंने प्रवेश लिया होगा— बल्लिओल कॉलेज, ऑक्सफोर्ड यूनिवर्सिटी, जहाँ उन्होंने क्रिकेट के लिए और हॉकी के लिए 'ब्लू' जीता था। ब्लू, ऑक्सफोर्ड या कैंब्रिज यूनिवर्सिटी तथा कुछ अन्य कॉलेजों में उच्चतम स्तर पर प्रतियोगिता के लिए खिलाड़ियों को दिया जानेवाला एक पुरस्कार है। यदि आपको 'ब्लू' से सम्मानित किया गया है तो इसका मतलब है कि आपने अंतरराष्ट्रीय या विश्व स्तर पर किसी विशेष खेल में लगातार कौशल प्रदर्शित किया है। ऑक्सफोर्ड में अपने बिताए समय के दौरान केवल 'ब्लू' जिसके पास मैं पहुँची, वह दिसंबर से फरवरी तक मेरी त्वचा का रंग था!

सरकार अब्बा, जैसा कि उन्हें हम लोग जानते थे, का जनता पर पूर्ण कानूनी अधिकार क्षेत्र था, जब तक कि उन्होंने ब्रिटिश नीति का विरोध नहीं किया, जब तक उन्होंने 1947 में परिग्रहण के साधन पर हस्ताक्षर किए, जब ब्रिटिश राज समाप्त हो गया और पटौदी भारत के गणराज्य का हिस्सा बन गया।

मैंने एक बार अपने पिता से पूछा कि सरकार अब्बा ने भारत में रहना

सरकार अब्बा, आकर्षक छवि

क्यों चुना, जबकि उनके छोटे भाई शेर अली खान पटौदी और उनके चचेरे भाई साहबजादा याकूब अली खान जैसे परिवार के सदस्यों ने विभाजन के बाद पाकिस्तान जाने का फैसला किया। मुसलिम अभिजात वर्ग के एक अच्छी तरह से पढ़े-लिखे और कुशाग्रबुद्धि सदस्य के रूप में, वह नई पाकिस्तान सरकार में एक उच्च स्थानवाला पद हासिल कर सकते थे। शेर अली खान को भारतीय सशस्त्र बलों में उनके पूर्व सैन्य अनुभव के कारण पाकिस्तान सेना का सहायक जनरल नियुक्त किया गया और बाद में उन्होंने सेना प्रमुख के रूप में कार्य किया; याकूब खान विदेश सेवा के पदों के माध्यम से अमेरिका के राजदूत बने और बाद में 1982 में विदेश मंत्री बन गए। इसकी बजाय सरकार अब्बा ने जबरदस्त उथल-पुथल के बीच हिंदू बहुसंख्यक भारत में रहने का फैसला किया, प्रति वर्ष केवल 48,000 रुपए के प्रिवीपर्स के बदले में अपने राज्य को त्याग दिया। 'उनको पाकिस्तान वाला विचार में रास नहीं आया था,' अब्बा ने मुझसे कहा कि धर्म की नींव पर बनाया गया देश। सरकार अब्बा और मेरी दादी ने भारत के नए राष्ट्र राज्य और लोकतांत्रिक तथा धर्मनिरपेक्ष आदर्शों के साथ खड़े होने का फैसला किया।

मेरी दादी साजिदा सुल्तान, बड़ी अम्माँ, जैसा कि हम उन्हें बुलाते थे, नवाब हमीदुल्लाह खान की दूसरी बेटी थीं, जो भोपाल के अंतिम शासक नवाब थे। उत्तराधिकार की सीधी रेखा में एक नर वारिस की अनुपस्थिति में, उनकी बड़ी बहन, आबिदा सुल्तान को सिंहासन विरासत में मिलना चाहिए था, लेकिन जब विभाजन के बाद आबिदा ने पाकिस्तान जाने का फैसला किया तो उन्होंने अपनी छोटी बहन के लिए अपने अधिकार को त्याग दिया।

वंश वृक्ष की कम सीधी शाखाओं से गद्दी के लिए पुरुष दावेदार हो सकते थे, लेकिन बड़ी अम्माँ की दादी, भोपाल की एक महान् शासक नवाब सुल्तान जहाँ बेगम, आबिदा को वारिस घोषित करने के लिए ब्रिटिश वाइसराय के निर्णय के पीछे थीं। यह वह समय था, जब नवाब हमीदुल्लाह केवल तीस साल के थे और उनकी पत्नी पच्चीस की, उनके अधिक बच्चे हो सकते थे, शायद एक बेटा था।

लेकिन सुल्तान जहाँ अपने फैसले पर दृढ थीं—सफलतापूर्वक महिला शासकों ने भोपाल को 107 वर्ष तक प्रभावी ढंग से शासित किया था, यह साबित करते हुए कि पुरुष और महिला शासक के बीच कोई अंतर नहीं है और इसलिए सबसे बड़ी संतान, लिंग के बावजूद, वारिस के रूप में पहचानी जाएगी, बेशक, बशर्ते कि वह शासन करने के योग्य हो, जिसे उन्होंने अपने योग्य संरक्षण में सुनिश्चित किया कि वह उनकी सभी तीन पोतियाँ होंगी।

दस वर्षीय साजिदा सुल्तान की रोज की दिनचर्या इस प्रकार थी—

- सुबह 5 से 6 बजे : खुली हवा में व्यायाम
- सुबह 6 से 7 बजे : सुबह का नाश्ता
- सुबह 8 से 10 बजे : कुरआन पढ़ना
- सुबह 10 से 11 बजे : नवाब सुल्तान जहाँबेगम के साथ नाश्ता
- सुबह 11 से दोपहर 12 बजे : मनोरंजन
- दोपहर 12 से 1 बजे : हस्तलेख पाठ
- दोपहर 2 से 3 बजे : अंग्रेजी पाठ
- दोपहर 3 से 4 बजे : फारसी पाठ
- शाम 4 से 5 बजे : गणित पाठ
- शाम 5 से 5.30 बजे : पश्तो/बाड़ लगाने का पाठ बारी-बारी से
- शाम 5.30 से 6.30 बजे : सवारी/तैराकी पाठ बारी-बारी से
- शाम 6.30 से 7 बजे : शाम का भोजन
- रात 8 बजे : शयन

शहरयार एम. खान, आबिदा सुल्तान के बेटे और अब्बा के चचेरे भाई,

6 वर्ष की बड़ी अम्माँ (बाएँ) अपनी बहनों के साथ

जिन्हें हम मियाँ हुजूर कहते हैं, द्वारा लिखित 'द बेगम्स ऑफ भोपाल' में इस दिनचर्या को पढ़कर और आश्चर्यचकित होकर मैं अपनी रोज की दिनचर्या (एक गैर-कार्य दिवस पर) को साझा करने के प्रलोभन को रोक नहीं सकती जो, क्योंकि आप अटकल लगाएँगे, बड़ी अम्माँ की विषय-वस्तु और एकाग्रता से थोड़ा-बहुत अलग है—

- सुबह 10 बजे : अलार्म बंद हो जाता है
- सुबह 10 से 10.40 बजे : सुसुप्तावस्था (×4)
- सुबह 10.45 से 11.30 बजे : इंस्टाग्राम फीड देखते हुए कॉफी पीना
- सुबह 11.30 : असंभव चयन कि नाश्ता किया जाए या एक घंटे इंतजार करके भोजन दोपहर का
- दोपहर 12 से 1 बजे : योग/जिम वैकल्पिक रूप से
- दोपहर 1 से 1.30 बजे : भोजन
- दोपहर 1.30 से 2.30 बजे : राष्ट्रीय समाचार के लिए ट्विटर से अद्यतन होना और 'स्थानीय समाचार' के लिए निन्ना से

- दोपहर 3 से शाम 5 बजे : रोजाना दिन में देखने के लिए उपयुक्त सामग्री की तलाश में
- नेटफ्लिक्स/हॉटस्टार/एमेजॉन के माध्यम से ब्राउज करना, जैसे रेक ऑर द रॉयल्स की तरह हलका हास्यप्रधान मनोरंजन
- शाम 5 बजे : फ्रिज में आँखें गड़ाकर देखना, कामना करते हुए कि कुछ स्वादिष्ट और स्वस्थ चमत्कारिक रूप से अंदर होगा, जिसमें असफल होते ही शाम के स्नैक्स के लिए स्कूत्सी (एक ऑनलाइन भोजन वितरण सेवा) से क्या मँगवाया जाए, के बारे में सोचना
- शाम 6 से 7 बजे : मस्ती करना (हमारे नौ वर्षीय बीगल) के साथ समय बिताना, जिसमें मेरा एक गेंद फेंकना और अंत में इसे खुद पुनः प्राप्त करना शामिल है
- रात 8 बजे से : रात को देखने के लिए उपयुक्त सामग्री की खोज में नेटफ्लिक्स/हॉटस्टार/एमेजॉन के माध्यम से ब्राउज करना, जैसे कि लाइन ऑफ ड्यूटी या द मेकिंग ऑफ अ मर्डरर की तरह गंभीर या सनसनीखेज नाटक
- रात 12 से 1 बजे : सोने के समय पढ़ना (पसंद की नई पुस्तक जैसे हान्या नागिहारा की अ लिटिल लाइफ)

यदि आप छुट्टियों पर मेरे आलस्य से प्रभावित होते हैं, तो मैं यह बताना चाहूँगी कि जिन दिनों मैं काम कर रही होती हूँ, संभव है कि इससे भी कम समय लगे। एक अभिनेता के रूप में यह एक भलीभाँति स्वीकार्य तथ्य है कि आपको अच्छा भुगतान अभिनय करने के लिए नहीं, बल्कि इंतजार करने के लिए किया जाता है। कभी-कभी कई घंटों तक, जब व्यापक दृश्य तैयार किए जा रहे हों, दूसरे अभिनेता के क्लोज-अप लिये जा रहे हों, या नायक अपने ट्रेलर में पाँच घंटे की झपकी ले रहा हो।

वापस मुद्दे पर आते हैं, जब 1960 में हमीदुल्लाह खान का निधन हो गया, तब भारत सरकार ने बड़ी अम्माँ को भोपाल की नवाब बेगम के रूप में मान्यता दी।

हैदराबाद के बाद भोपाल दस लाख की आबादी और उन्नीस-बंदूकों की सलामी के साथ भारत की सबसे बड़ी मुसलिम-शासित रियासत थी। पटौदी, तुलना में एक गैर-सलामी गाँवों का सामूहिक रूप था।

ऐसा कहा जाता है कि जब उन्हें सरकार अब्बा और बड़ी अम्माँ के प्रेम और उनकी विवाह की इच्छा के बारे में पता चला, तो नवाब हमीदुल्लाह इस 'बेमेल' जोड़ी से बिल्कुल खुश नहीं थे और उन्होंने इस मिलन को मंजूरी देने से इनकार कर दिया। यह केवल तब जब बड़ी अम्माँ सचमुच मनोव्यथा (और शायद कुछ यक्ष्मा) से मर रही थीं, फिर बड़ी बहन ने हस्तक्षेप किया और अपने जिद्दी पिता का सामना किया। कहा जाता है कि वह उनके कार्यालय में धड़धड़ाते हुए घुस गईं और यह जानने की माँग की कि एक विनम्र और अभिजात नवाब, जो शिक्षित और प्रसिद्ध दोनों है, क्यों उनकी बेटी के लिए ठीक नहीं था।

अंतत: विवाहित

नवाब हमीदुल्लाह खान

उचित उत्तर दे पाने में असमर्थ, हमीदुल्लाह ने आखिर अपनी सहमति दी, हालाँकि अनिच्छा से।

कुछ लोगों को संदेह है कि उनकी अनिच्छा एक खिलाड़ी की ईर्ष्या वाली उपज थी। नवाब हमीदुल्लाह खान एक नौ-लक्ष्य-बाधा पोलो खिलाड़ी थे। आपमें से वे लोग, जो इस खेल से अपरिचित हैं, खिलाड़ियों को माइनस 2 से 10 के स्तर पर रेट किया जाता

है, जहाँ माइनस 2 एक नौसिखिया खिलाड़ी का संकेत करता है और 10 संभवत: सबसे ज्यादा बाधा है। आज दुनिया में दो दर्जन से कम दस–बाधा वाले पोलो खिलाड़ी हैं और एक को छोड़कर सभी अर्जेंटीना के! हमीदुल्लाह खान एक उत्कृष्ट निशानेबाज और एक दक्ष पहलवान भी थे, लेकिन यह सरकार अब्बा थे, जो अन्य खेलों के बीच पोलो, हॉकी और क्रिकेट में जबरदस्त ख्यातिप्राप्त थे।

अंतत: 1939 में बहुत प्यार में चूर रहनेवाले जोड़े का विवाह हुआ। तब से हमारे परिवार में प्यार और बस प्यार के लिए शादी करने की मजबूत परंपरा रही है, जो 1968 में एक हिंदू अभिनेत्री से शादी करके मेरे पिता ने कायम रखी। 1990 में बीस साल की उम्र में मेरे भाई ने अपने धर्म के बाहर और अपने से कुछ साल बड़ी किसी महिला से शादी करके और 2012 में फिर दोबारा अपने से कुछ साल कम उम्र की किसी महिला से और 2015 में मैंने खुद आँखों में एक चमक और एकतरफा मुसकराहटवाले एक युवा हिंदू अभिनेता से शादी करके।

मैं सरकार अब्बा से कभी नहीं मिली, वह बयालीस साल की छोटी उम्र में चल बसे थे। वह 5 जनवरी, 1952 का दिन था, मेरे पिता का ग्यारहवाँ जन्मदिन। मेरे पिता और उनके स्कूल के मित्र, सभी घर में सरकार अब्बा और बड़ी अम्माँ का जयपुर पोलो ग्राउंड से लौटने का इंतजार करते हुए म्युजिकल चेयर्स खेल रहे थे। उनके आने के बाद केक काटा जाना और जलपान किया जाना था, लेकिन सरकार अब्बा घर कभी नहीं लौटे। वह दिल का बड़ा दौरा पड़ने से चल बसे थे, पोलो मैच के दूसरे चुक्का के आधे रास्ते के दौरान एक स्तब्ध भीड़ के सामने अपने घोड़े से गिर गए। यह सालों के लगातार धूम्रपान का नतीजा हो सकता था, मुझे संदेह है कि अब्बा बहुत ज्यादा सोचते थे, क्योंकि उन्होंने अपने बयालीसवें जन्मदिन से एक महीने पहले अपनी आदत छोड़ दी थी। अब्बा को उस दिन केक काटने का मौका नहीं मिला और उन्होंने फिर से अपना जन्मदिन कभी नहीं मनाया।

मैं कल्पना नहीं कर सकती कि इतनी कम उम्र में अपने पिता को खोने

विलासिता की गोद में

से कैसा लगता होगा, लेकिन मुझे पता है कि समय से पहले अपने पिता को खोना कैसा लगता है। यहाँ तक कि उनके बारे में कुछ शब्द लिखना असंभव कार्य प्रतीत होता है, क्योंकि मुझे लगता है कि मेरे शब्द न्याय नहीं कर पाएँगे कि मैं उनके बारे में कैसा महसूस करती हूँ, क्योंकि वे संप्रेषण के लिए कम पड़ जाएँगे कि मेरे लिए उनके होने के क्या मायने थे, तो सबसे पहले मान लीलिए कि शब्द पूरे नहीं पड़ते हैं।

मैं हमेशा सोचती हूँ कि अब्बा की कहानी बताई जानी चाहिए, यहाँ तक कि जब वह जीवित थे, मैं अकसर उनसे पूछती थी कि क्या वह एक आत्मकथा लिखने जा रहे हैं। 'सत्य कभी नहीं कहा जा सकता है,' वह रहस्यमय तरीके से कहना पसंद करते थे, 'और मैं झूठ नहीं बोलूँगा।' मैंने जल्द ही यह जानने का प्रयास छोड़ दिया कि उनका क्या आशय था—वह संकेत में बोलना पसंद करते थे, मुझे संदेह है कि जितना ज्यादा संभव हो, उतना बातचीत को रोकने के लिए, जब तक कि अनवरत न हो। मैंने तब

जिद की थी, लेकिन उनके निधन के बाद, मैंने उनके बारे में बहुत कुछ जान लिया है—शोक संदेशों, व्यक्तिगत कहानियों, दोस्तों, सहकर्मियों और प्रशंसकों द्वारा मेरी माँ को लिखे पत्र के द्वारा। मैंने श्रद्धांजलि और प्रशंसा के उन शब्दों में विलाप किया है और इतने सारे लोगों द्वारा बहुत प्यार जताने से गौरवान्वित महसूस किया है।

अब्बा की मेरी सबसे सशक्त यादें हैं, सभी लेटे हुए हैं—दुनिया में उनकी पसंदीदा जगह घर पर पेड़ और पक्षियों की तरफ इशारा करते हुए खिड़की के सामने उनका निजी कमरा था, गाव-तकिया में टेक लगाकर पुस्तक पढ़ते हुए और अपने वफादार सेवक ग्यासुद्दीन से अपने पैर दबवाते हुए।

अपनी गुफा (घर) में टाइगर

यद्यपि मेरी माँ, मेरे भाई, मेरी बहन और मैंने फिल्में बनाते और भाषण देते हुए, पुरस्कार देते और प्राप्त करते हुए, जोर-शोर से कार्यक्रमों में व्यस्त रहते हुए दुनिया घूमी, आप हमेशा भरोसा कर सकते थे कि वह लैंडलाइन के पास घर पर मिलेंगे, ठोस और भरोसेमंद एक चट्टान की तरह। फोन के साथ उनका प्यार-नफरत का रिश्ता था—व्यावहारिक रूप से उसके ऊपर बैठे रहने पर जोर देना और फिर भी उसकी घंटी से निराश हो जाना। एक सोलह वर्ष की किशोरी लड़की के रूप में आप केवल कल्पना कर सकते हैं कि आपके दोस्तों का आपके घर पर कॉल करके आपसे बात करने को कहना और दूसरी ओर से चिड़चिड़े व्यक्ति का एक रुखा 'न' कहकर फोन काट देना कितना अपमानजनक हो सकता है। डायल पैड पर लॉक को बंद करने के साथ बिस्तर पर जाने के बाद भी अनगिनत लंबे एक्सटेंशन तार के साथ एकल लैंडलाइन पर उनका स्वामित्व जारी रहा। उनके पास एक अविश्वसनीय शब्दावली थी,

लेकिन वह शब्दों को बरबाद करने में विश्वास नहीं करते थे और इसलिए यह हमारे लिए होना था!

उनके साथ एक आम बातचीत इस तरह चलती थी—

मैं (इंग्लैंड में विश्वविद्यालय से फोन करती हुई) : आदाब, अब्बा आप कैसे हैं?

वह : कौन है?

मैं : उम्म्म, सोहा हूँ अब्बा।

वह : तुम्हारी माँ घर पर नहीं है।

मैं : ओह, ठीक है, लेकिन आप कैसे हैं?

वह : ठीक हूँ। मैं उन्हें बता दूँगा कि तुम्हारा फोन आया था।

मैं : ठीक है, अब्बा उम्म्म...

वह : क्या तुम्हारे पास पैसे हैं?

मैं : हाँ। (जैसे कि मैं उन्हें बता देती अगर मेरे पैसे नहीं होते!)

क्लिक।

शब्दों के साथ उनकी मितव्ययिता अन्य क्षेत्रों में भी प्रयुक्त की गई थी। लोग अकसर मुझसे पूछते हैं कि एक शाही परिवार में पला-बढ़ा होना कैसा लगता है और मैं कभी नहीं समझ सकी कि क्या कहूँ...आप कल्पना करें धन और अतिभोग से भरा-पूरा एक जीवन। कोई व्यक्ति सुबह आपके पैरों को पहली बार और रात में आखिरी बार दबाता है, आपके नियंत्रण में एक चालक और आपके बालों को सँवारने के लिए तथा आपके ताजा धुले हुए कपड़े फैलाने के लिए नौकरानियाँ और हाँ, हमारे पास यह सब और भी बहुत कुछ था, लेकिन आप मुझ पर विश्वास करें, जब मैं कहती हूँ कि धन के साथ प्रफुल्ल होने की भावना कभी नहीं थी, बल्कि इसके ठीक विपरीत। अब्बा एक किफायती व्यक्ति थे। लाइसेंस प्लेट पी.ए.टी.1 वाली एक विशिष्ट दो सीट की सफेद जगुआर को छोड़कर उनके पास कोई आयातित कार नहीं थी और उन्होंने महँगे डिजाइनर ब्रांड कभी नहीं खरीदे थे।

अब्बा की सर्वाधिक मूल्यवान संपत्ति, बेशक हमारे बाद!

जब वह लंदन में मोजे की एक जोड़ी बदलने के लिए खरीदारी करने गए, तो उन्होंने सिर्फ वह खरीदा, अन्य सभी उपभोक्तावादी प्रलोभनों पर आँख अंधी कर ली (द्विअर्थी वचन के लिए क्षमा करें)। उन्होंने केवल वह खरीदा, जो उनको चाहिए था और वास्तव में वह कुछ चाहते भी नहीं थे। वह पैसों के प्रति सतर्क थे। घर पर हमारे दरवाजे और विभिन्न मेजों के ऊपरी हिस्से पीले रंग के पोस्ट-इट नोट्स में ढँके होते थे, उनके अस्पष्ट हस्ताक्षर मुश्किल से सुपाठ्य होंगे, लेकिन आप चार शब्द पढ़ सकते थे—'रोशनी को बंद करें'। वह पेट्रोल को बरबाद करना पसंद नहीं करते थे। यदि हमें अपने मित्र के यहाँ जाना होता था तो मुझे और मेरी बहन को बहुत ध्यान से सोचना पड़ता था कि इस मसले को हल कैसे करें।

गलत दृष्टिकोण : 'अब्बा, क्या मैं खान मार्केट जाने के लिए कार का उपयोग कर सकती हूँ?' यह उनके पसंदीदा शब्द की ओर ले जाएगा : 'नहीं'।

सही दृष्टिकोण : 'अब्बा, क्या आपने पढ़ा (इतिहास या राजनीति पर कुछ नए लेख या पुस्तक का उल्लेख—या बाद के वर्षों में यूट्यूब पर वन्यजीव वीडियो भी ध्यान भटकाने का एक बेहतर तरीका था)…ओह और (जितना संभव हो, उतना उत्साहजनक रूप में कहना) मैं प्रियंका के यहाँ खाने के लिए जा रही हूँ; मैं कुछ घंटों में वापस आ जाऊँगी।' इसके साथ ही तेजी से बाहर निकल जाना।

शायद यह वित्तीय असुरक्षा की भावना थी, जिसने उन्हें इस संरक्षण के लिए प्रेरित किया, मि. खान बनने में बहुत अधिक खो देने के कारण। वास्तव में खोना उनके लिए कोई अजनबी बात नहीं थी—ग्यारह वर्ष की आयु में अपने पिता, बीस में अपनी दाहिने आँख की रोशनी, तीस में टाइटिल और प्रिवीपर्स को खोना। बेशक, मेरे प्रकट होने से काफी पहले ये सभी चीजें हो चुकी थीं, लेकिन मुझे 1, डुप्लेक्स रोड (नाम बदल करके। कामराज मार्ग उसी समय जब कनॉट प्लेस के आंतरिक चक्र का नाम बदलकर राजीव गांधी चौक हुआ) के विशाल तीन एकड़ के बँगले से वसंत विहार के एक मामूली घर में जाना याद है।

भले ही शेष बचे हम सभी ने शिकायत की हो—अम्माँ अपने गुलाब के पौधों और जामुन के पेड़ों को खोने के बारे में, मेरी बहन अपने कमरे में आने के लिए दो सीढ़ियाँ चढ़ने के बारे में, मैंने घर के पिछवाड़े में बैडमिंटन कोर्ट के नहीं होने के बारे में, अब्बा तो जल्द ही सहज हो गए थे। वह हमेशा आराम से स्वयं को समायोजित कर लेते थे और वह जैसे पटौदीवाले महल में आराम महसूस करते थे, वैसे ही मेरे बांद्रावाले तंग दो बेडरूमवाले फ्लैट में। जब तक उनके कपड़े प्रेस हुए रहे और एक अच्छी पुस्तक रात 10 बजे पढ़ने के लिए हो, वह अपना ध्यान रख लेते थे, यहाँ तक कि अपने लिए सुबह की चाय बनाना और रोशनी बंद करना हमेशा याद रखना!

ऐसा शायद इसलिए था, क्योंकि उन्होंने अपने जीवन में इतना नुकसान देखा था या शायद यह उनके चरित्र-निर्माण करनेवाली बोर्डिंग स्कूल की शिक्षा थी, लेकिन अब्बा को पैसे की कीमत मालूम थी और मैं यह सोचना

चाहूँगी कि बचत के महत्त्व के वह सबक मेरे भीतर गहराई तक समा गए हैं।

अब्बा को अपने जीवन की असफलताओं के बारे में बात करना पसंद नहीं था। अगर मैंने उनसे उनके पिता के बारे में पूछा तो वह कहते कि उन्हें बहुत याद नहीं है। अगर मैंने उनकी आँख के बारे में पूछा, तो वह इसे 'थोड़ा सा दुर्भाग्य' के रूप में टाल देते थे। मुझे लेखों और मित्रों के जरिए पता लगाना पड़ता था कि चोट से पहले वह कितने बेहतरीन बल्लेबाज थे। उन्होंने पहले से ही एक प्रतिभाशाली क्रिकेटर के रूप में विद्यालय में ख्याति अर्जित की थी, मैदान में तेजस्वी और बिजली जैसी तेजी थी। वास्तव में बड़ी अम्माँ ने अब्बा को, जब वह केवल बारह वर्ष के थे, सिखाने के लिए अंग्रेजी पेशेवर क्रिकेटर फ्रैंक वूली को काम पर रखने का फैसला किया, जो सरकार अब्बा के कोच रहे थे। वह इन कोचिंग कक्षाओं में से प्रत्येक में मौजूद रहती थीं और दूर से ध्यान से देखती थीं। उन्होंने जल्द ही महसूस किया कि अधिकांश समय वूली बगल में खड़े रहकर नेट पर अब्बा को अभ्यास करते हुए देखते थे। इस तरह के कई सत्रों के बाद, वह आखिरकार उनके पास गईं और विनम्रता से उन्हें याद दिलाया कि उनके प्रशिक्षण के लिए उनको बहुत अच्छा भुगतान किया जा रहा है। वूली ने उन्हें देखा और बस यह कहा, 'मैं कुछ नहीं बदलूँगा। मैं कुछ भी नहीं बदलूँगा।'

करारा शॉट

1932–33 के ऑस्ट्रेलियाई एशेज टूर के दौरान इंग्लिश टीम के कप्तान डगलस जार्डाइन का नाम क्रिकेट प्रेमियों को याद होगा। उनके निर्देश पर इंग्लैंड ने ऑस्ट्रेलिया के बल्लेबाजों के खिलाफ विवादास्पद बॉडीलाइन रणनीति की चाल चली, जिसमें गेंदबाजों ने बल्लेबाजों के शरीर की ओर

उठनेवाली गेंद को लेग स्टंप की लाइन में आधी पिच पर फेंका, जो कि आक्रामक और बहुत खतरनाक भी था। जार्डाइन ऑस्ट्रेलियाई लोगों के बीच बहुत बदनाम रहे, जो इस चाल के लिए उनके खिलाफ बार-बार दर्शकदीर्घा से शोर मचाते थे। सरकार अब्बा को तब इंग्लैंड टीम की ओर से खेलने के लिए चुना गया था और वह खिलाड़ियों में से केवल एक थे, जिसने लेग-साइड क्षेत्ररक्षण करने से इनकार कर अपनी अस्वीकृति का संकेत दिया। ऐसा कहा जाता है कि जार्डाइन ने घोषणा की, 'मुझे लगता है कि नवाब साहब एक ईमानदार आपत्तिकर्ता हैं,' और तुरंत उन्हें टीम से हटा दिया।

दौरे के अंत में, सरकार अब्बा ने जार्डाइन के बारे में कहा, 'मुझे बताया गया है कि उनके पास अच्छे तर्क हैं। तीन महीनों में मुझे अभी तक उन्हें देखना शेष है।' मैं यह किस्सा सामने ला रही हूँ, क्योंकि कई सालों बाद 1959 में विंचेस्टर के एक युवा छात्र ने अठारह साल की उम्र में डगलस जार्डाइन के एक सत्र में 997 रनों के लंबे समय से विद्यालय का रिकॉर्ड तोड़ दिया। वह युवा छात्र मेरे पिता के अलावा और कोई नहीं था; बेटे ने अपने पिता के अपमान का बदला ले लिया था। ऐसी घटनाओं पर फिल्में बनती हैं! संयोग से अब्बा का 1068 रनों का रिकॉर्ड छप्पन वर्षों तक बना रहा, जब तक 2015 में डेन एस्कॉट नामक एक युवा अंग्रेजी छात्र ने इसे नहीं तोड़ा।

मैं अब्बा के पसंदीदा क्रिकेट क्षणों के बारे में सुनना पसंद करती थी, सबसे शुरुआती, लंदन के लॉर्ड्स में आयोजित 1960 का ऑक्सफोर्ड बनाम कैंब्रिज ब्लूज मैच, एक प्रथम श्रेणी का खेल (तीन या अधिक दिन, प्रत्येक टीम द्वारा दो पारियाँ खेला जानेवाला)। ट्वेंटी-20 क्रिकेट के आज के युग में विश्वविद्यालय मैच कालभ्रम जैसा है, लेकिन 1960 के दशक में ऑक्सफोर्ड या कैंब्रिज की तुलना में किसी छात्र क्रिकेटर के लिए कोई बेहतर स्थान नहीं था। यदि आप ऑक्सफोर्ड यूनिवर्सिटी क्रिकेट क्लब के घरेलू मैदान, पार्क में रन बनाते थे या विकेट लेते थे, तो आपके ऊपर काउंटी ध्यान देंगे और लुभाएँगे और लॉर्ड्स में खेलना हमेशा से ही विशेष रहा है। भारत ने जुलाई 2002 में नैटवेस्ट फाइनल में इंग्लैंड को हराया और बालकनी से देख रहे

कप्तान सौरव गांगुली ने अपनी शर्ट उतारकर जश्न मनाया था, उससे भी पहले मैं खुद लॉन्ग रूम के माध्यम से ड्रेसिंग रूम से सीढ़ियों तक और मैदान पर गई हूँ—यह 2012 की गरमियों में लॉन्ग रूम में अब्बा के लिए आयोजित मेमोरियल डिनर का अवसर था, जब चार्ल्स फ्राई, अब्बा के एक पूर्व प्रथम श्रेणी के अंग्रेज क्रिकेटर दोस्त, कुणाल और मुझे दौरे पर ले जाने के लिए कृपापूर्वक सहमत हुए। मैं केवल कल्पना कर सकती हूँ कि अब्बा ने वहाँ चलते हुए भीड़ की अपेक्षाभरी नजरों को देखकर कैसा महसूस किया होगा।

उनके पिता ने अपने विश्वविद्यालय के पहले मैच में एक शतक बनाया था और अब्बा से अपेक्षाएँ, उनके स्कूल के कारनामों के कारण, ऊँची थीं। 7 जुलाई, 1960 का दिन था। कैंब्रिज 153 रनों पर जल्दी ही आउट हो गया था और ऑक्सफोर्ड 32 पर 3 के एक कमजोर स्कोर पर था, जब वह बल्लेबाजी करने आए, जैसा कि वह अकसर 5 नंबर पर आते थे। अब्बा ने 131 रन बनाए। यह हमेशा उनके लिए विशेष था, लॉर्ड्स में उनका प्रथम श्रेणी का पहला शतक। वह अंततः उन लोगों को खामोश करने में कामयाब रहे, जो प्रसिद्ध पिताओं के प्रसिद्ध बेटों के बारे में कहने के लिए उत्सुक रहते थे, 'यह अपने पिता जैसा अच्छा कभी भी नहीं होगा।'

फिर 1961 में पार्क्स में प्रचंड फ्रेड ट्रूमैन के खिलाफ पारी खेली, जिसमें उन्होंने अजेय यॉर्कशायर टीम के खिलाफ 106 रन बनाए। भारत के खिलाफ 1952 के टेस्ट सीरीज के दौरान उसी व्यक्ति द्वारा 0 पर 4—बिना एक रन के चार विकेट गिर जाना, के अपमानजनक स्कोर का उसी के खिलाफ शतक लगाने से एक सामूहिक रूप से कुंठित राष्ट्रीय गौरव में काफी सुधार हुआ होगा! 1961 में वह एक सत्र में 1307 रनों के विश्वविद्यालय के रिकॉर्ड को तोड़ने से केवल 92 रन दूर थे और तीन मैच शेष थे, जब दुर्घटना हुई।

यह इतना टालने लायक था। ऑक्सफोर्ड यूनिवर्सिटी, जिसका अब्बा को लॉर्ड्स में अपने शतक के बाद सर्वसम्मति से कप्तान चुना गया था, वे ससेक्स काउंटी खेल रहे थे। पहले दिन के खेल के अंत में, ऑक्सफोर्ड ने केवल 4 रन बनाए थे और दोनों सलामी बल्लेबाजों को खो दिया था। कुछ

खिलाड़ियों ने रात का खाना खाने के लिए बाहर जाने का फैसला किया; रॉबिन वाटर्स उन्हें अपनी मॉरिस 1000 में ले गए। रात के खाने के बाद कुछ लोग चलना चाहते थे और इसलिए अब्बा रॉबिन का साथ देने के लिए आगेवाली सीट पर बैठ गए। वह अब भी कार के अंदर पार्किंग में थे, जब बिना किसी चेतावनी के, एक गुजरती गाड़ी ने बहुत तेजी से ठोंक दिया, अब्बा विंडस्क्रीन की काँच तोड़ते हुए बाहर फेंके गए। उन्हें अपनी सीट बेल्ट पहनने का भी मौका नहीं मिला था।

सब बिल्कुल विचलित हो गए थे, लेकिन नुकसान सिर्फ अब्बा के दाहिने हाथ तक ही सीमित था, वह डर रहे थे कि उनकी कलाई टूट चुकी थी और उन्हें चिंता थी कि वह अगले दिन नहीं खेल पाएँगे। बहुत बाद में, ब्राइटन अस्पताल में उनकी दाहिनी आँख में काँच के टुकड़े के होने का पता चला।

आपातकालीन सर्जरी भंग लेंस की मरम्मत नहीं कर सकी और अब्बा की उस आँख में केवल 5 प्रतिशत दृष्टि बची थी।

क्या आप कल्पना कर सकते हैं कि एक आँख के साथ कोई भी खेल खेलना कितना मुश्किल है? घर पर इसे आजमाएँ। एक हाथ से एक आँख को ढँक लें और एक गिलास में पानी डालने का प्रयास करें। यह उतना आसान नहीं है। आपको दूरी तय करने के लिए दोनों आँखों की जरूरत है और यह एक स्थिर वस्तु है। अब क्रीज पर खड़े रहने और वेस्टइंडीज के ऐंडी रॉबर्ट्स जैसे गेंदबाजों, जो कयामत के चार घुड़सवारों में से एक थे, 200 किलोमीटर प्रति घंटे की रफ्तार से आपको गेंदबाजी करते हों, का सामना करने की कल्पना कीजिए। अब्बा ने मुझे बताया कि एक बार जब वह बल्लेबाजी करने जा रहे थे, तो वह विकेटकीपर को पार कर गए, जो क्रीज की तुलना में सीमा के करीब था।

अब्बा ने उससे पूछा, 'आप इतने पीछे यहाँ क्या कर रहे हैं?'

'आपको पता चलनेवाला है, जनाब,' हड्डी ठंडा करनेवाला उत्तर था।

चार्ली ग्रिफिथ गेंदबाजी कर रहे थे। ग्रिफिथ, जैसा कि आपमें से कुछ जानते हैं, वे वेस्टइंडीज के तेज गेंदबाज थे, जिनकी एक विवादास्पद घातक

गेंद फेंकने की शैली थी, जो नारी कॉन्ट्रैक्टर के क्रिकेट कॅरियर को समाप्त करने के लिए जिम्मेदार था। यह 1962 का भारत का वेस्टइंडीज दौरा था और नारी कॉन्ट्रैक्टर कप्तान थे; आँख की दुर्घटना से अभी तक नहीं उबरे बीस वर्षीय टाइगर पटौदी, उप-कप्तान थे। यह हेलमेट, एब्डॉमिनल गाड्र्स, थाई गाड्र्स, चेस्ट गाड्र्स और आर्म गाड्र्स के पूर्ण युद्ध कवच, जो हमारे क्रिकेटर आज पहनते हैं, से पहले का समय था। जब गेंद कॉन्ट्रैक्टर को सिर के किनारे पर लगी तो चटकने की आवाज इतनी तेज थी कि ड्रेसिंग रूम में अब्बा बार-बार कसम खाकर कहते रहे कि उन्होंने आवाज सुनी। कान और नाक से रक्त निकलने के कारण, कॉन्ट्रैक्टर पिच से बाहर चले गए, ग्राउंड्समैन ने क्रीज को जितना अधिक संभव था, बालटी भर लकड़ी के बुरादे से सुखाया। अनेक सर्जरी ने उनके मस्तिष्क से खून के थक्के हटा दिए और उनका जीवन बचा लिया, लेकिन कॉन्ट्रैक्टर फिर से टेस्ट क्रिकेट कभी नहीं खेल पाए। अब्बा अचानक जल्द कप्तानी में ठेल दिए गए थे और कई लोगों ने महसूस किया कि वे इसके लिए तैयार नहीं थे।

हाल ही में अपनी दाहिनी आँख की दृष्टि खोने के कारण अब्बा 1962 में वेस हॉल और चार्ली ग्रिफिथ जैसों के खिलाफ इतना अच्छा प्रदर्शन नहीं कर पाए, लेकिन उन्हें 1974-75 में वापस बदला लेने का अवसर मिल गया, जब वेस्टइंडीज टीम ने क्लाइव लॉयड की कप्तानी में भारत का दौरा किया। वेस्टइंडीज ने पहले दो मैचों में जीत हासिल की थी और पूरे आक्रामक अंदाज में थी, जब

गिरे, परंतु आउट नहीं हुए,
जबड़ा टूटने के बाद मैदान छोड़ते हुए अब्बा

27 अगस्त, 1974 को कोलकाता में ईडन गार्डेन पर सूरज उग आया था। खेल के शुरुआती दौर में जब ऐंडी रॉबर्ट्स का एक बाउंसर अब्बा के जबड़े पर लगा, जिसने हड्डी और स्टेडियम में 1,00,000 भारतीयों की उम्मीदें तोड़ दी। इतनी आसानी से विचलित नहीं होनेवाले, अब्बा जबड़े को तार से जुड़वाकर फिर से खेलने के लिए वापस आए और वॉनबर्न होल्डर को एक ओवर में लगातार चार चौके लगाए! भारत ने 85 रनों से यह मैच जीत लिया। एक ऐतिहासिक जीत, आज भी हमारे सबसे प्रतिष्ठित टेस्ट मैचों की जीत में से एक है।

कार दुर्घटना ने उस समय उन्हें कुचल जरूर दिया होगा, लेकिन वह एक योद्धा थे। उन्होंने कहा, 'मैंने एक आँख की दृष्टि खो दी, लेकिन मैंने अपनी महत्त्वाकांक्षा को नहीं खोया।'

उन्होंने पहले ही वैसा जीवन जी लिया था, जैसा वह चाहते थे और उन्होंने इसको एक असंभव सपना बनने देने से इनकार कर दिया। बाधाओं के खिलाफ यदि अपने सपनों को पाने की कोई एक कहानी है, यह उनकी है। उन्होंने यह कैसे किया और उनकी क्रिकेट प्रतिभा के ब्योरे एक अन्य पुस्तक का विषय है, लेकिन अपने बारे में जो कुछ भी लिखती हूँ, वह उनके बारे में लिखे बिना अपूर्ण है। वह अब तक, आसानी से सबसे शांत व्यक्ति थे, जिससे मैं कभी भी मिली हूँ—कुशाग्र बुद्धि, विवेकशील और हाजिर जवाब।

मुझे अपने ऑस्ट्रेलियाई वीजा आवेदन फार्म से उनसे सवाल पूछना याद है। फार्म में पूछा गया था, 'क्या आपको कभी अपराध के लिए दोषी ठहराया गया है?'

'यह लिखना, मुझे नहीं लगता था कि अभी भी जरूरी है!' उन्होंने मुँह दबाकर खिलखिलाते हुए कहा कि बेशक, वे अपनी जेलों की भीड़ से निपटने के लिए ब्रिटिश सरकार द्वारा इस्तेमाल किए जानेवाले दंडात्मक कॉलोनी के रूप में ऑस्ट्रेलिया के इतिहास को संदर्भित कर रहे थे।

अकसर अब्बा खिसियाते थे, चेहरा चमकीले लाल रंग की तरह हो जाता था—आमतौर पर अपने पसंदीदा टेलीविजन शो फौल्टी टावर्स और एलो एलो को देखते हुए।

जिंदगी उस समय हसीन होती है, जब आप हँस रहे हों

जब तक मेरा जन्म हुआ था, तब तक मेरे पिता पेशेवर क्रिकेट से संन्यास ले चुके थे, इसलिए मुझे उन्हें खेलते हुए देखने का मौका नहीं मिला। यह केवल तब था, जब वे अस्पताल में थे, मैंने उनकी लड़नेवाली भावना देखी, जिसकी लोग बातें करते थे; मैंने अपने पिता का खिलाड़ी रूप देखा। अस्पताल में बिताए तीन हफ्तों में स्टेरॉयड ने उनकी मांसपेशियों को आधे से ज्यादा निगल लिया था, लेकिन उनका दिल टूटा नहीं था। आई.सी.यू. के डॉक्टरों ने कहा कि उन्होंने कभी ऐसा कुछ नहीं देखा था और हमें उनके ऊपर बहुत गर्व था, उनके खास होने का गर्व था।

वहाँ भी ट्यूब, मास्क, ड्रिप, गोलियाँ, सिरिंज और डॉक्टरों से घिरे होने के बावजूद, वे हंगामा नहीं चाहते थे। वे हमेशा विनम्र, हमेशा आकर्षक थे। प्रत्येक तकनीशियन से उसके घर के, गाँव या शहर के बारे में सवाल पूछते थे; अपनी परेशानी के बावजूद उन्हें सहज महसूस कराते थे। उनके माध्यम से मैंने देखा है कि एक अच्छा रहनुमा कैसे नियंत्रण करता है, सम्मान की माँग

नहीं करता है; एक बार अपनी आवाज नहीं निकालता—अधिक-से-अधिक निराशाजनक 'रिंकू…'* यदि मेरी माँ के स्वर विशेष रूप से तीखे थे (एक असामान्य घटना नहीं)।

अब्बा के माध्यम से मैंने 'सहिष्णुता' तथा 'जियो और जीने दो', का रवैया सीखा है।

परंपरा का महत्त्व है, बड़ों का मान-सम्मान करना मायने रखता है, लेकिन स्वयं के लिए नहीं और अगर वे चाहते थे, उससे कोई असहमति होती थी, तो वे प्रथाओं से बँधकर नहीं रहते थे। विशेष रूप से मैं इसके लिए आभारी हूँ, क्योंकि इसके कारण कई लोगों की इच्छाओं के खिलाफ मेरे माता-पिता की शादी हुई। नवाबों और अभिनेताओं की प्रतिष्ठा साठ के दशक में समान रूप से संदिग्ध रहती थी और ऐसा ही मेरे लिए!

परिवार की एक अनूठी तसवीर, अनूठी से मेरा मतलब है—एकमात्र

* रिंकू अम्माँ का 'पुकार का नाम' है। एक बंगाली के हमेशा दो नाम होते हैं—एक 'भालो नाम' अर्थात् शुभ नाम और एक 'पुकार का नाम' या घरेलू नाम। उदाहरण के लिए, हम सभी जानते हैं कि भारत के पूर्व राष्ट्रपति को माननीय प्रणब मुखर्जी के रूप में जानते हैं, लेकिन उनके परिवार और दोस्तों के लिए वह हमेशा 'पोल्टू' हैं!

5 जनवरी, 2011 को हमने पटौदी में उनका सत्तरवाँ जन्मदिन मनाया। उसी दिन ग्यारह वर्ष की आयु में अपने पिता को खो देने के कारण वे अपना जन्मदिन कभी नहीं मनाते थे, लेकिन किसी तरह उस वर्ष मेरी माँ ने जोर देकर कहा और किसी तरह वह उस वर्ष मान गए और इसलिए, अपने निकटतम मित्रों और परिवार के बीच हमने खाया, पिया, कहानियाँ कहीं, कविताएँ सुनाईं, जादू का प्रदर्शन देखा और हमने उनके लिए बनाई गई लघु फिल्म दिखाई···सारे हंगामे पर उन्होंने अपनी आँखें बड़ी कीं, लेकिन मुझे पता है कि उन्हें सब अच्छा लगा था।

एक परिवार के रूप में, हम अपनेपन के सार्वजनिक प्रदर्शनों का बड़बोलापन नहीं करते हैं, लेकिन हम उन्हें दिखाना चाहते थे कि हम सब उनसे कितना प्यार करते हैं, सच कहें तो यह बदलाव के लिए था और मैं बहुत आभारी हूँ कि हमें यह करने का मौका मिला, इससे पहले कि उन्हें भगवान् हमसे इतनी जल्दी मात्र आठ महीने बाद छीन लेते। वे बहुत कम उम्र के थे, निश्चित रूप से और उनके साथ कुछ भी गड़बड़ नहीं था, सिवाय इसके कि उनके फेफड़े कार्य नहीं कर रहे थे। इडियोपैथिक पल्मोनरी फाइब्रोसिस नामक एक असाध्य, अपरिवर्तनीय बीमारी। इसमें कुछ तर्कसंगत नहीं था, इससे लड़ने की कोई उम्मीद नहीं थी। उनकी आसन्न मौत से निपटने का हमारे पास एकमात्र वास्तविक तरीका, अंतिम धक्का, इसका साहस से सामना करना था, जैसा कि वे हमेशा कहते थे—'थोड़ा सा दुर्भाग्य।'

22 सितंबर, 2011 को शाम 5.55 बजे, पूरे परिवार की उपस्थिति में, अब्बा ने अपनी अंतिम साँस ली। मैं उनका हाथ पकड़े हुई थी, जब उन्होंने अंतिम साँस ली और मैं देख सकती थी कि उनकी दिल की धड़कन मॉनीटर पर गिरने लगी थी, पहले धीरे-धीरे और फिर तेजी से। वे थके हुए थे। उनके लिए हर जुम्बिश एक मैराथन दौड़ने जैसी थी और यह रुकने का समय था। माता-पिता को खोने से निपटना बहुत मुश्किल है, खासकर जब यह असामयिक हो, लेकिन अगर अब्बा के जीवन ने मुझे कुछ सिखाया है, तो यह स्वीकृति है। जीवन आपको बार-बार नीचे गिरा देगा और आपको अपने

अंदर की ताकत को सँजोकर खड़ा होना होगा। कभी हार नहीं मानना, अपनी आखिरी साँस तक।

जब हम पटौदी में होते हैं, तो मैं एक पुस्तक लेकर उनकी कब्र के पास बैठ जाती हूँ, जहाँ पेड़ों और चहचहाते पक्षियों के बीच वह शांति से विश्राम कर रहे हैं।

अब्बा का अंतिम आरामगृह

मेरी दुनिया बदल गई है, लेकिन वहाँ ऐसा लगता है कि चीजें इतनी अलग नहीं हैं। हम एक-दूसरे से बात करते हैं, वह और मैं, मैं उनकी तुलना में बहुत अधिक बोलती हूँ; हमेशा से बोलती रही हूँ...और वह मृत्यु में रहते हैं, जैसाकि वे हमेशा जीवन के माध्यम से थे, मेरी चट्टान।

□

2

बांग्ला बोलते पारो?

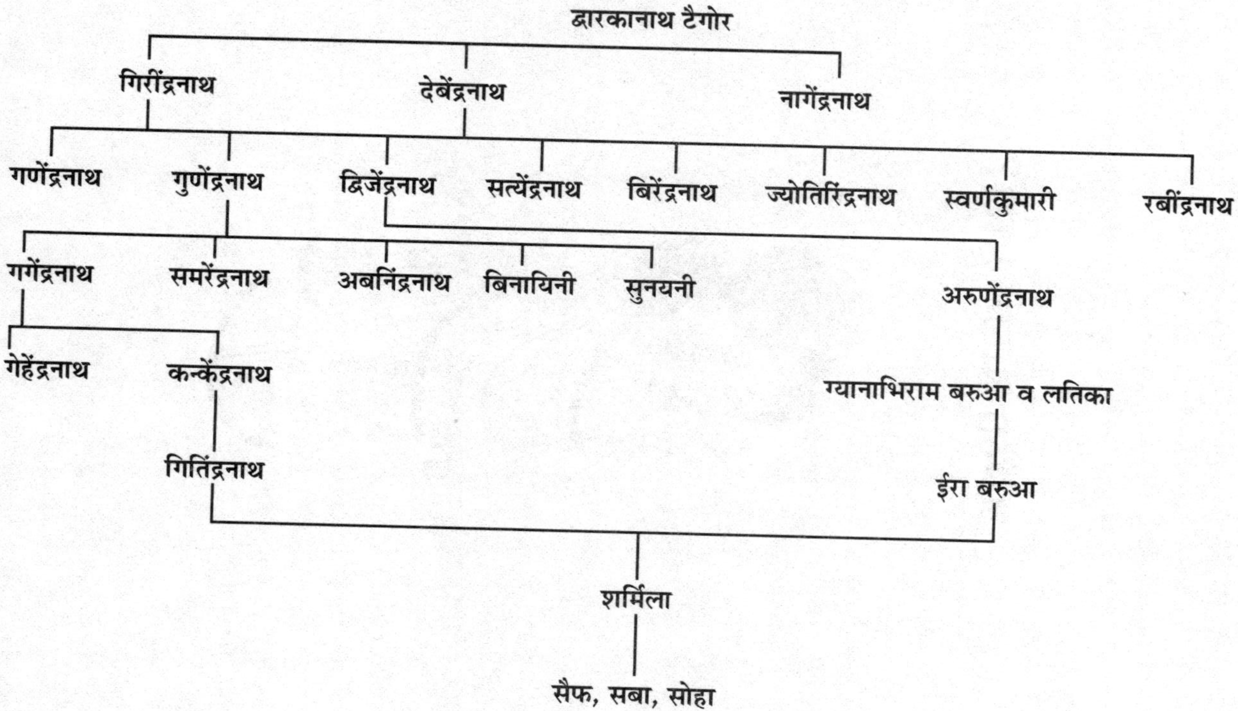
द्वारकानाथ टैगोर
गिरींद्रनाथ
देबेंद्रनाथ
नागेंद्रनाथ
गणेंद्रनाथ
गुणेंद्रनाथ
द्विजेंद्रनाथ
सत्येंद्रनाथ
बिरेंद्रनाथ
ज्योतिरिंद्रनाथ
स्वर्णकुमारी
रबींद्रनाथ
गगेंद्रनाथ
समरेंद्रनाथ
अबनिंद्रनाथ
बिनायिनी
सुनयनी
अरुणेंद्रनाथ
गेहेंद्रनाथ
कन्केंद्रनाथ
ग्यानाभिराम बरुआ व लतिका
गितिंद्रनाथ
ईरा बरुआ
शर्मिला
सैफ, सबा, सोहा

पहली बार कोलकाता में मैं एक प्रेस सम्मेलन में शामिल हुई, जहाँ एक पत्रकार अम्माँ को शर्मिला ठाकुर कहे जा रही थी। एक बार तो मैंने नजरअंदाज किया, दूसरी बार भी, लेकिन आखिरकार मैं उसे सही करने को विवश हुई। 'मेरी माँ का नाम ठाकुर नहीं है,' मैंने विनम्रता से समझाया, 'वह टैगोर हैं।' उस महिला ने मुझे ऐसे देखा, जैसे मैं मजाक कर रही थी और तब जैसे कि मैं पागल हो गई थी। होटल लौटने पर मेरे मैनेजर ने मुझे बताया कि टैगोर ठाकुर का ही अंग्रेजीकृत रूप है, ठीक उसी तरह जैसे चटर्जी चट्टोपाध्याय का या बोस बसु का है।

मैं आधी बंगाली हूँ और बांग्ला मेरी मातृभाषा है, लेकिन मुझे दुःख है कि मैं इसे बहुत अच्छी तरह से बोल नहीं सकती। या पूरी तरह, सच में। जब दुर्गापूजा, किसी कार्यक्रम या किसी फिल्म के प्रमोशन के लिए मैं पश्चिम बंगाल जाती हूँ तो स्थानीय मीडिया को खुश करने के लिए मैंने कुछ पंक्तियाँ सीख ली हैं, लेकिन अपनी भाषायी सीमाओं के बावजूद, इस पुस्तक का कुछ हिस्सा मेरे परिवार के मातृक पक्ष के बारे में समर्पित न करना अनुचित होगा। यदि बेगमों और नवाबों से तुलना मेरी प्रसिद्धि को फीकी करती है, जो मेरी कुलीन वंश परंपरा के पैतृक पक्ष को गाली समान है, तो मेरी माँ का विवाह-पूर्व उपनाम—टैगोर अपनी ख्याति में कम चुनौतीपूर्ण नहीं है।

19वीं शताब्दी में बंगाल पुनर्जागरण के दौरान शोहरत की बुलंदियों को छूनेवाला टैगोर परिवार सैकड़ों सालों से कलकत्ता के प्रमुख परिवारों में से एक रहा है। इस परिवार ने कला के विभिन्न क्षेत्रों में अनेक उल्लेखनीय व्यक्तित्व दिए हैं। इनमें सर्वाधिक प्रसिद्ध हैं रवींद्रनाथ टैगोर, 1913 में साहित्य का नोबेल

पुरस्कार जीतनेवाले पहले गैर-यूरोपीय व्यक्ति और दो देशों—भारत, साथ ही पड़ोसी बांग्लादेश के लिए राष्ट्रगान लिखनेवाले एकमात्र लेखक। मेरी माँ किस तरह रवींद्रनाथ टैगोर से वास्तव में संबंधित हैं, इसको लेकर कुछ संशय है। इस अध्याय में मैं रिश्ते को स्पष्ट करना चाहती थी और इसलिए इसे बेहतर समझने के लिए मैंने माँ से बात की। हमारे बीच बातचीत इस प्रकार हुई—

मैं : अम्माँ, आप रवींद्रनाथ टैगोर से वास्तव में कैसे संबंधित हैं?

अम्माँ (एक गहरी साँस ली और बोलना शुरू कीं) : द्वारकानाथ टैगोर के तीन पुत्र थे, इनमें से एक थे—गिरिंद्रनाथ टैगोर और एक देबेंद्रनाथ टैगोर थे। देबेंद्रनाथ के 14 बच्चे थे (!!!), अंतिम से पहले वाली संतान थे रवींद्रनाथ टैगोर। गिरिंद्रनाथ (संभवतः जनसंख्या संकट के प्रति अधिक जागरूक थे, जिसके लिए उनके भाई अंशतः उत्तरदायी थे और बेखबर प्रतीत हो रहे थे!) के दो पुत्र थे—गणेंद्र और गुणेंद्र। गुणेंद्र के तीन पुत्र थे—गगनेंद्र, समरेंद्र और अबनिंद्र। गगनेंद्र के एक पुत्र थे—गितींद्रनाथ, तुम्हारे दादा, मेरे पिता…

मैं : मुझे आपसे फिर बात करनी होगी। एक पेन लेकर और ढेर सारे कागज भी।

और मैंने सोचा, यह मेरे अभिभावकों का भोलापन था, जो हमारा नाम 'एस' से शुरू होनेवाले चार अक्षरोंवाला रखा—सैफ (Saif), सबा (Saba), सोहा (Soha)!

बहुत नाम छोड़ने के बाद मुझे यह पता चल गया। मेरी माँ के परबाबा गगनेंद्रनाथ टैगोर, रवींद्रनाथ टैगोर के भतीजे थे। गगनेंद्रनाथ स्वयं एक प्रभावशाली कलाकार थे, जिन्होंने जापानी ब्रश तकनीक और सुदूर पूर्वी कला के प्रभाव का अध्ययन किया और उन्हें अपने काम में आत्मसात् किया।

वह इसके बाद आधुनिक शैली के आगे के विकास में जुट गए और क्यूबिज्म लाने के लिए जिम्मेदार थे, जिसे बहुतों ने भारत में 20वीं शताब्दी का सर्वाधिक प्रभावशाली कला आंदोलन माना, लेकिन यह रवींद्रनाथ टैगोर,

या रॉबी दा, जैसा कि उन्हें उनके करीबी पुकारते थे, के साथ रिश्ते हैं, जो सबसे ज्यादा विख्यात है।

वे मेरी नानी, इरा टैगोर थीं, जिनसे मैंने रॉबी दा के बारे में जाना था। वे उनका अतीव सम्मान करती थीं। उन्होंने हमें बताया था कि कैसे 1933 में वे पहली बार जोरासांको स्थित टैगोर पैतृक निवास में उनसे मिली थीं, जहाँ वे अपना एक नृत्य नाटक अभिनीत कर रहे थे। वे बहत्तर साल के थे, वे तेरह कीं और पूरी तरह उनके रोब में थीं। तो भी किसी तरह उन तक पहुँचने का साहस उन्होंने जुटा लिया था।

'तुम्हारे लिए मैं क्या कर सकता हूँ?' उन्होंने पूछा था, वे याद करती हैं। नानी ने सकुचाते हुए अपनी ऑटोग्राफ बुक हस्ताक्षर के लिए उनकी ओर बढ़ा दी, जो उन्होंने कर दिया। फिर उन्होंने लाल दीदी (हम सभी नानी को हमेशा लाल बिंदी लगाने के कारण लाल दीदी बोलते थे) से अपने एक नाटक में अभिनय करने के लिए पूछा। नानी ने हमें ज्यादा नहीं बताया, बस एक छोटा अव्यक्त हिस्सा–अभिनय से उनका पहला और अंतिम वास्ता। इसके बाद लाल दीदी रॉबी दा से कुछ–एक बार पारिवारिक विवाहों और सांस्कृतिक कार्यक्रमों में मिलीं।

रॉबी दा को भी लाल दीदी की तरह लचिस खाना पसंद था और इसलिए खाने के वक्त वे उन्हें तलाशती रहतीं, जब यह तय रहता था कि उन्हें गरम फूले हुए मैदा के लचिस परोसे जाएँगे, जिन्हें वे उनके साथ बाँटकर खाएँगे। रात के खाने के बाद वे आराम करने अपने कमरे में चले जाते थे और तब सभी बच्चे इस बात पर झगड़ते थे कि कौन उनके पाँव दबाएगा।

ऐसी ही एक शाम रॉबी दा ने लाल दीदी से स्वीकार किया कि उनकी पिशी स्वर्णलता (लाल दीदी के पिता की बड़ी बहन) बहुत खूबसूरत थीं और वह उनसे विवाह करना चाहते थे, लेकिन स्वर्णलता की खराब पृष्ठभूमि के कारण रॉबी दा के पिता ने इसकी अनुमति नहीं दी। लाल दीदी के बाबा राय बहादुर गुणाभिराम बरुआ ने अपनी पहली पत्नी की मृत्यु के बाद एक विधवा से विवाह किया था और इन्हीं दूसरी पत्नी ने स्वर्णलता को जन्म दिया था।

उन दिनों हिंदू सामाजिक प्रथाएँ विधवा पुनर्विवाह को वर्जित करती थीं और इसलिए ऐसा विवाह तथा उसके फलस्वरूप होनेवाला परिणाम अस्वीकृति के साथ देखा जाता था।

आप सोचिए, रॉबी दा के पिता देबेंद्रनाथ टैगोर, ब्रह्मो समाज के संस्थापकों में से एक, हिंदुत्व की एक विज्ञ आत्मा और सुधारक ने इस तरह की एक प्राचीन परंपरा पर ध्यान नहीं दिया, लेकिन आप आश्चर्यचकित होंगे। लाल दीदी, पूरी तरह तेरह की और उनमें से नहीं कि परंपरा उनके आड़े आए, अवसर को लपक लीं।

'तो क्या ? मैं आपसे विवाह करूँगी!' उन्होंने रॉबी दा से भावावेश में कहा। रॉबी दा शायद अजीब लचिस के लिए लड़कियों द्वारा इस तरह के प्रस्ताव के आदी थे, उन्होंने उनकी ऑटोग्राफ बुक माँगी और बजाय इसके, उनके लिए एक कविता लिख दी—

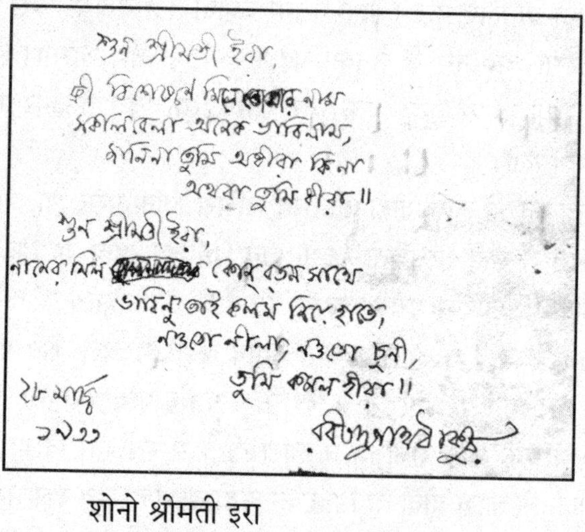
শুন শ্রীমতী ইরা,
কী বিশেষণে মিলে তোমার নাম
সকালবেলা অনেক ভাবিলাম,
জানিনা তুমি অধীরা কিনা
অথবা তুমি ধীরা॥
শুন শ্রীমতী ইরা,
নামের মিল কোন্ রতন সাথে
ভাবিনু তাই কলম নিয়ে হাতে,
নহেত নীলা, নহেত চুনী,
তুমি কেবল হীরা॥
২৮ মার্চ
১৯২২
রবীন্দ্রনাথ ঠাকুর

शोनो श्रीमती इरा
कौन बिशोषन–इ मिले तोमार नाम
शौकाल बेला ओनेक भाभिलाम
जानी न तुमी अधिरा की ना
अथोबा तुमी धीरा

शोनो श्रीमती इरा
नामेर मिल कौन रतन शाथे
भाभिलूम ताई कोलोम निये हाथे
नोय तो नीला नोय तो चूनी
तुमी कमाल हीरा

अनुवाद—

सुनो इरा,
पूरी सुबह मैंने सोचा
कौन सा विशेषण तुम्हारे नाम के लिए दूँ
क्या तुम अधीर हो?
या तुम हो शांतचित्त?

सुनो इरा,
कलम मेरे हाथ में, मैं आश्चर्यचकित
कौन से रत्न से मैं करूँ तुम्हारी तुलना?
न तो नीलम, न ही मणि
तुम हो एक दुर्लभ कमल हीरा।

कुछ साल बाद जब दीदी टैगोर के संरक्षण में शांतिनिकेतन पढ़ने गईं, उन्होंने उनके लिए एक दूसरी कविता लिखी—

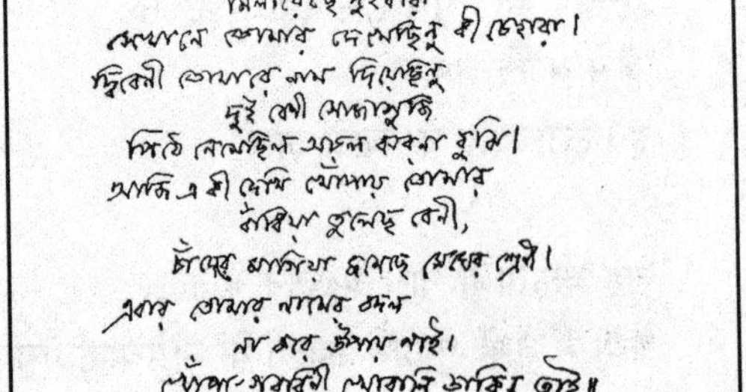
প্রয়াগে যেখানে গঙ্গা যমুনা
মিলায়েছে দুই ধারা
সেখানে তোমার দেখেছিনু কী চেহারা।
ত্রিবেণী তোমারে নাম দিয়েছিনু
দুই বেণী [illegible]
পিঠে নেমেছিল [illegible] বুঝি।
আজি এ কী দেখি খোঁপায় তোমার
বাঁধিয়া তুলেছ বেণী,
চাঁদেরে [illegible] ঢেকেছে মেঘের শ্রেণী।
এবার তোমার নামের বদল
না করে উপায় নাই।
খোঁপা-[illegible] [illegible] তাই॥
রবীন্দ্রনাথ ঠাকুর

प्रयाग-ए जेखाने गंगा जम्नुना
मिलाएछे धारा
सेखाने तोमार देखेछिनू कि चेहरा।
द्विबेनी तोमार नाम दिएछिनू
दुइ बेनी मुखोमुखी
पीथे नेमेक्चिलो अचल झरना बुझि।
आजि ए कग देखि खोपाए तोमार
बढ़िया तुलेछो बेनी,
चंदेर माझिया जोमेछे मेघेर श्रेनी।
एबार तोमार नाम बदल
न कोरे उपाय नइ।
खोपा-गारोबिनी खोबानीडाकिबो ताइ।

अनुवाद—

गंगा-यमुना कहाँ मिलती हैं प्रयाग में
मैंने देखा तुम्हारा, नित्य आनेवाला चेहरा,
नाम दिया तुम्हें द्विबेनी
दो चोटियाँ प्रपात की तरह गिरती हुईं तुम्हारी पीठ पर
मूसलाधार बारिश में एक झरने की तरह।

और आज, मैंने देखा
तुम्हारे बाल गुँथे हुए एक गुच्छे में
जैसे काले बादल
इकट्ठा चाँद के चारों ओर

यह कहता है नाम बदलने के लिए
क्या मैं तुम्हें पुकारूँ बालों के जूड़ेवाली-गर्विता 'खोबानी'

शांतिनिकेतन

कई साल बाद, 1970 में जब नाना-नानी कलकत्ता में बेलवेडेरे इस्टेट से अलीपोर रोड की निहारिका बिल्डिंग में घर बदल रहे थे, लाल दीदी को एहसास हुआ कि वह पुराने घर में अपना चूड़ी का बॉक्स भूल आई हैं। उन्होंने दादा अर्थात् मेरे नाना से कहा कि ऑफिस से घर लौटते समय उसे ले आएँगे। उन्होंने ऐसा ही अगले दिन किया और चमकदार रंगीन बॉक्स सौंपते हुए उन्हें बताया कि चूड़ियों के बीच जीर्ण-शीर्ण कागज की दो रद्दियाँ लिपटी पड़ी थीं, जिसे उन्होंने फाड़कर फेंक दिया।

लाल दीदी और रवि दा

मैं लाल दीदी का चेहरा देखने के लिए कुछ भी दे दूँगी, जब उन्होंने यह सुना! वह अपनी बिंदी की तरह ही लाल पड़ गई होंगी। 'कागज की रद्दियों' तो रवींद्रनाथ टैगोर का बहुमूल्य पहला ऑटोग्राफ और जवाहरलाल नेहरू का एक पत्र थीं, जिसे उन्होंने सैंतीस सालों से प्यार से सहेजकर रखा था। उन्होंने बाद में हमें बताया कि तब वे उनकी जान ले सकती थीं।

लाल दीदी हमारे परिवार में सबसे प्रगतिशील विचारकों में से एक थीं। वह उदार और विनोदी स्वभाव की थीं तथा हम हमेशा उनके आने की बाट देखते थे। दादा 1999 में गुजर गए, उनसे काफी पहले और अपने जीवनसाथी को खोने के कारण उन्हें बरबाद हो जाना चाहिए था। जब सरकार अब्बा गुजर गए थे, बड़ी अम्माँ केवल सफेद कपड़े ही पहनती थीं, मुझे केवल इतना हमेशा से याद है, उनका सफेद साड़ी या एक सफेद

लाल दीदी उत्तमता से तैयार थीं

बड़ी अम्माँ (सफेद साड़ी में) और उनका परिवार

गरारा पहनना। उन्होंने सारे रंग, सारा श्रृंगार त्याग दिया था।

मैंने मान लिया था कि एक ब्राह्मण परिवार से आनेवाली लाल दीदी भी ऐसा ही करेंगी, लेकिन उन्होंने ऐसा किया नहीं। उन्होंने रोजाना सुबह जल्दी उठकर रंगीन सिल्क की साड़ियाँ, मैचिंगवाले जूते और बूट तक लटकनेवाले हैंडबैग से सजना-सँवरना जारी रखा; वे हमेशा लिपस्टिक और काजल लगाती थीं और प्रत्येक दुःखदायी सफेद बाल को श्रमसाध्य सुनिश्चितता से ढकती थीं, तब भी जब वे हृदयाघात से आई.सी.यू. में भरती थीं। केवल एक ही चीज लगाना उन्होंने छोड़ा था—बड़ी लाल बिंदी, विवाह का एक प्रतीक। उन्होंने अम्माँ से बताया कि जिस तरह वे रोज सज-धजकर तैयार होती हैं, दादा को पसंद था और वे उन्हें ऐसा करने से कभी नहीं रोकते।

लाल दीदी ऐसी नहीं थीं, जो दूसरों की मान्यता के आगे झुक जाएँ, यहाँ तक कि जब वे तीन भाइयों वाले एक ऐसे परिवार की नवयुवती थीं, वे अपने लिए रास्ता बनाने में सफल रहीं। वे हमेशा दर्शनशास्त्र और मनोविज्ञान में दिलचस्पी लेती थीं और बी.ए. करने के बाद उच्च शिक्षा प्राप्त करना चाहती थीं। बीसवीं शताब्दी के शुरुआती भारत में महिलाओं को कॉलेज की पढ़ाई के लिए प्रोत्साहित नहीं किया जाता था और लाल दीदी की छोटी बहन के

स्नातक लाल दीदी

जन्म के समय माँ की मृत्यु के पश्चात् उन्हें मामा, जिनके साथ रहने के लिए इलाहाबाद भेजा गया था, का विचार था कि बी.ए. करना उनके लिए आवश्यकता से अधिक था। 15 नवंबर को उनके जन्मदिन के अवसर पर लाल दीदी के पिताजी उन्हें उपहार में एक बनारसी साड़ी देना चाहते थे। साड़ी का मूल्य 50 रुपए था और उन दिनों एमए की फीस भी इतनी ही हुआ करती थी। लाल दीदी ने अपने पिता से इसकी बजाय उन्हें बनारस हिंदू विश्वविद्यालय भेजने की गुजारिश की। उनकी दृढ इच्छा से प्रभावित होकर, क्योंकि वे उनके मामा के अपेक्षाकृत अधिक उदार थे, उन्होंने लाल दीदी को दोनों देने का निश्चय किया, लेकिन इस शर्त पर कि वह पढ़ाई घर से करेंगी; क्योंकि सह-शिक्षा वाले कॉलेज में पढ़ाई का कोई प्रश्न ही नहीं था। एक बार नामांकन हो जाने के पश्चात् पुस्तकों के लिए पैसे ही नहीं बचे और उन्हें उन लोगों से पाठ्य-पुस्तकें तथा संदर्भ सामग्री उधार लेनी पड़ी, जो कि ऐसा कर सकते थे।

बिजली उत्तर प्रदेश के केवल प्रमुख जिलों तक ही पहुँची थी और परीक्षा की तैयारी के लिए उनके मामा उन्हें लगातार लाइट जलाए रखने की अनुमति कदापि नहीं देंगे। इस बात से व्याकुल हुए बिना लाल दीदी ने मेहनत से पढ़ाई की और जब वे उत्तीर्ण हुईं तो उनके पिताजी ने कहा कि उन्हें उन पर कितना गर्व है। अंग्रेजी में एम.ए. की डिग्री हासिल करके उन्होंने वह कर दिखाया, जो उनका कोई पुत्र नहीं कर सका था। जब मैं अपनी नानी के बारे में और उसे प्राप्त करने के लिए उनके संघर्ष के बारे में सोचती हूँ, जिसे मैंने अपना अधिकार समझा है—एक तीन गुनी शैक्षणिक योग्यता, मैं मानने के लिए तैयार हूँ कि भारत में नारी सशक्तीकरण में प्रगति हुई है, छलाँगों और सीमाओं में न सही, कम-से-कम हममें से कुछ के लिए कुछ एक सार्थक कदमों द्वारा ही।

मेरी परदादी का विवाह नौ साल की उम्र में हुआ था और पहला बच्चा

हुआ, तब वह तेरह की थीं, लाल दीदी को अपनी डिग्री के लिए संघर्ष करना पड़ा तथा अम्माँ से जीवनपर्यंत पूछा जाता रहा कि कैसे उनके शौहर ने उन्हें काम करने की 'अनुमति' दी। मेरी जिंदगी, तुलनात्मक रूप से सहज चलती रही, जहाँ हर पड़ाव पर मैं अपनी इच्छा से जी, चाहे वह उच्च शिक्षा हो, जीविका या जीवनसाथी और इसके लिए मैं अपनी अग्रज माताओं की आभारी हूँ, जिन्होंने मेरे लिए रास्ता बनाया!

मेरी माँ के पक्ष का परिवार हमेशा बौद्धिक और रचनात्मक गतिविधियों से प्रेरित रहा है—अम्माँ और उनकी दोनों छोटी बहनें बचपन से ही नृत्य और नाट्यकला में भी प्रशिक्षित थीं। 1956 में, पाँच साल की उम्र में, ओइंड्रिला अर्थात् टिंकू माशी (उनका 'पुकार नाम') ने तपन सिन्हा की 'काबुलीवाला' में मिनी की भूमिका निभाई थी, जिसमें छबि बिश्वास मुख्य भूमिका में थीं। चिंकी माशी, सबसे छोटी बहन, को भी अपर्णा सेन ने '36 चौरंगी लेन में' एक भूमिका की पेशकश की थी, जिसे उन्होंने ठुकरा दिया था; क्योंकि फिल्मों में उनकी दिलचस्पी नहीं थी। इन तीनों में अम्माँ ही थीं, जो आगे चलकर एक मशहूर अभिनेत्री बनीं।

टिंकू माशी को काबुलीवाला में देखने के बाद सत्यजीत रे अपुर संसार,

'अपुर संसार' फिल्म का एक दृश्य

अपु की दुनिया में अपर्णा की भूमिका के लिए उनकी बड़ी बहन को देखने आए। उस वक्त बहुत 'कुलीन' परिवार अपनी बेटियों को फिल्मों में काम करने की अनुमति नहीं देते थे, लेकिन रे को लगा कि इस परिवार ने पहले ही जब एक बेटी को फिल्म में अभिनय करने की अनुमति दी थी तो कम संभावना थी कि वह मना करेंगे। हालाँकि अम्माँ तब केवल तेरह की ही थीं, दादा ने कहा कि उन्हें उनके फिल्म में काम करने पर कोई आपत्ति नहीं है, लेकिन वे उनकी अभिनय क्षमता या उसके चलते होनेवाली कमी की कोई जिम्मेदारी नहीं लेंगे।

आपत्ति डाइआसिसन स्कूल की प्रधानाचार्य श्रीमती दास की तरफ से आई, जहाँ अम्माँ पढ़ती थीं। वे अड़ गई थीं—'अगर शर्मिला फिल्म में अभिनय करेगी, वे इस स्कूल में आगे नहीं पढ़ सकेगी,' चेतावनी दी थी। कारण—अन्य छात्रों के लिए यह एक बुरा उदाहरण प्रस्तुत करेगा। दादा अपने आक्रोश को बरदाश्त नहीं कर सके।

'हम वह टैगोर परिवार हैं, जिसने सभी घिसी-पिटी प्रथाओं को तोड़ा है। गुवाहाटी में विधवा पुनर्विवाह की अनुमति देने की पहल करनेवालों में से एक परिवार हमारा था,' उन्होंने गर्व से घोषणा की। 'हम नहीं चाहते कि हमारी बेटी ऐसे स्कूल में पढ़े।' (वे बेशक लाल दीदी के बाबा राय बहादुर गुणाभिराम का जिक्र कर रहे थे, जिन्होंने एक विधवा से विवाह किया था।)

अगले दिन ही अम्माँ का नाम लोरेटो कॉन्वेंट, आसनसोल में लिखा दिया गया। 'अपूर संसार' जबरदस्त सफल हुई और अगले साल गरमी की छुट्टियों में रे ने देवी में अम्माँ को ले लिया। इसके बाद उन्हें और फिल्मों के प्रस्ताव मिले, खासकर कंचनजंगा फिल्म में एक भूमिका, लेकिन उन्हें इन्हें ठुकराना पड़ा, क्योंकि सीनियर कैंब्रिज की परीक्षा देनी थी, जो उन्होंने विशेष योग्यता के साथ उत्तीर्ण की।

1961 में उन्हें बॉम्बे से बुलावा आया। शक्ति सामंत शम्मी कपूर अभिनीत फिल्म 'कश्मीर की कली' बना रहे थे और वे चाहते थे कि अम्माँ नायिका की भूमिका करें। लाल दीदी और दादा को उन्हें यह फिल्म करने देने से पहले

गंभीरता से सोचना पड़ा; उन्हें लगा कि इसका मतलब होगा अम्माँ के लिए पूरी तरह एक दिशा परिवर्तन—व्यावसायिक सिनेमा, बॉम्बे में निवास, कॉलेज जा पाने में लाचारी। आखिर, जब उन्होंने करार पर हस्ताक्षर किए तो वह एक साथ दो फिल्मों के लिए हुआ। एक चीज से दूसरे का रास्ता बना और अम्माँ अब एक सफल हिंदी फिल्म अभिनेत्री थीं। वे मशहूर थीं। लाल दीदी कश्मीर और नैनीताल सहित अन्य स्थानों की उनकी बाहरी गतिविधियों में साथ जाती थीं और जब वे नहीं जा पाती थीं, जैसे चिंकी माशी के आने की उम्मीद, तब दादा की कोई-न-कोई बहन जाती थीं।

ऐन इवनिंग इन पेरिस

स्वाति

अपुर संसार

लाल दीदी ने हमें मुदित मन से बताया था कि वह बहुत रोमांचित हो जाती थीं, जब अम्माँ उत्तम कुमार के साथ शूटिंग कर रही होती थीं। उनसे उनको 'जबरदस्त आसक्ति' थी, उनके खुद के शब्द-नायक की शूटिंग के दौरान वे रोज सेट पर पहुँच जाती थीं और एकटक उन्हें घूरने लगती थीं, जब तक कि वे असहज और आँखों से ओझल नहीं हो जाते थे।

लाल दीदी ने जीवन का आलिंगन किया और उसके हर पल को जिया। उन्हें युवाओं का साथ पसंद था। उनके पोते एवं उनके दोस्त और बदले में हम उनसे प्यार करते थे। उन्हें हर रात पानी के साथ व्हिस्की के दो पैग लेना पसंद था। वास्तव में, उन्होंने हमें बताया था कि उनके श्वसुर ने उन्हें यह सीख दी थी कि कौन सी शराब पीनी है और किसी के लिए दूसरे पेय की तुलना में व्हिस्की लेकर अपनी सीमा में रहना आसान है।

वे हमेशा हमें हँसाती रहती थीं, तब भी जब उनकी आँख का ऑपरेशन

होना था। मैं उनके पास यह पूछने गई थी कि उन्हें क्या हुआ।

'मैं थिएटर में 'सलाम नमस्ते' देख रही थी' उन्होंने झल्लाकर कहा। 'हीरोइन की आवाज इतनी कर्कश थी कि मेरी रेटिना विस्थापित हो गई!'

उन्हें मूवीज देखना पसंद था। जब वे अस्पताल में थीं और मेरी फिल्म आहिस्ता-आहिस्ता के प्रोमो टी.वी. पर दिखाए जा रहे थे, उसके खत्म होने से पहले वे बोलीं कि इसे देखने के लिए लायक होना चाहती हैं। वे मूवीज कभी नहीं देख सकती थीं, लेकिन मेरी सभी फिल्में जरूर देखती थीं, अच्छी, चाहे बुरीं और मुझे कॉल करके अपने विचार बताती थीं।

उनके साथ रितुपर्णो घोष की 'अंतरमहल' देखना मुझे याद है। 19वीं शताब्दी के कलकत्ता का एक बंगाली सेट, जिसमें मैंने एक दमित 'छोटी बहू' की भूमिका निभाई। वे एक अमीर जमींदार, जो एक उत्तराधिकारी पैदा करना चाहता है, की बीवी है। उस दौर की बंगाली महिलाओं की तरह सजी हुई, मुझे बिना ब्लाउज एक साड़ी से लपेट दिया गया था। मूवी व्यावसायिक और आलोचनात्मक दृष्टि से सराही गई और अधिकतर ने मेरे प्रदर्शन को खूब पसंद किया, लेकिन लाल दीदी की हठ थी कि आगे से मैं इस तरह के बिना ब्लाउजवाले चरित्र नहीं करूँ।

अगर उत्तम कुमार 1960 में उनके प्रिय थे तो नानी के 21वीं शताब्दी के प्रिय हीरो निस्संदेह आमिर खान थे। जब मैंने उन्हें बताया कि मुझे 'रंग दे बसंती' में एक भूमिका मिली है, उन्होंने कहा कि वे आमिर से मिलने के लिए सेट पर आना चाहती हैं। हमने मुंबई, दिल्ली, जयपुर और पंजाब में शूटिंग की, लेकिन दुर्भाग्य से वह किसी भी जगह नहीं पहुँच सकीं। फिर भी जनवरी 2006 में, जब हम फिल्म के प्रचार के सिलसिले में कोलकाता में थे, मैंने आमिर से पूछा कि क्या मैं अपनी नानी को उनके होटल के कमरे में अभिवादन के लिए बुला सकती हूँ। उन्होंने सहृदयता से स्वीकृति दे दी। बंद बोतल के काँच के रंग जैसी हरे सिल्क की साड़ी में वे खूबसूरती से आईं, उनके बालों का जूड़ा उनकी गरदन पर पीछे सुंदरता से पसरा हुआ था। आमिर ने उन्हें एक आरामदेह कुरसी पर बैठाया और पूछा कि क्या वे चाय अथवा किसी प्रकार का ताजा जूस लेना पसंद करेंगी। झट से उत्तर आया—'टीचर्स, बर्फ नहीं।' आमिर के हैरत

भरे चेहरे को देख मैं मुसकराए बिना नहीं रह सकी। तब शाम के 4 बजे थे।

अगर लाल दीदी का स्वभाव उदार तथा स्वच्छंद था, तो मेरी अम्माँ भी काफी हद तक ऐसी ही थीं। सत्रह की उम्र में वह बॉम्बे में रहने और काम करने लगी थीं। वह किसी पत्रिका के कवर पेज के लिए बिकनी में मॉडलिंग करनेवाली पहली भारतीय अभिनेत्री थीं। चौबीस की उम्र में, जब उनका कॅरियर शिखर पर था, उन्होंने वह किया, जिसे बहुतेरे पेशेवर हारा-किरी कहेंगे और शादी कर ली—एक मुसलिम प्रिंस से। ऐसे वक्त में, जब अंतरधार्मिक विवाह प्रचलित नहीं थे। विवाह के बाद उन्होंने काम करना जारी रखा और मातृत्व की जिम्मदारी

वह पहला नृत्य

गरिमापूर्ण व्यक्तित्व

दो दिल और एक हीरा

भी; दरअसल मेरे बचपन की यादों में अब्बा घर पर होते थे और अम्माँ काम पर जाती थीं। वे जाते समय उन्हें '10 में 10' पाने की प्रार्थना करने के लिए हमसे कहती थीं।

मैं तीनों संतानों में सबसे छोटी हूँ। जिस समय मैं पैदा हुई थी, अम्माँ उतना काम नहीं करती थीं, जितना कि भाई जब छोटे थे और वे करती होंगी। मुझे याद है, वे स्कूल के पैरेंट्स-टीचर एसोसिएशन की सक्रिय सदस्य थीं, बेक सैल्स (घर में पकाई चीजों की बिक्री) और चैरिटी फंड एकत्र करने की गतिविधियों में शामिल होती थीं। रोज सुबह वे मेरी बहन और मुझे स्कूल छोड़ती रहीं, जब तक कि हम उस उम्र तक नहीं पहुँच गए, जब हम अपने अभिभावकों से घबराते हैं और चाहते हैं कि वे हमसे एक मील दूर लोगों के बीच रहें।

सैल्यूट छोड़ो, मुझे अपने बाल ठीक करने हैं

एक बार तो उन्हें चिकनपॉक्स (चेचक) हो गई, जो उन्हें मुझसे मिली थी; क्योंकि संक्रमण चरण में मैंने उनसे दूर रहने से मना कर दिया था और मैं तब भी हठ करती कि वह मुझे छोड़ने स्कूल चलें। उन्होंने किया भी, सिर से पाँव तक मलमल में लपेटतीं और डर से आहें भरतीं कि कहीं उन्हें बच्ची को महामारी की चपेट में छोड़ देनेवाला गैर-जिम्मेदार अभिभावक न समझ लिया जाए, लेकिन निर्णय लेने की इस एक चूक से इतर, मैं जानती हूँ कि अम्माँ अभी भी सबसे बुद्धिमान और समझदार व्यक्ति हैं। अनेक अवसरों पर मैंने उनसे परामर्श लिया, क्योंकि मुझे पता है, वे केवल यह नहीं कहेंगी कि मैं क्या सुनना चाहती हूँ, बल्कि मुझे क्या सुनना चाहिए। ब्वॉयफ्रेंड या कॉलेज चुनने से लेकर स्कर्ट की लंबाई और आँख की भौंहों की आकृति तक, मुझे हमेशा ज्ञात रहता कि मेरी माँ की

सोच क्या है। वह अपनी राय के साथ बिल्कुल जटिल नहीं हैं। हालाँकि उसे हजम करना भी आसान नहीं, विशेषकर एक बागी किशोरी के रूप में, यह मुझे सताएगा जिसकी सीमा नहीं है, क्योंकि अंततः उनके पास हमेशा सही रहने की विलक्षण योग्यता थी।

यथा पिता तथा पुत्र

मेरा खयाल है, अब तक मैंने स्थापित कर दिया है कि मेरे अभिभावक और दादा-दादी तथा पर दादा-दादी काफी मशहूर व्यक्ति थे। मेरे भाई सैफ, जिन्हें मैं भाई बोलती हूँ, भी एक प्रसिद्ध मूवी स्टार हैं और इनका विवाह करीना कपूर, बॉलीवुड की एक काफी लोकप्रिय और सफल अभिनेत्री से हुआ है। उनका पुत्र तैमूर तो आँख खोलने के पहले ही ट्विटर पर ट्रेंड करने लगा था। क्या इन सभी ख्यात व्यक्तियों ने मेरे जीवन को प्रभावित किया? मैं उसी कॉलेज में पढ़ने गई, जहाँ मेरे पिता और ऑक्सफोर्ड विश्वविद्यालय पार्क क्रिकेट मैदान के लॉकर रूम में पीतल पर उनका नाम अपने दादा के ठीक दाईं ओर अंकित देखा। मैंने वह पेशा अपनाया, जो मेरी माँ और भाई का था और उसमें अपनी खुद की पहचान बनाने के लिए कड़ा संघर्ष किया। मैं अपने परिवार की उपलब्धियों से घिरी हुई हूँ। मुझे अपनी पारिवारिक विरासत पर बहुत गर्व है; इस परिवार का होने के कारण मैं विशिष्ट अनुभूति करती हूँ, जिसका पीढ़ियों से इतना बड़ा इतिहास, इतनी व्यापक प्रतिभा और कला-प्रवीणता का सिलसिला जारी है। मुझे अपने पारिवारिक संबंधों का लाभ मिला, उन्होंने मेरे लिए दरवाजा खोला और परिचय प्रदान किया, मुझे

एक सुरक्षा तथा सम्मान दिया, जिसे प्राप्त करने के लिए अन्यथा मुझे अनेक वर्ष देने पड़ते, मुझे मान्यता दी, जिससे मुझे ताकत मिली, जो महत्त्वहीन नहीं है और जिसने मुझे आर्थिक सुरक्षा प्रदान की (यह कि मैं अपनी सीमा में रहने की कोशिश करती हूँ—उस बच्चे की तरह, जिसके बारे में आपको पता है कि आप भरोसा कर सकते हैं कि वे आपको लक्ष्य तक ले जाएगा, जब अन्य सभी विफल हो जाते हैं, लेकिन वास्तव में आप चाहते हैं कि तिमोथी आपसे पूछें। (यहाँ तिमोथी से आशय मेरी मेहनत की कमाई से है)।

मेरी बड़ी बहन

बचपन में मुझे दिल्ली में अपने परिवार के साथ लंच के लिए बाहर जाना याद है। भाई ने हाल ही में फिल्मों में काम करना शुरू किया था और ये दिल्लगी का उनका गीत 'ओले ओले' जबरदस्त हिट हुआ था। खाने के दौरान लोग लगातार हमारी टेबल पर मेरे पिता, मेरी माँ और मेरे भाई से ऑटोग्राफ के लिए आते रहे। मेरी बहन और मैं ही बिना बाधा खाना खाना जारी रख सके, जिसका हमने फिर भी आनंद लिया, बाकी तीनों के लिए मन-ही-मन अफसोस करते हुए। मुझे याद नहीं कि मैंने कभी इनकी तरह इतना मशहूर होना चाहा हो कि ऑटोग्राफ दूँ या लोग मुझसे हाथ मिलाएँ। मैंने बचपन से यह सब इतना देखा कि इसे बनाए रखने की लालसा कभी नहीं हुई।

मुझे आशंका है कि कुछ ऐसा ही मेरी बहन, सबा के साथ भी था। वे कैमरे के पीछे हमेशा सहज रहीं, सुंदर तसवीरें लेती हुईं, अपेक्षाकृत कि उसके सामने। कलात्मक रुझान के चलते उन्होंने अपनी अंडरग्रेजुएट डिग्री

के लिए दिल्ली आर्ट्स कॉलेज को चुना और उसके बाद ज्वैलरी डिजाइनिंग की पढ़ाई के लिए कार्ल्सबड, कैलिफोर्निया स्थित जेमोलॉजिकल इंस्टीट्यूट ऑफ अमेरिका चली गईं।

मैंने फिल्म अभिनेत्री बनना चुना, मशहूर होने या पैसे के लिए नहीं। मेरा आशय अहंकार दिखाना नहीं। जब मैं कहती हूँ कि मुझे इन दोनों चीजों की आवश्यकता नहीं—नौकरी को छोड़कर, रचनात्मक पूर्ति मैं किसी अन्य व्यक्ति का किरदार निभाकर पाती हूँ। यह वैसा नहीं, जैसा बहुत से लोग सोचते हैं कि एक अभिनेता होना आसान पसंद है। वास्तव में यह मेरे द्वारा लिये गए बहुत कठिन फैसलों में से एक था। 2004 में अपनी पहली फिल्म से ही मैंने अपना रास्ता खुद गढ़ने, अपनी पहचान खुद बनाने की कोशिश की। मैंने एक हद तक कामयाबी और शोहरत हासिल भी की, जिसे मैं निस्संकोच अपनी अर्जित उपलब्धि बता सकती हूँ, लेकिन वे मेरे परिवार के विभिन्न सदस्यों की उपलब्धियों की तुलना में सामान्य स्तर की है और वहीं खतरे मौजूद हैं, खतरे, जो, यदि आप छिछली सामग्री से बने होते हैं, तो आप ही की तरफ आकर्षित होंगे और आपका व्यक्तित्व छोटा हो जाने का एहसास देंगे।

जैसा कि मैंने पहले कहा, यह पुस्तक मेरे परिवार के प्रति मेरी कृतज्ञता ज्ञापित करने के लिए है, जिनके बिना मैं यहाँ नहीं होती। जिनके बिना मैं नहीं हूँ, जो मैं हूँ। जिनके साथ मैं खिलखिलाई और रोई, लड़ी और बात मानी, शोक मनाया और जश्न भी। जिनके साथ बढ़ने, मैं कौन हूँ और कौन नहीं का पता लगाने के लिए मुझे ताकत और सहारा मिला और, जिनके साथ और बिना मैं अपनी शर्तों पर अपनी खुशियों का पीछा कर रही हूँ।

□

3

सभी सड़कों का रुख सैफीना की ओर

मैं अभी तक बिस्तर में लेटी हुई थी, अपने ट्विटर फीड पर उँगलियाँ फिराती हुई, कॉफी की चुस्कियाँ लेते हुए, उनींदी सी, जब मेरी नजर इस शीर्षक पर पड़ी—सोहा कर रही करीना खान के गर्भ के बारे में बड़े खुलासे।

क्या, कब, कहाँ, कौन,

पत्रकारों को पूछने के लिए सिखाए गए चारों मूल प्रश्नों में से मैं किसी का उत्तर नहीं दे सकी, बल्कि मैं तो पहले से ही घबराई हुई थी। कॉफी जैसे मेरे मुँह में गँदली हो गई थी और मुझे घुटन सी महसूस हो रही थी।

सामान्यतया मैं बहुत सचेत रहती हूँ, मैं कभी अम्माँ, भाई या करीना के बारे में कोई बात नहीं करती और बच्चे के बारे में तो वैसे भी कुछ नहीं। कहीं अनजाने में मेरे मुँह से तो कुछ निकल नहीं गया था?

मैं उठकर बैठ गई तथा लेख के शेष भाग को परखा और जैसे-जैसे मैं पढ़ती गई, मैं निश्चिंत होती चली गई। बड़ा राज था कि भाई और करीना या सैफीना जैसा कि उन्हें इकट्ठे बोलते हैं, बच्चा लंदन में पैदा करने की योजना नहीं बना रहे थे, जैसा कि मुझे मालूम है।

साक्षात्कार मेरे जेहन में कौंध गया। मुझे याद है उस अपरिहार्य प्रश्न का उत्तर देना कि दोबारा बुआ बनने को लेकर मुझे कैसा लग रहा है, जबकि एक सवाल मैं खारिज कर चुकी थी कि हम क्या तैयारी कर रहे, यह भी कि मैं उनके लिए लड़की चाहती हूँ या लड़का, जिसकी मैंने तीखी आलोचना की थी।

'क्या वे बच्चा लंदन में पैदा करेंगे?' प्रश्न एकदम अनपेक्षित था और मैं हतप्रभ थी।

'वे क्यों बच्चा लंदन में पैदा करना चाहेंगे?' वहाँ कुछ चटपटा लिखने

की तैयारी थी और गुपचुप विनिमय की झलक और मैंने जल्दी से जोड़ा, 'मुझे कुछ पता नहीं, वे क्या योजना बना रहे और जहाँ तक मैं जानती हूँ, वे लंदन में बच्चा पैदा करने की योजना नहीं बना रहे।' मैंने बहुत यकीन से कंधे उचकाते हुए अपनी बात समाप्त की, लेकिन क्या-क्या मुझे पता होना चाहिए।

इसलिए यह तथ्य कि बच्चा लंदन या बोलिविया या जिम्बाब्वे या मंगल ग्रह पर पैदा नहीं होगा, इस मसले पर यह बड़ी खबर थी। कोई संक्षिप्त ब्योरा या गैर-विस्तार बड़ी खबर है और कुछ पत्रकार इन चटपटी खबरों को उजागर करने के लिए बड़ी चतुराई से आएँगे, जैसा कि प्रश्न करने के तरीके को नीचे लिखी पंक्तियो में दरशाया गया है, मुझे अकसर निशाना बनना पड़ता है—

द ग्रेट इंडियन होम मेकओवर-आंतरिक पुनर्सज्जा पर एक टेलीविजन शो, जिसकी मैं मेजबानी करती हूँ, की पहली कड़ी की शुरुआत करते समय—

प्र : शो के बारे में हमें बताइए।

उ : यह घर रूपांतरण का शो है, जहाँ हम एक गृहस्वामी को अचरज में डालते हैं और अड़तालीस घंटे में एक कमरे का स्वरूप बदल देते हैं।

प्र : पुनर्सज्जा की बात चली, तो आप सैफीना के घर में बच्चे के कमरे के लिए क्या कर रही हैं?

बालमेन घड़ियों के लिए एक पत्रकार सम्मेलन के दौरान—

प्र : बालमेन घड़ियों के बारे में बताइए कि आपको क्या पसंद है?

उ : वे स्टाइलिश, सुरुचिपूर्ण और स्त्रियोचित हैं। एक स्त्री की घड़ी समय बताने वाली घड़ी से अधिक होती है। वह आभूषण का एक हिस्सा है, स्टाइल में एक सहायक।

प्र : समय की बात चली, तो बच्चा आने के साथ यह परिवार में एक खुशी वाला समय है। यह कब तक अपेक्षित है?

आभूषण के एक ब्रांड स्टोर के उद्घाटन पर—

प्र : आपका पसंदीदा आभूषण कौन सा है?

उ : स्पष्ट कारणों से, मेरी सगाई की अँगूठी (रिंग)।

प्र : रिंग्स की बात चली, तो नए साल में परिवार के नए सदस्य के लिए आप रिंगिंग (जश्न की तैयारी) करेंगी, आप सब किस तरह नव-वर्ष की संध्या बिताएँगे?

जब फिल्म 31 अक्तूबर को प्रोमोट कर रही थी—

प्र : फिल्म और अपनी भूमिका के बारे में हमें बताइए।

उ : यह 1984 के सिख-विरोधी दंगों के बारे में एक वास्तविक जीवनवृत्त है और मैंने एक सरदारनी की भूमिका की है। फिल्म में मेरे तीन बच्चे हैं।

प्र : बच्चे की बात चली····(ठीक है, यह एक मैं छोड़ सकता हूँ।)

फेमिना दिवा स्टाइल प्रतियोगिता के समय—

प्र : स्टाइल का मतलब आपके लिए क्या है?

उ : मनपसंद कपड़ों से अपने व्यक्तित्व को सँवारना, आरामदायक, आत्मविश्वास और स्वयं को इस तरह पेश करना, जो आपको सबसे अलग दिखाए।

प्र : अलग दिखने की बात चली, तो क्या करीना गर्भ में पल रहे बच्चे के साथ फैशन के नए तरीके स्थापित कर रही है?

एक लाइफ स्टाइल साक्षात्कार के दौरान—

प्र : आज से पाँच साल बाद आप खुद को कहाँ देखती हैं?

उ : मैं इतनी दूर तक नहीं सोचती। मैं अतीत में नहीं जीना चाहती हूँ या भविष्य के लिए कोई योजना है, मैं वर्तमान में जीती हूँ। वर्तमान की बात चली है, तो आप बच्चे को क्या देनेवाली हैं, क्या आपने तय किया?

कुणाल और मेरी प्रोडक्शन कंपनी रेनीगेड फिल्म्स की घोषणा के अवसर पर पत्रकार सम्मेलन के दौरान—

प्र : आपने अपनी कंपनी का नाम रेनीगेड फिल्म्स क्यों रखा?

उ : रेनीगेड का अर्थ है विद्रोही। हमें पसंद आया, क्योंकि यह सामान्य से अलग करने के अर्थ में है, चीजों को अलग ढंग से करना।

प्र : नाम की बात चली, तो क्या यह सही है कि वे बच्चे का नाम सैफीना रखनेवाले हैं ?

आप खून के घूँट पीजिए।

मैंने हिसाब लगाया कि इस दृष्टांत में काफी कम नुकसान हुआ था, इसलिए मैंने अपना फोन एक किनारे फेंक दिया, कॉफी की एक और चुस्की ली और राष्ट्रीय समाचारों की कम चौंकानेवाली सुर्खियाँ देखने लगी।

□

4

एक युग का प्रारंभ

‘तुम कॉलेज जा रही हो बेटा?’ मुझे याद है, एक छिद्रान्वेषी आंटी द्वारा बार-बार मुझसे पूछना, मुझे एक बार अच्छा नहीं लगा था। ‘आंटी, बल्लिओल,’ मेरा सपाट जवाब था। उन्होंने मुझे ऐसे देखा, जैसे उन्हें विश्वास ही न हो और खारिज करने के अंदाज में मेरे सिर पर चपत लगा दी।

बल्लिओल कॉलेज, ऑक्सफोर्ड विश्वविद्यालय। यह बोलती तो वे प्रभावित होतीं, लेकिन तब तक मैं फैसला ले चुकी थी कि मेरे बारे में उनकी राय कोई मायने नहीं रखती।

बल्लिओल को 1263 में जॉन आई डे बल्लिओल ने स्थापित किया था। यह ऑक्सफोर्ड और अंग्रेजी बोलनेवाली दुनिया के प्राचीनतम कॉलेजों में से एक है। यहाँ लिंडसे नाम का बार भी है, विश्वविद्यालय में छात्रों द्वारा पूरी तरह संचालित बार, या कम-से-कम तब तो था ही, जब मैं वहाँ थी। कॉलेज के पूर्व छात्रों में से तीन ब्रिटेन के पूर्व प्रधानमंत्री हैं—एच.एच. अस्कीथ, हैरॉल्ड मेकमिलन और एडवर्ड हीथ, पाँच नोबेल पुरस्कार विजेता और अनेक साहित्यिक विभूतियाँ तथा दार्शनिक, जिनमें एडम स्मिथ, रॉबर्ट ब्रॉउनिंग एल्डस हक्सले और ग्राहम ग्रीन शामिल हैं।

मेरी व्यक्तिगत पसंद हैं—विकासवादी जीवविज्ञानी रिचर्ड डाकिंस और पत्रकार क्रिस्टोफर हिचेंस, अन्यथा जिन्हें लोग ‘हिच’ के नाम से जानते हैं, जिन्होंने ‘हिच-22’ नाम से एक कथा लिखी थी। अगर आप बल्लिओल कॉलेज के प्रमुख पूर्व छात्रों को देखेंगे तो आप इन सभी मशहूर हस्तियों को एक गैलरी में पाएँगे और उनमें, अपनी योग्यता के अनुरूप, मेरे पिता की भी तसवीर है। आपको एक रंगीन तसवीर भी दिखेगी, मात्र दस रंगीन चित्रों में एक

लड़की, एकमात्र लड़की—मैं!! एरियल के नए इंस्टामेटिक वॉशिंग पाउडर की लॉन्चिंग के एक कार्यक्रम से ली गई तसवीर। मुझे पूरा यकीन है कि गैलरी में मेरी बाईं ओर वाले महानुभाव ने रसायन का नोबेल पुरस्कार जीता है।

(दाएँ से बाएँ) एल्डस हक्सले, एच.एच. अस्कीथ, ग्राहम ग्रीन, मैं, सिरिल नॉर्मन हिंशेलवुड

ऑक्सफोर्ड के एक छात्र की छवि जेहन में ताजा हो गई। आपको माफ किया जाएगा अगर आपके मस्तिष्क की आँखों ने कल्पना की कि आपके पास जो अभागी आत्मा है, वे खिड़कियों के दूने चमकदार काँच की तरह मोटा चश्मा पहने एक मुरझाए और बदसूरत व्यक्ति की है, जिसकी पुस्तक पर टिकी नजरें लड़खड़ा रही हों। मेरी भी यही धारणा थी, जब मैंने बल्लिओल पर लागू की, इस उम्मीद में कि जो पारिवारिक परंपरा का एक हिस्सा बन चुका था, उसे जारी रखूँगी। मेरे पिता और दादा दोनों ने यहाँ पढ़ाई की।

बल्लिओल कॉलेज : घर से दूर घर, 1996–99

जब मैंने अब्बा से कहा कि मैं अपनी शैक्षिक योग्यता के आधार पर ऑक्सफोर्ड में दाखिला लेने की कोशिश करने जा रही हूँ तो वे भौचक हो गए। उन्होंने मुझसे कहा कि तुम्हें सेंट हिल्डा के लिए आवेदन करना होगा, संपूर्ण महिला कॉलेज, जो उन स्त्रियों के लिए 1893 में स्थापित किया गया था, जो बड़ा सोचने की हिम्मत नहीं जुटा पातीं। मुझे इस सोच को आहिस्ता से तोड़ना था, क्योंकि 1979 से महिलाओं को बल्लिओल में अध्ययन करने की अनुमति दी गई थी। भाग्य से, जब मैं आवेदन कर रही थी, नियमों में कुछ बदलाव हुआ था और एक शब्द में कहें तो खतरनाक प्रवेश परीक्षा से मुक्ति मिल गई थी, जिसे दुनिया में सबसे कठिन माना जाता है। आवेदकों को 3000 शब्दों में एक विषय—जैसे, 'बुराई क्या है' या 'धैर्य क्या है ?' पर निबंध लिखना था। उस साल की एक प्रसिद्ध कहानी है, जब 'साहस क्या है ?' के उत्तर में एक छात्र ने लिखा, 'यह है' और शेष पन्ने रिक्त छोड़ दिए। कोई नहीं जानता कि उस छात्र का क्या हुआ, इसलिए बहुत संभव है कि यह एक शहरी मिथक हो या ज्यादा-से-ज्यादा संभव है कि प्रोफेसर ने उसे फेल कर दिया होगा, यह लिखकर, 'नहीं, यह बेवकूफी है।'

मैं कोई बहादुर नहीं थी। जब श्रीमती प्रभु, प्रधानाचार्या ब्रिटिश स्कूल, जिसकी मैं बारह साल तक छात्रा रही, ने 1996 की गरमियों में एक सुबह मुझे अपने ऑफिस में बुलाया, मुझे जानकारी थी कि ए-लेवेल के परिणाम घोषित हो चुके थे और मेरी किस्मत तय हो चुकी थी। बल्लिओल की अपेक्षा थी—दो ए और एक बी, कोई असंभव काम नहीं, लेकिन उसी साल पहले हुआ मॉक एग्जाम, एक तरह से आपदा ही सिद्ध हुआ था—इतिहास में ए, जैसा कि अनुमानित था, अर्थशास्त्र में बी और साहित्य में एक डरावना डी!

मेरी साहित्य की टीचर श्रीमती नरुला ने मुझे बताया था कि मेरे उत्तरों में संवेदना और भावना का अभाव था तथा इन बातों को समझने के लिए मैं ज्यादा थिएटर करूँ। इस तरह मैंने टेनेसी विलियम्स के नाटक 'ए स्ट्रीटकार नेम्ड डिजायर' की बारहवीं प्रस्तुति में ब्लैंश ड्यू बॉइसकी स्टार भूमिका निभाई। वह मेरा चमकदार पल था—मेरा पूरा परिवार मेरे प्रदर्शन को देखने के लिए

आ रहा था, जिनमें मेरे पिता भी शामिल थे, जिन्होंने इसके पहले स्कूल में कुल मिलाकर एक बार पाँव रखा था—अभिभावकों-बच्चों का क्रिकेट मैच, जिसमें उन्होंने ग्यारह साल के समूह के खिलाफ नाबाद 250 रन बनाए थे और एक हफ्ते तक किसी ने मुझसे बात नहीं की थी।

नाटक से पहले दस मिनट का एक प्रहसन था, जहाँ 'द मर्चेंट ऑफ वेनिस' के एक दृश्य को हम अभिनीत कर रहे थे। मेरे पिता ने सोचा कि इसी में मैं थी—'पोर्शिया के नौकरों में एक', मेरा स्टार पल और प्रहसन समाप्त होते ही, जब तक कि मुख्य नाटक प्रारंभ होता, वे वहाँ से चले गए!

सभी अच्छे अभिनेता थिएटर करते हैं

'तो यह क्या होगा?' श्रीमती प्रभु के चेहरे पर रहस्यमय भाव थे, जब उन्होंने मुझे एक लिफाफा पकड़ाया, जो अंदर की सामग्री के भार के अनुरूप काफी पतला था। मैंने आहिस्ता से परिणाम की चिंता किए बिना, अनेकार्थता के आरामदायक आलिंगन के अधिकार के साथ उसे खोला। मेरी बेचैन आँखों के सामने तैर रहे अक्षरों पर अपना ध्यान केंद्रित करने के लिए मैंने स्वयं को मजबूर किया। मुझे तीन ए मिले थे। मैंने अपनी भावनाओं को समझने की कोशिश की। जाहिर है, वहाँ खुशी थी। मैंने कक्षा में टॉप किया था। मेरे अभिभावकों को कितना गर्व होगा, लेकिन मेरे पेट में यह बात हजम भी नहीं हो रही थी। मैं विश्वविद्यालय में जा रही हूँ। मैं अपने घर, परिवार, अपने देश से पहली बार बाहर जा रही हूँ और अब मैं कक्षा में सबसे स्मार्ट लड़की नहीं रह पाऊँगी; एक बहुत बड़े तालाब में मैं एक छोटी मछली बनकर रह जाऊँगी—एक तालाब, जहाँ सभी मछलियाँ मोटा चश्मा पहनती हैं और डेसकारटेस—एक फ्रांसीसी दार्शनिक व गणितज्ञ का हवाला देती हैं तथा मजाक करती हैं, इस तरह—जीन-पॉल सार्त्र एक बार में जाते

हैं और बारटेंडर से कहते हैं, 'मुझे' बिना क्रीमवाली एक कप कॉफी चाहिए श्रीमान्।' बारटेंडर जवाब देता है, 'मुझे' खेद है, लेकिन क्रीम समाप्त हो चुकी है। बिना दूध के चलेगी?'

अरे!

मेरे अठारहवें जन्मदिन के पहले मैंने दिल्ली से लंदन के लिए कूच किया। अब्बा, अम्माँ और मैं। 1952 में जब अब्बा को कॉलेज में प्रवेश मिला था, उनकी यात्रा पानी के जहाज से 2 हफ्ते में पूरी हुई थी। यही लगभग 6000 किलोमीटर हवाई जहाज से पूरा करने में केवल नौ घंटे लगे, लेकिन मुझे यकीन है कि मैंने उतनी ही घबराहट महसूस की, जितनी उन्हें तब हुई थी। मुझे याद है, हमारे प्रस्थान से पहले रात में जब मैं अपने बिस्तर पर बैठी हुई सोच रही थी कि मैं अपना जामुनी, बैंगनी खरगोश, पैक करूँ या नहीं, तभी माँ ने दरवाजा खटखटाया।

'अब्बा को नहीं लगता कि यह अच्छा विचार है, लेकिन मैं चाहती हूँ कि तुम यह रख लो,' मेरे हाथ में लाल रंग का एक छोटा सामान रखते हुए उन्होंने कहा। मेरा पहला मोबाइल फोन!

उस समय तक हमारे पास केवल एक लैंडलाइन फोन हुआ करता था, एक लंबे एक्सटेंशन तारवाला, जिसका अनुसरण आप गलियारे, जमीन से होते हुए कर सकते थे, जब तक कि आप उस सिरे तक न पहुँच जाएँ, जहाँ वह आपा के बंद दरवाजे के नीचे से भीतर जा रहा था और तब आपको विनयपूर्वक दरवाजा खटखटाना होता था कि उनके विश्राम में खलल न पड़े, जबकि वे लैला से गप कर रही होती थीं कि कौन आकर्षक था, टॉम क्रूज या ब्रैड पिट्ट। अब्बा के पास एक मोबाइल फोन था, लेकिन वह हमेशा बंद रहता था।

'मैं इसे ऑन कर लूँगा, जब मुझे किसी से बात करनी होगी,' उनका कहना था। 'यह दूसरों को मेरे लिए उपलब्ध रखने के लिए है, न कि मुझे दूसरों के लिए उपलब्ध रखने के लिए।'

तब मोबाइल फोन भी काफी महँगे हुआ करते थे और उनसे की गई कॉल्स अत्यधिक खर्चीली। पहले व्यावसायिक मोटरोला मोबाइल फोन ने 30

मिनट का टॉक टाइम, छह घंटे का स्टैंडबाई दिया था, जो केवल 30 नंबर स्टोर कर सकता था और मूल्य लगभग 4000 अमेरिकी डॉलर (भारतीय रुपए में बदलकर देखिए तब आपको पता चलेगा कि यह कितना महँगा था!)। लेकिन यह 1983 की बात है।

और तब अचानक, वह दिन आ गया। मुझे याद है उनका मुझे कमरे तक छोड़ना, मेरा सामान उतारना, मुझे लंच के लिए ले जाना और फिर विदा होना। मैं नहीं चाहती थी कि वह लोग जाएँ, लेकिन मैं उन्हें बता भी नहीं सकी कि मैं कितना भयभीत थी। अब्बा उदास थे। उन्होंने एक निकास पाइप को दिखाया, जिस पर चढ़कर एक बार आधी रात में गेट बंद होने पर वह और उनके दोस्त चोरी से कॉलेज में घुसे थे।

'सुनिश्चित करना कि तुम समय से वापस लौटो,' उन्होंने मुझसे कहा।

'अब्बा, उन्होंने हमें एक चाबी दी है,' मैंने उन्हें शिष्टता से बताया।

मैं कह सकती हूँ कि परंपरा के इस छोटे से गढ़ में लैंगिक समानता की फौलादी प्रगति को स्वीकार करने में उन्हें परेशानी हो रही थी। कॉलेज प्रांगण, अपने बच्चों को आलिंगन में ले रहे परिवारों से भरा हुआ था। खुशनुमा माहौल और पीठ पर थपकियाँ। मैं नहीं रोई थी। जब आपकी आँखों के सामने जिंदगी चमक रही हो, कुछ छवियाँ ऐसी होती हैं, जिन्हें आप जानते हैं कि आप उनकी बराबरी कर सकते हैं और यह उनमें से एक थी। आसमानी नीले रंग की किराए की सीडान जाते हुए धूल उड़ाती गई, मेरे अभिभावकों को मुझसे और दूर और दूर ले जाती हुई और उनके साथ जाता हुआ मेरा बचपन।

मैंने दूर जाती कार की तरफ से बलपूर्वक स्वयं को मोड़ा और कॉमन रूम की तरफ बढ़ गई, जहाँ नए विद्यार्थी जमा हो रहे थे। सभी जैसे आत्मविश्वास से भरे हुए और सहज-शांत। बालों में सुर्ख लाल काँटा लगाए एक दुबली लड़की भी वहाँ लकड़ी के एक तने पर बैठी हुई थी और उत्तरी आयरिश उच्चारण में अन्य सभी से मिल रही थी। फर्श तक लंबा गहरे रंग का कोट पहने अद्‍भुत रूप से नीली आँखोंवाला एक विवर्ण लड़का एक कोने में सिगरेट रोल कर रहा था। रग्बी कमीजें पहने कुश्ती लड़ने वाले मांसल लड़कों के समूह से ठठाकर

हँसने की आवाजें खिड़की से आ रही थीं। विज्ञान या कंप्यूटर में दिलचस्पी लेनेवाले सारे चश्मीश कहाँ थे? मैंने सारी जिंदगी एक स्कूल में पढ़ाई की थी और इस कारण भूल गई थी कि दोस्त कैसे बनाते हैं। मैं इन लोगों के समीप कैसे आऊँगी, यह तो सोचा ही नहीं?

मैं मातृत्व जैसी ऊष्मा से भरपूर एक लड़की के प्रति हमेशा कृतज्ञ रहूँगी, जिसने मेरी दयनीय दशा को समझा और मेरे बचाव में आई थी। चलो उसे कैथी कहते हैं, क्योंकि वह उसका नाम था। उसने मेरी नब्ज को संयत करने के लिए मेरी ओर मीठी चाय का एक मग बढ़ाया और मुझे एक भय से परे औसत दिखनेवाले लोगों के बीच धकेला। वह जिन विषयों में नामांकित थे, उनके नोट्स का आदान-प्रदान कर रहे थे, कौन कहाँ से था, किस स्कूल में पढ़ता था, इत्यादि। मेरी बातचीत हताशापूर्ण थी। मैं चाहती थी कि मुझे सब पसंद करें। सब मुझे स्वीकार करें। मैं मित्रविहीन नहीं रहना चाहती थी, लेकिन मुझे जल्द ही एहसास हुआ कि भले ही केवल मैं अकेली 'बिना घुली-मिली' भारतीय थी, हम सब अधिक-कम एक ही नाव में सवार थे। हममें से कुछ ने शाम 7 बजे डिनर पर मिलने की व्यवस्था की और मैं अपने कमरे में आराम करने चली गई, मोबाइल फोन छिपाया और उस अनुचित रूप से जल्दी के डिनर के लिए हाजमा दुरुस्त करने की कोशिश करने लगी।

मुझे ऑक्सफोर्ड में व्यवस्थित होने में पूरे तीन महीने लगे। मैं बिल्कुल ठंडी हो रही थी। निश्चित रूप से दिल्ली की सर्दियाँ तीखी होती हैं, लेकिन घर पर हमारे बिस्तर हर रात गरम पानी की बोतलों से पहले ही गरम कर दिए जाते थे और नहाने का पानी भी बालटियों में एक आदर्श तापमान तक गरम कर दिया जाता था। हम सभी ने एक साथ खाना खाया था, आग का भी इंतजाम था। हम एक नीची, चौकोर मेज के चारों ओर गद्दे पर बैठे, रजाई से अपने पैरों को ढँके, नीचे रखी अँगीठी से गरम और आरामदायक महसूस कर रहे थे। दूसरी तरफ बल्लिओल में मेरा कमरा तेरहवीं शताब्दी का बना हुआ था और तब से उसका पुनरुद्धार हुआ हो, इसके कोई संकेत नहीं थे। वहाँ एक सिंगल बिस्तरा, एक डेस्क और एक कुरसी, एक पतली अलमारी, दो नलों

के साथ एक बेसिन, एक जमा देनेवाले ठंडे पानी और दूसरा जला देनेवाले गरम पानी का तथा एक बिजली का हीटर। एक खिड़की से बाहर झाँकने के लिए डेस्क पर चढ़ना पड़ता था, जो शहीद स्मारक के आनंदमय परिदृश्य की अनदेखी करता था, जो सोलहवीं शताब्दी में पाखंड के लिए जान दाँव पर लगानेवाले जला दिए गए तीन प्रोटेस्टेंट की स्मृति में बना था। वहाँ पहले कुछ सप्ताह तक बिजली का हीटर मेरा सबसे अच्छा दोस्त था। मैं एक स्वेटर और एक जोड़े मोजे पहनती, खुद को बत्तख की रोएँवाली रजाई से लपेटती और मूलतः शीतनिद्रा में चली जाती, बाहर निकलती केवल खाने के लिए (ट्विक्स के खूब बड़े बार्स, पॉट नूडल और डाएट कोक)। एक रात, एक असाधारण घटना हुई, जो इकारस को शर्मिंदा कर दे, मैं हीटर के काफी करीब सो गई थी और मेरी रजाई ने आग पकड़ ली। भाग्य से अति-संवेदनशील फायर अलार्म बज उठा, जिसने मुझे घबरा दिया, लेकिन मेरी जान बचा दी। तब मैंने फैसला किया कि अब कुछ ज्यादा हो गया। हीटर मेरी उँगलियों और पंजों को गरम कर सकता था, लेकिन मुझे अपने गृहातुर (होमसिक) हृदय के चारों ओर जमी बर्फ पिघलाने के लिए दोस्तों को बनाने की जरूरत थी।

आप में से जिन लोगों ने घर से बाहर रहकर पढ़ाई की होगी, उन्हें पता है कि आप फ्रेशर्स वीक अब्बा-थीम्ड पार्टी में चौथे जिन और टॉनिक के बाद विश्वविद्यालय में खर्च किए अपने तीन वर्षों का बेहतर हिस्सा उन दोस्तों से छुटकारा पाने की कोशिश में करते हैं, जो आपने बनाए थे। जैक, जिल, मैरी और हम्प्टी डम्प्टी (असली नाम नहीं) के लिए कोई अपराध नहीं है।

किस्मत से जल्द ही मेरी मुलाकात शैर्लोट और टॉम (वास्तविक नाम) से हुई। टॉम ने सचमुच मुझे अपना ज्ञान बढ़ाने में मदद की। वसंत ऋतु की छुट्टियों में हमने एक साथ यूरोप और अफ्रीका की यात्रा की, ऑक्सफोर्ड सिटी सेंटर से पेरिस में एफिल टॉवर तक का सफर, पिट्ठू लादे हुए ऊँटों के ऊपर विलक्षण स्पेनिश शहरों—टोलेडो और ग्रेनेडा के माध्यम से सहारा रेगिस्तान की छानबीन करते हुए हमने इक्सा (ईदगाह) और हंपी (झोंपड़ी) जैसी रचनाओं के नाम दिए, इस बीच 1001 अरेबियन नाइट्स पढ़ते हुए, फेज में टैगाइंस

और मारकेश में संतरे का स्वाद लेते हुए तथा कैसाब्लांका वास्तव में कितना गंदा और रूमानियत से परे था, पर आश्चर्य व्यक्त किया।

टॉम और मैं—सहयात्री

शैर्लोट मेरे गलियारे में दूसरी तरफ रहती थी और सत्रहवीं सीढ़ी पर स्थित बाथरूम के इस्तेमाल के लिए सभी चौदह लोग जब लाइन में अपनी बारी आने का इंतजार करते थे, तभी हमारी दोस्ती हुई थी। कोई टब-स्नान कर रहा था और इस कारण हम भारत के बारे में तथा संसाधित भोजन और गैसयुक्त पेय का आहार कैसे गंभीर रूप से कब्ज कर रहा था, बातें कर रहे थे। बाद में मुझे ध्यान आया कि मैं ही सारी बातें किए जा रही थी। जब बाथरूम का दरवाजा खुला और एक नवयुवक कमर में तौलिया लपेटे तथा हाथ में साबुन लिये बाहर आया। मैं अंदर घुसने के करीब थी कि युवक के बाद सिर से पानी झटकाते हुए एक लड़की बाहर निकली। मैंने सामुदायिक स्नान के इस आकस्मिक प्रदर्शनी से उपजे अपने विस्मय को छिपाने की कोशिश की और फिर से दरवाजे की ओर बढ़ी, जब अविश्वसनीय रूप से, एक और व्यक्ति मस्तीवाली धुन के साथ सीटी बजाते बाहर आया। इस बार मैं अपने भाव छिपा नहीं पाई, बल्कि उसकी ओर अवाक् घूरती रही, शरम से मेरे गाल लाल हो रहे थे, मुझे लगा मैंने इतनी पुरातनपंथी होने के कारण अशिष्टता की। वास्तव में यह उन लोगों

की जिम्मेदारी बनती थी, मैंने कारण के बारे में सोचने की कोशिश की—सोचा, उन सभी ने स्वतंत्र रूप से स्नान न करके बहुत सारा पानी बचाया। मैंने शैलोंट की ओर देखा, फिर टब को और एक बार फिर शैलोंट को।

'हाते के उस पार कुछ शॉवर्स हैं,' उसने कहा। क्लेशकर मौन को तोड़ते हुए, और हम दोनों को जैसे खिलखिलाने का दौरा पड़ गया। उसी रात बाद में जल्दबाजी में मैंने अपनी माँ को लिखा कि मुझे एक बालटी और लोटा भेज दें। दुर्भाग्य से बालटी से स्नान की अवधारणा ब्रिटिश के लिए अजनबी है और मेरी कीमती बालटी का उपयोग झाड़ू लगाने के लिए पानी डालने, कामचलाऊ स्टूल के रूप में और सप्ताहांत में शराबी छात्रों पर अंधाधुंध पानी फेंकने के लिए किया जाता था।

सेकेंड इयर में शैलोंट, टॉम और मैं एक घर में चार अन्य लोगों के साथ रहने लगे थे। वहाँ चार हफ्ते गुजरने के बाद मैंने उन्हें नोकिया फोन के बारे में बताया और इसे अस्वीकार करने की उनकी अभिव्यक्ति के लिए इंतजार किया। शुक्र है कि मेरे पिता का भय आधारहीन निकला और उन्होंने न तो देखा, न ही कोई रुचि दिखाई। यदि उन्हें अच्छा नहीं लगा होता, मुझे उनके साथ समायोजित करने में बहुत मुश्किल होता। ऑक्सफोर्ड का एक छात्र होने के बारे में ज्यों-का-त्यों कुछ भी नियमित नहीं था। हमारी कक्षाएँ नियमित नहीं थीं। ऑक्सब्रिज अपनी अध्ययन प्रणाली पर गर्व करता है, इसलिए सप्ताह में एक बार आप शोध करते हैं और 2000 शब्दों का निबंध लिखते हैं तथा फिर एक-एक करके अपने शिक्षक के साथ एक घंटे चर्चा करते हैं। यह उन विशेषज्ञों से सीखने का एक अविश्वसनीय अवसर माना जाता है, जिन्होंने पसंद के विषय पर अधिकांश पुस्तकें लिखी हैं। तब आप सोचेंगे कि हम सप्ताह के बेहतर भाग में कड़ी मेहनत से पढ़ते हैं, इस अवसर का अधिक-से-अधिक लाभ लेने के लिए पेपर पर सावधानी से अपने शब्दों को तौलकर लिखते हैं, लेकिन किसी तरह, परिधान पार्टियों के बीच (जहाँ मैं कुछ चतुराई वाले अभिनय के बारे में सोचने के लिए अपने मस्तिष्क पर बार-बार जोर दूँगी और फिर बार-बार मैं अपना रितु कुमार वाला हरा सलवार-सूट बदलूँगी तथा

'एक राजकुमारी की तरह' जाऊँगी), मयखानों की सैर, गर्मागर्म पास्ता और दिन के समय टी.वी. देखना, सप्ताह गुजर जाएगा और हम स्वयं को अनिवार्य रूप से खतरनाक रतजगा करनेवाले को खींचते हुए पाएँगे।

मेरा ट्यूटोरियल गुरुवार को दोपहर बाद 4 से 5 बजे के बीच सुनिश्चित था। बुधवार को शाम 4 बज रहे थे, जब मैं चालीस-बेजोड़ निबंधों और अपनी अध्ययन सूची की पुस्तकें फटाफट पढ़ने के लिए अपनी डेस्क पर पहुँची और फिर जल्दबाजी में एक साथ उनींदी भावों से जूझने लगी। मेरे ट्यूटोरियल तनावपूर्ण थे—पर्याप्त नींद नहीं है, बहुत ज्यादा कॉफी, मेरे तकिया की सलवटों से मेरे चेहरे पर पड़ी लकीरें और मेरे गाल पर सूखी हुई लार जब उस व्यक्ति से मेरा सामना हुआ, जिसने उस पुस्तक को लिखा था, जिसे मैंने तथाकथित रूप से पढ़ा था और फिर उससे उदारता से कॉपी की थी। संक्षेप में, एक दुःस्वप्न।

फिर परीक्षा के लिए 'सब्फस्क' नामक एक यूनिफॉर्म पहनने की वर्षों पुरानी परंपरा थी। लड़कों के लिए एक काला सूट और महिलाओं के लिए एक काली स्कर्ट, सफेद शर्ट और काली जैकेट, एक बड़े लहराते हुए लबादे और गरदन के चारों ओर काले रिबन के साथ।

आपको मोर्टार बोर्ड नामक एक हैट रखना भी आवश्यक है, जिसे आपको कभी भी पहनने की अनुमति नहीं होती है और अगर इतना पर्याप्त तनावपूर्ण नहीं है, तो अपनी पहली परीक्षा के लिए आपको अपने बटन के छेद में एक सफेद फूल, आगामी परीक्षा के लिए एक गुलाबी और अपने अंतिम परीक्षा के लिए लाल फूल लगाना चाहिए।

नतीजतन, हमारी अंतिम परीक्षा से पहलेवाली रात, लाइब्रेरी में अपने नोट्स को दोहराने की बजाय, विवेकशून्य संत्रास की स्थिति में हम अपने कमरों को खँगाल रहे होंगे, कुछ भी ऐसा मिल जाए, जो एक कामचलाऊ काले रिबन की तरह काम करे। यहाँ अपनी अंतिम परीक्षा देकर आनेवाले छात्रों की विचित्र परंपरा भी है, आटा, अंडे, शैंपेन, सेंकी फलियों, मूल रूप से बीती रात के डिनर से आपके फ्रिज में बचा कुछ भी नष्ट करने की। इसलिए 1999 की गरमियों में जब भव्य हॉल से मैं बाहर निकल रही थी, इस उम्मीद के साथ कि

विटामिन–डी से महीनों वंचित रहने के बाद अंततः मैं अपने चेहरे पर सूरज को महसूस कर सकूँगी और पढ़ाई के माहौल से मुक्ति की स्फूर्तिदायक हवा में साँस ले सकूँगी, इसकी बजाय मेरी मुलाकात कुछ सड़े हुए अंडों और जैसे नरक से निकले कचरा केक मिक्स से हुई।

विश्वविद्यालय में एक सार्वजनिक दर्शनीय जगह थी, जहाँ नए पुरुष मित्र/महिला मित्र मिलते थे, जैसे वे एक ठोस साझेदारी के आधे हिस्से के रूप में कॉलेज में आए थे, जिन्हें न तो समय और न ही दूरी अलग कर सकती थी। मैंने इनमें से प्रत्येक प्रतिबद्ध लंबी दूरीवाले रिश्तों को एक के बाद एक टुकड़े–टुकड़े होते देखा, जब तक कि उनमें से केवल एक ही बचा। बेंजामिन और जेनिफर हमारे स्टार जोड़े थे। जेनिफर ने ब्रिस्टल में पढ़ाई की और हम उन्हें उम्मीद से देख रहे थे, जब दुनिया का बरदाश्त कर पाना बहुत क्रूर लग रहा था और उनके प्यार की चमक कभी भी हमारी परेशान आत्माओं को शांत करने में नाकाम नहीं हुई थी।

'रिलेशनशिप में होने के सभी नुकसान और फायदा कोई भी नहीं,' यह लंबी दूरी के रोमांस के बारे में कहा जाता है, लेकिन बेन और जेन पर ऐसे निंदकों से कोई फर्क नहीं पड़ा था। दूसरे वर्ष की शुरुआत में, जब जेन ने बेंजामिन को डेव के लिए छोड़ दिया, जो गिटार बजाना जानता था और काफी अच्छा श्रोता था, उसने सिर्फ उसका दिल नहीं तोड़ा था; हमारी सामूहिक धारणा को तोड़ दिया कि प्यार लंबी–दूरी तक जीवित रह सकता है। हम ओक के पेड़ के नीचे बेन के साथ बैठने के लिए घूम गए, डॉउशबैग डेव को कोसते हुए, जिसने हमारी जेन को चुरा लिया था और मदहोश करनेवाले पेय की बोतलों से बड़े–बड़े घूँट लगाते हुए।

तो मेरी ऑक्सफोर्ड शिक्षा का कुल जमा क्या था? दुनिया में प्रमुख शैक्षिक संस्थान से आधुनिक इतिहास में बी.ए. ऑनर्स हासिल करनेवाला एक सुनहरा चर्मपत्र, निश्चित रूप से यही, बल्कि उससे बहुत अधिक था। मैंने सीखा बस कैसे पकड़ना, वॉशिंग मशीन का उपयोग कैसे करें, कितने जिन और टॉनिक पी सकती हूँ (2.5), बैंक खाते का प्रबंधन कैसे करें और

बजट में कैसे रहें, पूल कैसे खेलें, ड्रग्स को कैसे न कहें और न ही असहज महसूस करें, विदेश में अपने देश के लिए एक राजदूत कैसे बनूँ, कैसे मैं अपने अंडे पकाऊँ, अपनी आइब्रो को कभी वैक्स नहीं करना...और जब आप सभी सांस्कृतिक स्वांगों को निकाल फेंकते हैं, तो आप लोगों के साथ वास्तविक और स्थायी संबंध बना सकते हैं, यदि आप अपना सकते हैं, गले लगा सकते हैं और बस यह कि आप कौन हैं। लेकिन पहले आपको खुद को ढूँढ़ना होगा और कभी-कभी आपको ऐसा करने के लिए 6000 किलोमीटर की यात्रा करनी पड़ती है।

क्या इसका मतलब यह है कि अब मुझे एक नौकरी की आवश्यकता है?

समय एक फिसलनेवाली रखैल है। इस वाक्य को और अधिक सुरुचिपूर्ण रूपक के साथ पुनः अनुमानित करने के लिए सहज महसूस करें। जब मैंने घर जैसा महसूस करना शुरू किया, जब मैंने लोगों के साथ वास्तविक बंधन बनाए थे, जब मैंने अंततः समझा कि प्रोफेसर कॉनवे मेरे निबंधों से क्या चाहते थे, यह समय उठने और छोड़ने का था। यह बाहरी दुनिया का सामना करने का समय था। यह स्वीकार करना इतना मुश्किल था कि हम सब कभी उस एक जगह इकट्ठे नहीं होंगे। निश्चित रूप से पुनर्मिलन होगा, लेकिन वह ऐसा नहीं होगा। हमारा स्नातक समारोह एक विषादपूर्ण प्रसंग था। छात्रों ने सब्फस्क पहना और इस बार, स्नातक के रूप में, हमें आखिरकार अपने मोर्टार बोर्ड पहनने की अनुमति दी गई। कुछ अंतिम समय की हड़बड़ी थी, जब मैंने नीचे झाँका और देखा कि मैंने नई काली हील्स के भीतर मौजूद अपने पैरों में अनिवार्य काले मोजे तो पहने ही नहीं हैं, जिन्हें महिलाओं को

अवश्य पहनना था। दुकानों पर जाने के लिए बहुत देर हो चुकी थी और मैं खुद इस चूक के लिए खुद पर क्रोधित थी। मोजे की एक जोड़ी न होने के कारण मैं स्नातक होने के योग्य नहीं थी और तब मेरे पिता मेरे बचाव में आए, उन्होंने अपने जूते निकाल दिए, अपने मोजे निकाले और उन्हें मुझे सौंप दिया।

भव्य पुराना शेल्डोनियन

वे चार साइज बहुत बड़े थे, लेकिन वे काले थे और यही सबकुछ मायने रखता था। मुझे कभी नहीं पता चलता कि अपने पिता के जूतों में चलना कैसा लगता है, एक आदत जो मेरे भाई को विरासत में मिली है, लेकिन मैं कह सकती हूँ कि मैं एक बार उनके मोजे में चली और उस 100 मीटर ने मेरे जीवन को सबसे अधिक परिभाषित किया।

एक गर्वित पिता

समारोह वैसा नहीं था, जैसा कि मैंने इसके बारे में सोचा था। मुझे भाषण, बैंड-बाजे, उत्साही भीड़ और रंगीन कागज के टुकड़ों की बारिश की उम्मीद थी। इसकी बजाय भव्य पुराने शेल्डोनियन थिएटर में एक पूर्वनिर्धारित क्रम में सभी खामोशी से बैठे थे। एक बहुत ही बूढ़ी औरत ने एक घंटे तक कुछ लैटिन में पढ़ा, वहाँ एक राजदंड था तथा बहुत से ऊँघनेवाले और स्पष्ट कहूँ तो मुझे उसका एक भी शब्द नहीं समझ आया। किसी को भी नहीं जब तक कि आपको प्राचीन रोमन नहीं आती। मैं लगभग ऊँघ रही थी, जब पड़ोसी ने मुझे कोहनी मारी, यह संकेत देने के लिए कि डिग्री लेने जाने के लिए मेरी बारी थी। जिस समय मैं कुलपति के सामने एक घुटने पर झुकी हुई थी, मैं अपने अभिभावकों की ओर देखने से स्वयं को रोक नहीं सकी। उनके चेहरों के भाव से मुझे महसूस हुआ···अच्छा···सुंदर, झकास, प्रभावशाली। मुझे नहीं लगता कि अब्बा को कभी इतना गर्व महसूस हुआ था। दुनिया में स्नातक होने के लिए कई अच्छे विश्वविद्यालय हैं, लेकिन दिन के अंत में केवल एक ही उपलब्धि कहूँगी, मेरे लिए आपका मोजे उतारना।

हुर्रे! 1999 की हमारी क्लास

□

5

जीवंत शहर

सब बहुत अच्छी तरह से चल रहा था। यह 2002 था, मैं तेईस साल की थी, मेरे पास एक योजना थी और मैं सही रास्ते पर थी। मैं मुंबई में सिटीग्रुप प्राइवेट बैंक में प्रबंधन सहयोगी के रूप में काम कर रही थी, प्रतिष्ठित वेतन के साथ एक एम.बी.ए. के बाद का पद और कई मूल्यवान भत्ते, जिसमें सबसे अधिक मूल्यवान प्रारंभिक अठारह महीनों के भीतर लंदन में स्थानांतरण का आश्वासन था। मेरा काम 'उच्च निवल मूल्य परिसंपत्ति प्रबंधन' था, दूसरे शब्दों में, अमीर लोगों को और अमीर बनाकर कैसे समृद्ध हो जाओ। निर्विवाद रूप से युवा और महत्त्वाकांक्षी के लिए एक समझदार कॅरियर विकल्प और ऐसा, जिसे मैं जानती थी कि मेरे माता-पिता की मंजूरी होगी। उन्होंने मेरी उच्च स्तरीय शिक्षा में पर्याप्त रूप से निवेश किया था और जल्द ही उस निवेश पर रिटर्न दिखना शुरू हो जाएगा।

सिटीबैंक में मेरी उपस्थिति ने मानव संसाधनवालों को हैरानी में डाल दिया था। हर बार मुझे अपने खर्चों का मूल्यांकन करने या नवीनतम बैंकिंग अनुपालन के दिशा-निर्देशों को इकट्ठा करने के लिए विभाग में जाना पड़ता, तो स्टाफ के सदस्य अपनी जिज्ञासा को नियंत्रित करने में असमर्थ होने पर मेरा अभिवादन करते थे। 'आप यहाँ क्यों काम कर रही हैं, क्या आप एक अभिनेत्री नहीं बनना चाहती हैं, क्या आपको इस नौकरी की जरूरत है?' 'मुझे नहीं लगता कि उनका मुझे ठेस पहुँचाने का इरादा था, लेकिन कभी-कभी मुझे लगा कि मेरी अपने खुद के पैसे कमाने की इच्छा एक तुच्छ भावना थी, जो किसी वास्तव में रोजगार की जरूरतवाले को वंचित कर रही थी। मैं जल्दबाजी में उनके साथ अपना काम खत्म करती थी, वापस जल्दी से भागकर बॉस के साथ

साझा किए अपने छोटे केबिन के अभयारण्य में चली जाती थी। आत्मनिरीक्षण के लिए बहुत समय नहीं था—काम अपरिचित और अधिक था और मेरे दिन लंबे और थके हुए होते थे। मैं लोखंडवाला में अपने हर महीने 17,000 रुपए किराएवाले 2 बी.एच.के. से प्रतिदिन पहले लोअर परेल तक और बाद में बांद्रा कुर्ला कॉम्प्लेक्स तक जब प्रधान कार्यालय का स्थान बदला, यात्रा करती थी। जब तक मैं काम से घर पहुँचती, तब तक केवल इतना ही समय होता था कि नहा लूँ, माइक्रोवेव में पहले से पका हुआ अपना खाना गरम कर लूँ, एक घंटे के लिए मच्छरों को मार दूँ और फिर टी.वी. देखते हुए सो जाऊँ।

निवेश बैंकिंग कई लोगों के लिए एक बृहत् उत्तेजना है, लेकिन मेरी तृप्ति के लिए इसने कुछ नहीं किया। सच कहूँ तो, नौकरी से प्यार होना तो भूल जाइए, मैं इसे शायद ही समझ पाई—एक ऋणपत्र की परिपक्वता के लिए प्रतिफल की गणना या निवेश की वापसी की आंतरिक दर की तुलना करना मेरे बस के बहुत बाहर था। मैंने ग्राहकों के साथ अनगिनत बैठकों में हिस्सा लिया, उन्हें बेहद परिष्कृत और उनके अनुरूप निवेश उत्पादों को बेचकर, पूरी तरह से जानते हुए कि यदि उनके प्रश्नों ने मेरे दिमाग को सावधानीपूर्वक खरोंचा, तो मेरी सच्चाई सामने आ जाएगी। आज भी, जब मेरे निजी बैंकर मेरे पोर्टफोलियो का विश्लेषण करने के लिए घर आते हैं, तो वे मेरे साथ पूर्व बैंककर्मी के रूप में बात करते हैं, जिसे उद्योग के परिवर्णी शब्दों की अच्छी समझ है। जब वह ए.बी.एस. की आवश्यकता का उल्लेख करते हैं, तो मैं बुद्धिमानी से मंजूरी देती हूँ और मेरे हाथ अनायास धड़ के बीचोबीच पहुँच जाते हैं, इससे पहले कि मुझे एहसास होता है कि वे एसेट बैंक्ड सिक्योरिटीज (संपत्ति समर्थित प्रतिभूतियों) की बात कर रहे हैं। मुझे खुद को याद दिलाना पड़ता है कि एस.एल.बी. का अर्थ सिक्योरिटीज लैंडिंग और बॉरोइंग (प्रतिभूति उधार तथा ऋणदान) है, संजय लीला भंसाली नहीं और उनके लिए पी.सी.पी. चिदंबरम हैं, प्रियंका चोपड़ा नहीं, मैं उनके सुझावों पर टाल-मटोल करती हूँ और किसी बहाने से कमरे से निकल जाती हूँ, ताकि दूसरी सलाह के अपने वित्तीय सलाहकार से उसकी प्रतिक्रिया ले सकूँ, जिसके बाद मैं कमरे में लौट

आती हूँ और आत्मविश्वास से प्रतिवाद करती हूँ।

इसलिए काम तब जरूरतों को पूरा करने का एक साधन था—इंग्लैंड में एक सुरक्षित जीवन, जिस देश में मैंने पिछला आधा दशक बिताया था और जिसे मैंने अपना घर कहना शुरू कर दिया था। हर कोई एक मनचाही नौकरी नहीं पाता है। छह साल की उम्र में हर कोई नहीं जानता है कि वह क्या बनना चाहता है। जब मैं छह की थी, तब मैं शारीरिक श्रम करना चाहती थी। मैं दोपहर को बगीचे में डेरा डालती थी, बरामदे से सूखे पत्तों को झाड़ देती थी और नारंगी बिस्कुट तथा पानी मेरा खाना होता था।

फोटोग्राफी के अपने शौक को पूरा करते हुए

नौ साल की उम्र में मैं पैसे के बारे में जान गई और मुझे यह पर्याप्त नहीं मिला। मैं एक उद्यमी बन गई। पहले मैंने घर के सेवकों को कॉस्मेटिक्स बेचा, आदर्श ग्राहक, जो मुझे न नहीं कह सकते थे। मैंने सभी इस्तेमाल किया हुआ मेक-अप का सामान इकट्ठा किया, जो मेरी माँ ने कूड़े में फेंक दिया था। नेल पॉलिश की लगभग खाली बोतलें और लगभग समाप्त लिपस्टिक, लगभग खाली कोल्ड क्रीम के डब्बे—उन्हें एक ट्रे में रख लेती थी और नौकरों के घर तक जाया करती थी। तब प्रत्येक वस्तु अपने बँधुआ उपभोक्ताओं को 2 रुपए की भव्य राशि में 'बेच' दिया करती थी। अनिवार्य रूप से उन लोगों में लड़ाई हो जाती थी और मेरे लालची कारानामे की खबरें मेरी माँ के संत्रस्त कानों तक पहुँच गईं। मेरे फलते-फूलते व्यवसाय को तत्काल बंद करने के लिए मजबूर किया गया था और मुझे एक स्वतंत्र बाजार बनाम आर्थिक संरक्षणवाद में अपना पहला सबक मिल गया था। इसलिए मैंने नया तरीका अपनाया—मैंने एक

छोटे सूटकेस में एक प्लास्टिक सिरिंज, कुछ छोटे तौलिये, बैंड-एड्स का एक बॉक्स तथा मुट्ठी भर मिंट पैक किया और घर के चारों ओर गई और उन लोगों को चिकित्सा सहायता प्रदान की, जिनको मुझे लगा इसकी जरूरत है। सिरदर्द का इलाज एक ठंडी पट्टी से किया गया और एस्पिरिन के बदले एक मिंट, जोड़ों और मांसपेशियों के दर्द को मालिश से आराम दिया गया और अधिक चकरा देनेवाली बीमारियों के लिए इंजेक्शन दिए गए थे। प्रत्येक विजिट का शुल्क दोबारा 2 रुपए की भव्य राशि थी। मेरा डॉक्टरी का कार्य वास्तव में काफी सफल रहा और परिवार के सभी सदस्यों से बहुत प्रोत्साहन मिला; जब मैं दस साल की हो गई और व्यवसाय को आगे बढ़ाया तो मुझे गुमनाम निवेशक से बाम और मलहम खरीदने के लिए 25 रुपए की शानदार राशि की पेशकश भी की गई थी।

जब मैं बारह की थी, मैं 'फेमस फाइव' और 'नैंसी ड्रू' पुस्तकों को पढ़ रही थी और इसलिए स्वाभाविक रूप से, मेरे दिमाग में एकमात्र संभव कॅरियर विकल्प एक जासूस का था। मेरे पिता को मेरे घर के चारों ओर उनके पीछे चलना अच्छा नहीं लगता था, वे क्या देख रहे थे और वे क्या कर रहे थे, उस पर नोट्स लिखना और यह जल्द ही उस धंधे का अंत था। अगले हफ्ते दिल्ली स्कूल ऑफ म्यूजिक में मेरा नाम लिखा दिया गया। पहले बैले कक्षाओं के लिए—मुझे एक महीने के भीतर अनौपचारिक ढंग से निकाल दिया गया था, साफ स्पष्टीकरण के साथ कि

कल के कलाकार

मैं पाँच-पैरों वाली मकड़ी की तरह थी और फिर पियानो सीखने के लिए, जिसमें मैंने केवल कुछ बेहतर प्रदर्शन किया। तब मेरे परिवार को रात्रि भोजन के बाद 'ट्विंकल-ट्विंकल लिटल स्टार' और 'लंदन ब्रिज इज फॉलिंग डाउन' का गायन सुनने के लिए विवश होना पड़ता था, जिसके लिए सुनने का शुल्क, आपका अनुमान सही है—प्रति व्यक्ति 2 रुपए!

बारह साल बाद, जब चौबीस की थी, बी.के.सी. के बिजनेस हब को देखकर अपने कॉर्पोरेट केबिन में बैठकर, मैं खुद से पूछती हूँ कि क्या मैंने सही कॅरियर का विकल्प बना लिया है और क्या सही कॅरियर विकल्प के रूप में यह ऐसी चीज थी। मैं आर्थिक रूप से स्वतंत्र होना चाहती थी, अपने निर्णय लेने के लिए स्वतंत्र। मैं अपनी जीवनशैली के अनुरूप जीने के लिए पर्याप्त कमाई करना चाहती थी, जिसकी मैं आदी हो गई थी, जिसमें एयर कंडीशनिंग, यात्रा, महँगे विदेशी फलवाला समृद्ध आहार शामिल था और मेरे सबसे ज्यादा प्यारे स्वामित्व में जोड़ना—पुस्तकों की मेरी कभी न खत्म होनेवाली लाइब्रेरी।

बैंकिंग ने यह सब और अधिक संभव बना दिया और फिर लंदन का आकर्षण था। लेकिन मुंबई जाने और सिटीबैंक में नौकरी करने पर सहज भान हुआ था कि यह वह नहीं है, जो मैं अपने जीवन में करना चाहती थी, यहाँ तक कि मैंने अम्माँ से भी बोला कि मैं खुश नहीं हूँ और मैं दिल्ली लौटना चाहती हूँ।

उन्होंने मुझसे कहा, 'तीन महीने रुको,' 'तुमने कभी परिवर्तन का आनंद नहीं लिया है और तुम्हें समायोजन के लिए समय की आवश्यकता है, इसलिए इसे तीन महीने दो और यदि तुम तब भी खुश नहीं रहो तो घर आ जाना।'

यह था कि वयस्क होना क्या होता है, मैंने अपने आप से कहा था। मजेदार चीज या आसान चीज या आवेगहीन चीज नहीं करना, लेकिन सही काम और संघर्ष करना।

संक्रमण अवस्था को सहज करने के लिए अम्माँ ने मुझे अपने मित्र के बेटे का नंबर दिया, जो मुंबई में काम करने के लिए दिल्ली से गए थे और जाहिर तौर पर मुझसे अधिक आनंद ले रहे थे।

"आपको मित्र बनाने की जरूरत है और रोहन एक प्यारा लड़का है।

मैं उससे मिला तो नहीं कभी, लेकिन उसे होना चाहिए। उसके पिता हार्वर्ड गए हुए हैं।"

मुझे लगा कि इस मामूली मान्यता का परीक्षण करने में कोई नुकसान नहीं है और उसी रात रोहन को कॉल किया। हमने आनेवाले शुक्रवार को पृथ्वी में एक नाटक देखने के बाद मैरिएट में डिनर करने की योजना बनाई। इसके बाद जो हुआ, वह मेरे दो सबसे शर्मनाक लिखे संदेशों से संबंधित कहानियाँ थीं। (दूसरा मैं आपको बता नहीं सकती, जैसा कि मैंने गोपनीयता के लिए शपथ ली है, लेकिन मैं यह बता सकती हूँ कि 'मैं तुम्हें प्यार करती हूँ चिक्कादूपू' शब्द शामिल थे, जो मेरी युवा रिश्तेदार की तरफ से उसके पिता को भेजा जाना था, लेकिन उनके बजाय एक प्रमुख दवा निगम के मुखिया, जिसका नाम भाई...के साथ शुरू होता है, के पास चला गया)।

नाटक समाप्त होने के बाद, हम मैरियट में इतालवी रेस्तराँ मेजो-मेजो की ओर बढ़े। मैंने क्षमा माँगी और मैं वाशरूम चली गई, रोहन को पेय मँगाने के लिए छोड़ दिया।

'उबाऊ, नासमझ और हमने अभी तक खाना भी नहीं खाया है, जम्हाई।'—मैंने अपनी सबसे अच्छी दोस्त प्रियंका को भेजने के लिए संदेश लिखा, लेकिन इससे पहले कि मैं अपने आपको रोक पाती मैंने इसे रोहन को भेज दिया।

रोहन, मेरा बाहर बैठकर इंतजार कर रहा था। डर से मेरा फोन हाथ से छूटते-छूटते बचा, क्योंकि मेरा दिल मेरी छाती में जोर से धड़कने लगा था। मैं फर्श में धँसी जा रही थी। ठीक है, कोई बात नहीं, मैं वहाँ नहीं जा रही थी, मैं बाथरूम में ही सारी रात गुजार दूँगी।

लगभग दस मिनट के बाद मैंने तय किया कि मुझे किए का सामना करना पड़ेगा और मैं बाहर निकली इस आशा में कि वह चिढ़कर रेस्तराँ से चला गया होगा। लेकिन नहीं, वह वहाँ मेज पर बैठा मेन्यु पढ़ रहा था। वह कम-से-कम अपमानित या नाराज नहीं दिख रहा था।

मैं उसके पास बैठ गई और किसी बात ने मुझे बाध्य किया उससे पूछने को, 'क्या मैं आपका फोन ले सकती हूँ?'

उसने अपनी जैकेट की जेब से अपना मोबाइल निकालकर मुझे सौंपने से पहले उसे ऑन किया। नाटक के दौरान उसने इसे बंद कर दिया था! मैंने जल्दी से संदेश इनबॉक्स को खोला, अपना ताजा संदेश ढूँढ़ा और उसे मिटा दिया—सब शांत, आश्चर्यजनक। हालाँकि मैं रेस्तराँ के मंद प्रकाश की आभारी थी, क्योंकि मुझे यकीन था कि मेरा चेहरा केकड़े की तरह लाल हो गया था!

कहीं पर जरूर कोई क्रिकेट या टेनिस मैच चल रहा होगा, क्योंकि रोहन ने मुझसे पूछा, 'क्या आप स्कोर देख रही हैं?' थोड़ा उलझी हुई, जब मेरी उँगलियाँ उसके फोन में व्यस्त थीं। मुझे वास्तव में याद नहीं है कि मैंने क्या कहा या कैसे मैंने अपने बारे में समझाया, संकट टल चुका था और मैं राहत की साँस ले सकती थी। रोहन और मैं अच्छे दोस्त बन गए और हम आज भी हैं, हालाँकि यह बदल सकता है, यदि वह इस पुस्तक को पढ़ ले।

परिवर्तन से असंतुष्ट, लेकिन जल्दी ही समायोजित, महीना बिना किसी और घटना के बीत गया और मेरी जीवनचर्या नियमित हो गई। मैंने कार्यस्थल पर तीन दोस्त बनाए—सोमा, काइल और अश्विन, जिन्होंने शुक्र है, न मुझे गलत समझा या मुझसे कुछ अलग व्यवहार किया, मैं कौन थी, यह सोचकर। मैंने हर दूसरे सप्ताह के अंत में घर के लिए दिल्ली उड़ान भरना बंद कर दिया और मुंबई को जानना शुरू किया।

हम सभी वर्षों पुराने प्रश्न पर स्थायी लड़ाई से परिचित हैं कि रहने के लिए बेहतर शहर कौन सा है, दिल्ली या मुंबई? पत्नियों ने इस मुद्दे पर पतियों को छोड़ा है; परिवार तक टूटे हैं। मैं वास्तव में मुंबई या बॉम्बे जैसा कि इसे तब कहा जाता था, में पैदा हुई थी, लेकिन जब मैं चार साल की थी, तब बड़ी अम्माँ के साथ रहने के लिए हम दिल्ली चले गए, जब उनका स्वास्थ्य बिगड़ना शुरू हुआ। दिल्ली में पंद्रह वर्ष और इतने ही साल मुंबई में (2002 से 2016 तक) बिताने के बाद, मुझे लगता है कि मैं बहस पर कुछ अंतर्दृष्टि प्रदान करने के लिए अच्छी स्थिति में हूँ।

दिल्ली राजनीतिक राजधानी है, जो इतिहास, संस्कृति, हरे-भरे बागानों और विरासत वाले सुंदर स्मारकों से भरी पड़ी है। मौसम वास्तव में दिल्ली में

बदलते हैं और आप कोट, शॉल और फीतेवाले जूतों की शानदार अलमारी के साथ पूरी सर्दियों का समुचित आनंद ले सकते हैं।

दुर्भाग्य से, इसका आनंद लेने के लिए आपको दिनभर में चौदह सिगरेट पीने के बराबर धुंध भरी हवा में साँस लेने की आवश्यकता होती है और मुँह पर मास्क लगाना एक स्टाइल बन गया है।

मुंबई में भी मौसम हैं—गरमियों के बाद मानसून और इसके बाद इंतजार

किसने बेहतर पहना था ?

कीजिए फिर से दूसरी गरमियों का। अक्तूबर यहाँ का साल का सबसे गरम महीना है, लेकिन दिल्ली की गरमियों के मुकाबले भले ही गरमी मेहरबान हो, आर्द्रता, कंघी किए हुए बालों को नम कर देती है, उतना ही, जितना कि उबलते मनुष्य की आत्मा को। जहाँ तक सांस्कृतिक रंग भरने की बात है, पृथ्वी थिएटर, नेशनल सेंटर फॉर परफॉर्मिंग आर्ट्स और जहाँगीर आर्ट गैलरी, जो अन्यथा मोटे तौर पर अनधिकृत बेकार भूमि पर शानदार नखलिस्तान के रूप में स्थित हैं, को सब सलाम करते हैं।

यह सब बताने के बाद, भारत में एक अविवाहित कामकाजी महिला के रूप में, जो मैं हाल ही में जब तक थी, मुंबई रहने लायक शहर है। मुंबई के बारे में कहा जाता है कि यह सपनों और सपने देखनेवालों का शहर है। लोग यहाँ अपने जीवन में कुछ करने के लिए आते हैं और भले ही अनेक विफल रहते हैं, कुछ भूखे रहते हैं; शहर मेहनतकशों का स्वागत करता है और अवसर के साथ उन्हें पुरस्कृत करता है। यह सार्वभौमिक रूप से भी रहने के

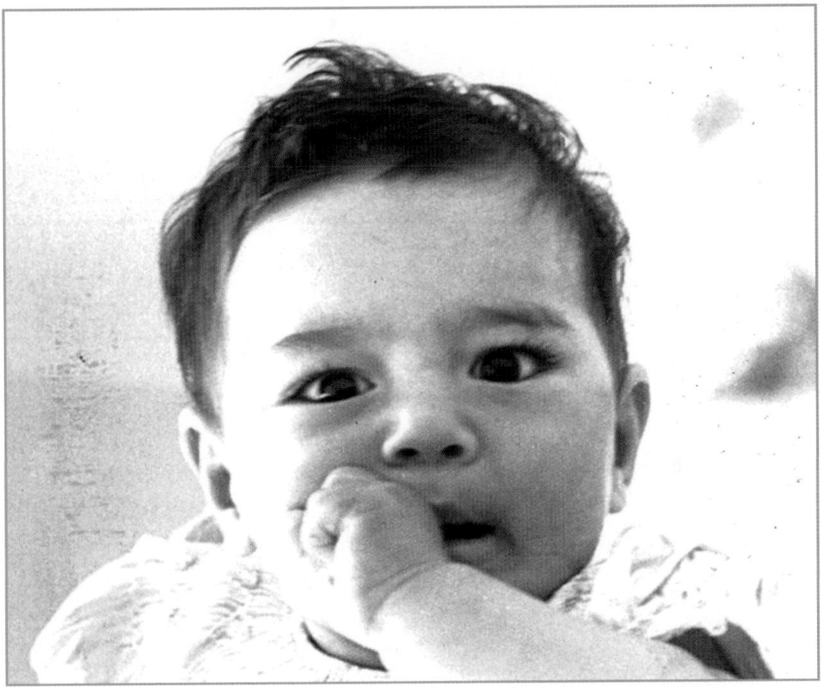

बंबई 1978, एक सितारे का जन्म; अरबी में 'सोहा' का अर्थ सितारा होता है।

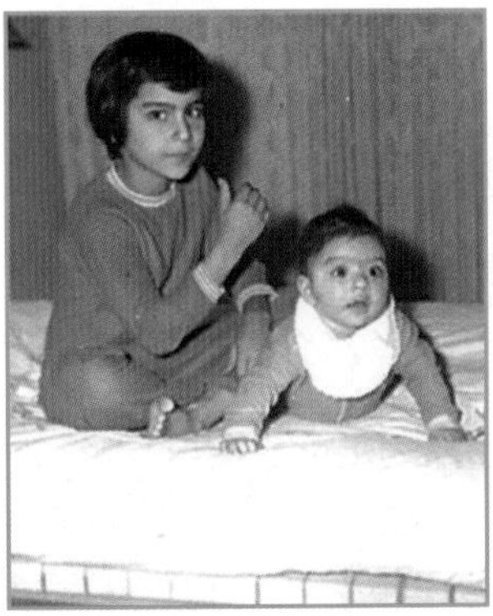

क्या कोई किसी अच्छी भौं
बनाने वाले को जानता है?

अच्छा, अब यह प्रमाणित हो गया कि मेरा जन्म
रंगीन फोटोग्राफी से पहले के युग में हुआ था।

चिड़ियाघर में मुझे प्रवेश द्वार पर खड़े ताँबे के बने हाथी को देखना असली हाथी को देखने से ज्यादा पसंद था।

मेरी ड्रेस सोफे के बचे हुए कपड़े से बनी हुई है।

अब्बा स्कूल में विंचेस्टर कॉलेज फुटबॉल टीम की अगुवाई करते हुए (विंचेस्टर, ईटन और हैरो ने कभी भी रग्बी नहीं खेला, लेकिन उनके बॉल से खेलने के अपने कुछ पुराने खेल थे।)

अब्बा होव में ससेक्स के अपने साथी क्रिकेट खिलाड़ियों के साथ फुरसत के क्षणों में।

मेरे माता-पिता की मेरी पसंदीदा तसवीर—उनके विवाह के समय की।

हमेशा और सदा के लिए, सगाई, 1966

टर्फ क्लब रिसेप्शन में राज कपूर के साथ।

टर्फ क्लब में रिसेप्शन के दौरान आशा पारेख और उनकी माँ के साथ।

पारिवारिक वृक्ष की शाखाएँ।

अम्माँ की 70वीं वर्षगाँठ पर शेर बाग, रणथंभौर नेशनल पार्क।

साल 2015 की गरमियों में लंदन की भीड़ में गुम।

डच की ओर जाते हुए, 2015 की गरमियाँ, एम्सटर्डम।

2014 की गरमियाँ, मालदीव।

सूरज के पीछे-पीछे।

बड़े भाई का साथ बहनों का संबल होता है।

शादी के पहले बड़े भाई की सलाह।

मेहँदी की खुशनुमा यादें।

पवित्र बंधन की शाश्वत कसमें।

खुशी से हवा में झूमती हुई।

बहनों का प्यार।

कहीं यह सपना तो नहीं?

मिलिए शाही परिवार से।

पारिवारिक चित्र।

आखिरकार वह फोटो, जिसमें हम सबकी आँखें खुली हुई हैं (भाई और करीना की शादी से)।

क्या इससे बेहतर कुछ हो सकता था?

क्या आप बच्चे को खोज सकते हैं?

अम्माँ सोच रही हैं : 'कभी मेरे बाल भी इसके बालों के रंग के थे'।

तूफान से पहले की शांति!

लिए एक सुरक्षित स्थान के रूप में जाना जाता है। संभवत: तुच्छ स्मृतियों के साथ बड़े अहंकारी और बिगड़े बेटे (नहीं तो क्यों वह बार-बार पूछने के लिए मजबूर महसूस करते हैं कि 'तू जानता है, मेरा बाप कौन है?') दिल्ली की सड़कों के मालिक हैं, दूसरों में डर और असुरक्षा की भावना पैदा करते हैं। हिंसक प्रतिशोध के बहुत वास्तविक डर से अच्छे व्यवहार या शिष्टाचार के अभाववाले किसी व्यक्ति का मुकाबला करने से पहले आप दो बार सोचते हैं।

मुंबई में भयानक से भयानक ट्रैफिक जाम एक रोजमर्रा की असुविधा है, लेकिन चमत्कारिक रूप से अनुशासन अब भी कायम है। लोग सही लेन में रहते हैं और जेब्रा क्रॉसिंग पर धैर्यपूर्वक प्रतीक्षा करते हैं। एक बार, मैंने एक कुत्ते को भी ट्रैफिक सिग्नल में खड़ा रहते देखा था, जब तक रोशनी लाल नहीं हो गई, तब तक वह आराम फरमाता रहा!

विडंबना यह है कि मुंबई में एक बार ही मैं अपराध का शिकार हुई हूँ, जब रात के अँधेरे में एक चोर मेरे फ्लैट के अंदर घुस गया था। यह बहुत सुरुचिपूर्ण ढंग से डिजाइन की गई इमारत के पहले तल पर अविवाहितों के लिए बना एक सुंदर घर था और इससे पहली नजर में प्यार होना था। यह पहला फ्लैट भी था, जिसे मैंने देखा था। सामान्य तौर पर होता यह है कि आप अपनी पहली बार में देखी हुई संपत्ति नहीं खरीदते हैं। कम-से-कम यही मुझे समझाया गया, जब मैं स्कूल छोड़कर इंग्लैंड में विश्वविद्यालय के लिए गई। उस समय मेरा बॉयफ्रेंड अमेरिका में अध्ययन करने जा रहा था और मुझे लगता था कि हम दूरी को मिटाने का प्रयास करेंगे, कम-से-कम कुछ समय तक, लेकिन वह एक बहुत ही व्यावहारिक लड़का था। उसने मुझे एक पत्र लिखा था, जिसमें लिखा था, 'रिश्ते एक घर खरीदने की तरह हैं; आप जो पहले देखते हैं, वे नहीं खरीदते हैं। आप कुछ और चीजों को देखते हैं कि और क्या उपलब्ध है और हाँ, आप यह महसूस कर सकते हैं कि सबसे पहलेवाला सबसे अच्छा था और उस समय तक यह हाथ से बाहर हो सकता है, लेकिन यह एक उचित जोखिम है।' यह समझने में मुझे कुछ समय लगा कि समुद्र के पार समुद्र में मुझे प्रचुर मछली के लिए छोड़ दिया जा रहा था। उस समय

उपमा मेरे ऊपर लागू हो रही थी, लेकिन कई सालों बाद, 2008 में, जब मैं अपना पहला घर खरीदने की कोशिश कर रही थी, उसके शब्द मुझे वापस याद आए और वे उतने ही खोखले लगे, जैसा कि 1996 में लगे थे।

जब आप कुछ या किसी विशेष को देखते हैं और वह एक दुर्लभ और खूबसूरत चीज है, इसे हलके में नहीं लेना चाहिए। उसे पकड़ो और कसकर थाम लो। वह मैंने किया था।

पहली मंजिलवाले फ्लैट सड़क से बहुत करीब होने से सुरक्षा संबंधी और इस कारण घुसपैठियों के लिए सुलभ होने के कारण अकसर एकल महिलाएँ लेने से बचती हैं। इसके खिलाफ रक्षा की विशिष्ट पहली पंक्ति भद्दी खिड़की की जाली है, जो शहर में आमतौर पर आँख का काँटा है। मैं बेडरूम की बालकनी की ओर खुलनेवाली खिड़कियों और फ्रांसीसी दरवाजों पर जाली को लगने के सख्त खिलाफ थी। मैं बाहर एक दुर्लभ वृक्ष-पंक्तिबद्ध सड़क के एक मुक्त दृश्य का आनंद लेती थी और मैं अपने चारों ओर इमारतों एवं लोगों के साथ शानदार उपनगरीय बांद्रा में पूरी तरह से सुरक्षित महसूस करती थी। मैं 2011 में एक रात से पहले तक पूरे चार वर्ष ग्रिल-मुक्त और बिना किसी घटना के खुशी से रहती थी।

यह दिसंबर था और मैं दक्षिण मुंबई में एक पार्टी में गई थी, 2.30 बजे रात में घर लौट रही थी। कुणाल गो गोवा गॉन की शूटिंग के लिए पाँच हफ्ते के आउटडोर में गोवा चले गए थे और यह उनके वापस आने के बाद पहली रात थी। वे बांद्रा में एक फिल्म की स्क्रीनिंग के लिए गए थे, जो देर से समाप्त हुई और इसलिए उन्होंने वर्सोवा में अपने रुकने की जगह वापस जाने के बजाय मेरे फ्लैट पर रात बिताने का फैसला किया। हमने थोड़ी देर तक बातें कीं और आखिरकार 3.30 बजे सोने गए।

यही कारण है कि करीब 4 बजे जब हमने एक आवाज सुनी, तो हम दोनों तुरंत जाग गए (हालाँकि कुणाल की कहानी का कथन यह है कि मैं गहरी नींद में सो रही थी, जब तक उसने मुझे जगाया नहीं था, लेकिन जैसा कि यह मेरी पुस्तक है, हम मेरे कथन के साथ जाएँगे)। जब आप किसी

फ्लैट में रहते हैं तो रात में सेंध और टक्कर को सुनना असामान्य नहीं है और इसलिए मैं पहली बार चिंतित नहीं हुई थी। फिर मैंने बालकनी से बाहर एक धम्म की आवाज सुनी। मैंने पुष्टि के लिए कुणाल की तरफ देखा, लेकिन वे पहले ही बिस्तर से बाहर आ गए थे और फ्रांसीसी खिड़कियों पर झुके हुए काँच से झाँक रहे थे। उधर मेरी माँ, जो मेरे लिए एक बगीचे का भ्रम पैदा करना चाहती थीं, ने विभिन्न प्रकार और आकार के पौधों से बालकनी को भर दिया था, जिससे अपराधी को पत्तों के झुरमुट से अलग देख पाना कुणाल के लिए असंभव हो गया।

मैं उनसे पूछनेवाली थी कि क्या वे किसी को देख पाए, जब वे अचानक उठ गए थे। उन्होंने परदे को एक तरफ खिसकाया तब रूमाल से चेहरा ढके हुए एक दुबले आदमी का पता चला, जिसने ताला खोल लिया था और दरवाजे में उसका एक पैर पहले से ही था! कुणाल के लिए आश्चर्यचकित करने की वजह थी, जिसका उन्होंने पूरा लाभ उठाया, घुसपैठिए को बालकनी से वापस धकेल दिया। कुणाल का दाहिना हाथ उस समय एक साँचे में था, क्योंकि उन्होंने कुछ हफ्ते पहले एक दुर्घटना में कुछ लिगामेंट्स तोड़ लिये थे और इसलिए वे केवल अपने बाएँ हाथ का इस्तेमाल कर सकते थे।

मैं तेजी से बिस्तर से बाहर निकली, एकदम असहाय की तरह अपने दोनों भरपूर हाथों को हिलाते हुए, जिसके लिए मैं खुद को कभी माफ नहीं करूँगी। मुझे नहीं पता था कि बालकनी पर क्या हो रहा है, लेकिन मैंने उन्हें कुछ सेकेंड के लिए हाथापाई करते हुए सुना और फिर एक चिल्लाने और गिरने की आवाज आई। कुणाल ने त्रस्त आँखों के साथ चौखट पर आकर कहा, 'मुझे लगता है कि वह मर चुका है।' उस आदमी ने भागने की कोशिश की, बालकनी से आधा कूदा—आधा गिरा। कुणाल का कहना है कि उन्होंने उसे जैसे कि धीमी गति में देखा, आदमी पीछे की तरफ गिर रहा है, आँखें बड़ी होकर घूर रही हैं और बाद में हमें जो पता चला, वह उसकी रीढ़ की हड्डी का टूटना और उसके पश्चात् सन्नाटा।

हम भागकर नीचे गए, सुरक्षा गार्ड को जगाने के लिए रुके (वह निश्चित

रूप से इस सबके दौरान सोया हुआ था), जिसने सड़क पर मुख्य द्वार को खोला, जहाँ आदमी गिरा था। शुक्र है, वह हिला। मैं बस उसे देखना चाहती थी और मैं जान गई कि वह जिंदा है, मैं अंदर वापस आ गई। मैं उसका चेहरा नहीं देखना चाहती थी और इससे अपने सपनों में डरना नहीं चाहती थी, या शायद मैं उसे अपना चेहरा नहीं दिखाना चाहती थी। मैंने अपने जीवन में पहली और एक मात्र बार 100 नंबर पर फोन लगाया। पुलिस वैन दस मिनट के भीतर आई और उसे, कुणाल और सुरक्षा गार्ड को रपट लिखाने तथा उक्त व्यक्ति को चिकित्सा सहायता दिलाने के लिए ले गई। जो कुछ हुआ था, उसकी गंभीरता का एहसास केवल तब मुझे हुआ, जब मैं अपने फ्लैट में वापस आ गई थी, और क्या हो सकता था, अगर कुणाल वहाँ नहीं होते, क्योंकि वे पिछले पाँच हफ्तों में किसी रात नहीं रुके थे।

जब कुणाल सुबह 7 बजे वापस लौटे, तो उन्होंने मुझे बताया कि पुलिस ने उन्हें नोटिस बोर्ड पर 'मोस्ट वांटेड' की सूची दिखाई थी और हमारे घुसपैठिए का नाम नंबर दो पर दिखाया। उन्होंने उनकी पीठ थपथपाई और उनका काम करने के लिए उनसे आभार जताया, लेकिन मैं कह सकती हूँ कि वे इस तथ्य से थोड़ा अधिक डरे हुए थे कि वे एक खतरनाक अपराधी से भिड़े थे और उसे पकड़वा दिया था।

जो भी हो, यह उस परिस्थिति में सबसे अच्छा परिणाम था, किसी को भी चोट नहीं पहुँची थी (इलाकाई चोर को छोड़कर, जिसे हेयरलाइन फ्रैक्चर हुआ था), कुछ भी चोरी नहीं हुई थी, चोर पकड़ा गया था और कुणाल ने स्वयं को लड़ाई या तीव्र प्रतिक्रिया परीक्षण में असल जीवन का नायक सिद्ध कर दिया था। यह कहने की आवश्यकता नहीं है कि पूरे घर में मजबूत तालों के साथ अगले दिन खिड़कियों में जाली लगवाई गईं। आपको कभी नहीं लगता है कि आपके साथ ऐसा हो सकता है, जब तक ऐसा हो न जाए। मैं मुंबई में एक तरह से सुरक्षित महसूस करती हूँ, जो कि मैं दिल्ली में नहीं करती; लेकिन अब मैं घर में और सड़कों पर अपराजेय नहीं महसूस करती; मैं उन चीजों से थोड़ा अधिक सावधान रहना चाहती हूँ, जो रात में खलल डालती हैं।

मुंबई वह शहर है, जिसने मेरा अपराध से एक मात्र सामना कराया है, यह वह भी शहर है, जिसने 2005 में मेरी जान बचाई थी, जब बाढ़ के कारण हजारों लोग मारे गए थे और शहर तीन दिन के लिए थम गया था। 26 जुलाई को महाराष्ट्र में मूसलधार बारिश हुई थी, यह चौबीस घंटे में आठवीं बार 944 मिमी. की बारिश दर्ज की गई थी।

कई अन्य लोगों की तरह उस दिन मैं भी फँसी हुई थी, जब मेरी कार घर (उस समय लोखंडवाला) से 8 किलोमीटर दूर एस.वी. रोड पर बंद हो गई। मैं किसी से संपर्क नहीं कर सकी, मुझे नहीं पता था कि घर कैसे पहुँचूँगी और बारिश लगातार हो रही थी। मैंने विंडस्क्रीन के अंदर की तरफ एक नोट, टेप लगाकर अपनी कार को वहीं छोड़ दिया, जिसमें मैंने लिखा था कि मैं इसे अगले दिन लेने के लिए वापस आऊँगी और उस स्वाभाविक मानव शृंखला का अनुसरण करने की कोशिश की, जो सड़क के बीचोंबीच बनाई गई थी, लेकिन मेरी हल्की चप्पलों ने मजबूती से चलना दूभर कर दिया। पानी बढ़ रहा था और मेरी कमर तक पहुँच गया था और मुझे लग रहा था कि एक अदृश्य धारा झटका देकर मुझे खींच रही है। बगल की सड़कें अँधेरे, पानी की कब्र की ओर बहनेवाली छोटी नदियों की तरह दिख रही थीं; पशुओं के शव जब-तब बहते हुए दिख जा रहे थे। यह एक विचित्र और भद्दा दृश्य था। मुझे डर लगना चाहिए था, लेकिन मुझे याद है कि पूर्ण रूप से अजनबी लोग मेरे लिए कितने अच्छे और मैत्रीपूर्ण थे, मुझे निर्देशित करने के लिए अपने पंक्तियों में रुकते थे, मुझे पेयजल और अपने फोन का इस्तेमाल करने देते थे।

आखिरकार मैं दिल्ली में अपनी माँ से संपर्क करने में सफल हो गई, जिन्होंने खार में मेरे सहकर्मी को फोन किया (किसी कारण से मैं शहर में किसी से संपर्क नहीं कर सकी थी) और उनसे मुझे ढूँढ़ने को कहा, जबकि मैं एक खड़ी हुई बेस्ट बस में काँपते हुए बैठी थी (मैं स्वीकार करती हूँ कि यह इकलौती बार था, जब मैं पब्लिक बस में बैठी थी), दुष्कर बारिश में मेरी एक मात्र शरण-स्थली। मुझे याद है कि मैं अपनी मैली-कुचैली हालत के बारे में पूर्ण रूप से सचेत थी—मैं गीली थी, बाल मेरे सिर पर चिपके हुए थे,

मस्कारा मेरे चेहरे को खरोंच रहा था और उम्मीद कर रही थी कि मैं बस में अन्य लोगों की पहचान में नहीं आऊँगी।

गलियारे में बैठी दो महिलाओं ने मुझे कई बार देखा और एक-दूसरे से फुसफुसाईं। मैं बस से बाहर निकलने और अनाम भीड़ के साथ मिल जाने के बारे में सोच रही थी, लेकिन इस स्थिति में व्यर्थ की मूर्खता करने का मुझे एहसास हुआ। मैं उनका सामना करने के लिए घूमी, मेरे असली रूप को देखने के लिए उन्हें आमंत्रित किया, एक अभिनेत्री या इश्तहार का कोई चेहरा नहीं, बल्कि बारिश में फँसी एक लड़की, उनकी खुद की तरह।

"इसको कभी-न-कभी रुकना है, चिंता न करें", ए जो मेरे करीब थी, ने कहा और उसका सरल तर्क बेहद तसल्ली देने वाला था। मुझे एहसास हुआ कि वे मुझे नहीं परख रही थीं; यह मैं थी, जो उन्हें परख रही थी। दिल्ली में अपने बिताए वर्षों के दौरान बार-बार नापा जाना और घूरते हुए देखा जाना, मुझे मुंबई जैसे विशाल महानगर से डर लग रहा था, जैसे बढ़ती हुई भीड़ मुझे जीवित खा जाएगी और वहाँ मैं पूरी तरह से निस्सहाय थी, यहाँ तक मेक-अप की एक बुनियादी सुरक्षात्मक परत के बिना! मैं और अधिक गलत नहीं हो सकती थी। मैं आखिरकार दो महिलाओं के साथ आराम से बात कर रही थी, हम जानते थे कि यह एक स्थायी दोस्ती नहीं होगी, लेकिन उन दो घंटों के लिए हम परिस्थितियों के सहज साथी थे।

मैं अपने सहकर्मी शॉन की हमेशा आभारी रहूँगी, जिन्होंने मेरी तलाश में, जिसे वे अच्छे से जानते भी नहीं थे, अपने घर की सुरक्षा और सलामती को छोड़कर एस.वी. रोड पर खड़ी सभी बसों को छान मारा। आखिरकार जब उन्होंने मुझे ढूँढ़ लिया, तो हमने उनके दोस्त, जिन्होंने मुझे कपड़े और गरम भोजन दिए, के घर में सांताक्रूज में आश्रय माँग लिया। सुबह मैंने घर जाने के लिए पैदल यात्रा जारी रखने का फैसला किया।

सड़कें, रात से असहाय लोगों को चाय, बिस्कुट, पानी और केले बाँटनेवाले लोगों से भरी हुई थीं। मुझे अपने फ्लैट तक वापस पहुँचने में पूरे 23 घंटे लग गए, लेकिन उस दिन, जैसा कि मैंने पानी भरी गलियों से होकर थकाऊ

'तुम मिले' के सेट पर—पुरानी यादों की बाढ़

भ्रमण किया, मुझे शहर और उसके लोगों, उनके लचीलेपन और करुणा के साथ एक बंधन जैसा महसूस हुआ। मुझे यहाँ बसने के लिए इसे चुनने, मुंबई को अपना घर कहने पर गर्व महसूस हुआ। मुझे लगता है कि यह अनुभव ही वह वजह थी, जिसने मुझे इस तबाही की पृष्ठभूमि पर आधारित 2009 की प्रेम कहानीवाली फिल्म 'तुम मिले' करने के लिए खूब उकसाया।

भांडुप, मुंबई में सबसे पुराने उपनगरों में से एक में छत से बारिश करनेवाली ताकतवर मशीन के नीचे एक 100X250 फीट स्टूडियो के फर्श पर, शायद सबसे अधिक आकर्षक सेटिंग्स में से एक, वरना चालीस दिनों तक स्थिर कमर भर गहरे पानी में कोई क्यों बिताना चाहेगा?

हमारे निर्देशक कुणाल देशमुख वास्तव में हर दिन काम करने के लिए एक स्कूबा गोताखोरी सूट पहनते थे और एक बार मैंने उन्हें माइक पर घोषणा करते हुए सुना, "यहाँ पर कोई थूकेगा नहीं, कोई पेशाब नहीं करेगा!" 'यहाँ' पानी था, जहाँ हम सब काम कर रहे थे। वह एक लाइटमैन को लगातार देख रहे थे, जो आठ घंटों से बाथरूम नहीं गया था, जबकि हम सब कम-से-कम दो-दो बार गए थे!

क्या किसी ने कहा कि यहाँ सूप है?

मैं कॉफी के बगैर कैसा महसूस कर रही हूँ? डिप्रेसो

बाढ़ ने भले साबित किया हो कि मुंबई के मुकाबले दिल्ली में बेहतर

सामाजिक और आर्थिक सुविधाएँ हैं, लेकिन जो यह अधोसंरचना में पिछड़ती है, मुंबई सभ्यता में पूरा कर देती है। इस शहर में मेरा विश्वास फिर से बार-बार पुष्ट हो चुका है—यह जुलाई 2006 का उपनगरीय ट्रेन विस्फोट हो या नवंबर 2008 का आतंकवादी हमला। शहर घुटनों पर चलने से इनकार करता है। इसे एक अमर आत्मा या सिर्फ सादी आवश्यकता कहें, यहाँ तक कि कठोर निंदक को स्वीकार करना होगा कि यहाँ एक मानवता मौजूद है, जो लोगों को अजनबियों को बचाने के लिए प्रेरित करती है, लोगों को रक्तदान शिविरों में इकट्ठा करती है और आपदा राहत में मदद करती है।

मैं अपना टिकट दिल्ली वापसी के लिए बुक करने जा रही थी, जब अम्माँ ने मुंबई को तीन महीने देने के लिए कहा था। यह पंद्रह साल पहले की बात है। तब से मैंने यहाँ जड़ें जमा ली हैं, यह मेरा निवास स्थान है, मेरे काम की जगह है, जहाँ मैंने अपने पति से मुलाकात की और शादी की। मैंने दिल्ली में अपने बड़े होनेवाले साल बिताए होंगे, लेकिन बड़ी मैं मुंबई में हुई। यह वह जगह है, जहाँ अंततः मैंने अपनी सावधानी से निर्मित कॅरियर योजना को बदलकर, लंदन के अपने जीवन को पीठ दिखाने, अपनी सुस्त कॉर्पोरेट नौकरी को त्यागने का साहस और इसके साथ ही अपने माता-पिता का अनुमोदन, उसी उद्योग में एक अस्थिर कॅरियर को शुरू करने के लिए, जिससे मैं स्पष्ट रूप से दूर रहती थी, प्राप्त किया। यह वह समय था, जब मैंने बॉलीवुड में प्रवेश किया। □

6

अभिनेत्री के रूप में नई पारी

मेरा स्कूल में एक दोस्त हुआ करता था, जो स्मृति से दस मिनट के अंदर विश्व का मानचित्र बना सकता था। मैंने सोचा कि यह सीखने लायक एक कौशल है, विशेषकर जब आप चित्रकोश में व्यक्ति/जगह/पशु श्रेणी चुनते हैं, लेकिन जब मैंने संदर्भों को कॉपी करने के लिए देखा, तो मैंने पाया कि हर मानचित्र अलग था। सबसे आम मानचित्र, उदाहरण के लिए, आपके स्कूल की भूगोल की कक्षा में टँगा, मर्केटर प्रक्षेपण मानचित्र है, जिसे नाविकों को दुनिया भर में नौपरिवहन में सहायता के लिए 1596 में तैयार किया गया था। इसमें सारी आबादी अपने विशेष आकार के साथ है—अफ्रीका के सींग, बूट आकृति की इटली, लेकिन आकार सभी गलत हैं।

उत्तरी अमेरिका को अफ्रीका जितना बड़ा दिखाया गया है, स्कैंडिनेवियाई देशों को भारत से बड़ा और चीन को ग्रीनलैंड से छोटा। वास्तव में, भारत सभी स्कैंडिनेवियाई देशों के आकार का तीन गुना है, चीन ग्रीनलैंड से चार गुना बड़ा है और आप तीन उत्तरी अमेरिका को अफ्रीका में समा सकते हैं।

तो ऐसा क्यों हुआ ?

गेरार्डस मर्केटर, मानचित्र निर्माता, जर्मन था और जब वह पृथ्वी का प्रक्षेपण केंद्र कहाँ पर रखे, तय कर रहा था, उसने मनमाने ढंग से अपने देश जर्मनी को चुना। नतीजतन, भूमध्य रेखा को बीच में नहीं रखा गया था, जैसा कि होना चाहिए, लेकिन दो-तिहाई नीचे की ओर और उत्तर की समृद्ध भूमि के पक्ष में आकार विकृत किए गए।

अपने समकालीन अन्य महान् विद्धानों के विपरीत, मर्केटर ने यात्रा नहीं करने का विकल्प चुना और पुस्तकों के विशाल पुस्तकालय तथा यात्रा

करनेवाले यात्रियों, व्यापारियों और राजनेताओं के साथ बातचीत करके भूगोल के अपने ज्ञान को हासिल किया था। अगर वह अधिक बाहर निकलता, तो शायद उसका काम तथ्य का अधिक सटीक प्रतिबिंब होता।

लेकिन सिर्फ उसका मानचित्र ही नहीं, पृथ्वी का कोई भी समतल मानचित्र झूठा है, क्योंकि पृथ्वी ही सपाट नहीं है। आप एक सपाट सतह पर गोलाकारीय पृथ्वी की पूरी सतह को नहीं दिखा सकते। पृथ्वी के इस प्रतिनिधित्व का केंद्र तब सैद्धांतिक हो जाता है, जब राष्ट्रीय गौरव से निर्देशित होता है, जैसा कि मर्केटर के मामले में, या कुछ मुसलमानों के साथ, जो धार्मिक आग्रहों से मक्का को अपनी दुनिया का केंद्र और कुछ ईसाई, यरुशलम का चयन करते हैं।

तो एक मात्र मानचित्र जिस पर आप भरोसा कर सकते हैं, वह एक ग्लोब है और यहाँ तक कि एक सरसरी नजर भी एक गहरी सच्चाई का खुलासा करेगी। पृथ्वी की कोई भी सतह केंद्र नहीं है, केवल 6000 किलोमीटर की गहराई पर एक आंतरिक मुख्य भाग, सूरज की सतह के करीब तापमान के साथ लोहे से बना एक ठोस क्षेत्र है। अब तक आप यह सोच रहे होंगे कि मैं आपको मानचित्रण में एक कुंठित सबक क्यों पढ़ा रही हूँ, इसलिए मैं दुनिया की प्रदक्षिणा करना बंद कर देती हूँ और मुद्दे पर आती हूँ।

यदि मर्केटर, जिनका अपने समय के सबसे अग्रणी गणितज्ञ के रूप में उनकी शिक्षा के लिए जयकार किया गया था, ने जर्मनी के चारों ओर दुनिया के घूमने का आधार स्वीकार्य किया, तो यह सोचने के लिए सुविख्यात हिंदी फिल्म अभिनेता को आसानी से माफ किया जा सकता है कि बॉलीवुड दुनिया का केंद्र है और यह कि ध्यान देने योग्य जीवन केवल उन सितारों का है, जो प्रिंट, इलेक्ट्रॉनिक और ऑनलाइन मीडिया के अंग हैं। वास्तव में अधिकांश लोग, यहाँ तक कि गैर-खगोलीय सतह पर ही जीवन व्यतीत करते हैं। वह कर्म, पारिवारिक कार्य और बिलों के दैनिक परिश्रम में फँस जाते हैं और इससे पहले कि उन्हें पता चले, उनका जीवन या कम-से-कम जीने लायक हिस्सा, खत्म हो जाता है।

अभिनेता विशेष रूप से इस छिछलेपन के लिए संवेदनशील होते हैं। आशय यह कि अपने व्यक्तिगत जीवन के मानचित्र पर, वे स्वयं को केंद्र में रखकर दुनिया देखते हैं—हर सफलता अतिरंजित, हर विफलता बढ़ा-चढ़ाकर।

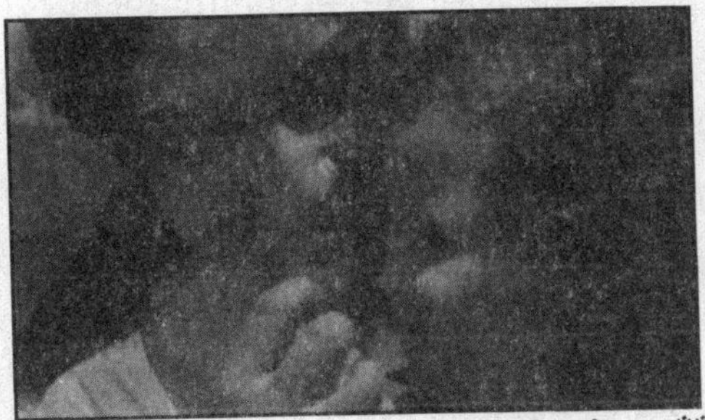
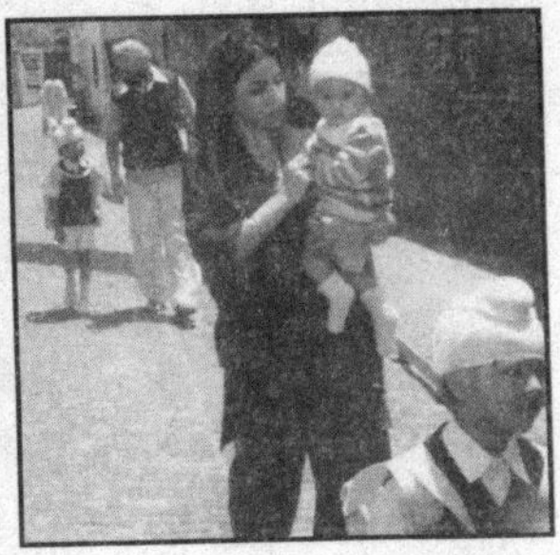

फिल्मी परदे पर माँएँ

स्क्रीन पर मेरी पहली उपस्थिति बहुत सम्मानजनक थी। शर्मिला टैगोर और उत्तम कुमार की भूमिका में हिंदी फिल्म 'दूरियाँ' (1979), वैवाहिक अनबन पर आधारित थी, जहाँ शहरी कार्यरत दंपतियों की व्यक्तिगत महत्त्वाकांक्षा और वैवाहिक जिम्मेदारी, अर्थात् एक बच्चे की परवरिश, उन दोनों के बीच प्रतीत होता है कि समझौता न होने लायक मतभेद पैदा करती है। एक गीत है, जहाँ मेरी माँ अपनी बाँहों में अपने बच्चे को लिये हुए है, एकमात्र शिशु, उसकी बाँहों में और उसे सुलाने की कोशिश करती है। वह शिशु मैं थी।

इस फिल्म को आधुनिक शहरी रिश्तों की एक दुर्लभ प्रगतिशील दृष्टि के रूप में बड़ी प्रशंसा मिली और जो संवाद तथा कपड़ों की कमी मुझमें थी, मैंने उसे अधिक गंभीरता और विश्वसनीयता से पूरा कर लिया। तीस साल बाद मैं अपने स्वयं के उधार लिये बच्चे को 31st अक्तूबर में सुलाने की कोशिश करूँगी। हर नायिका द्वारा उसके काम के दौरान किसी बिंदु पर किए गए काम की इस समानता के अलावा, मेरी माँ के कॅरियर की तुलना में मेरे कॅरियर में बहुत कम समानता है।

अम्माँ एक सुपरस्टार, एक जीवित किंवदंती, बॉलीवुड का गौरव हैं। मैं जिसे एक 'कार्यरत अभिनेत्री' कहा जाता है, वह हूँ, इसका अनिवार्य रूप से

अर्थ है कि मैं एक अभिनेत्री हूँ, जो कभी बहुत बड़ी अभिनेत्री का दर्जा नहीं प्राप्त कर सकती, एक लंबा और उत्पादक कॅरियर रहा है, प्रतिष्ठित जीवनशैली से बेहतर कमाती हूँ और अपने साथियों की सराहना प्राप्त है (उस हद तक, जितना आज किसी को अपने साथियों की प्रशंसा प्राप्त हो!)। मेरी उपलब्धियाँ निश्चित रूप से सराहनीय हैं और मुझे समाज में अपने सिर को ऊँचा रखने की इजाजत देती हैं, लेकिन मुझे पता है कि अम्माँ की तुलना में, मेरा लाल मखमली चेहरा लसमुक्त चपाती की तरह वे पीला पड़ जाता है।

आप गलत नहीं होंगे, यदि आप आश्चर्यचकित हो रहे हों कि क्यों एक अकादमिक झुकाववाली, स्थिरता को तलाशने वाली निजी बैंकर ने फिल्मों के अस्थिर माध्यम के लिए मोटे भत्तोंवाली अपनी कॉर्पोरेट नौकरी को छोड़ना चुना और इसके साथ ही प्रतिष्ठित माताओं और भाइयों के साथ अनिवार्य रूप से प्रतिकूल तुलना। मैं क्यों तक जाऊँगी, लेकिन पहले मैं आपको बताऊँ कि कैसे।

तो वहाँ मैं 2003 में सिटीबैंक में कागजातों में फँसी हुई थी, संतुष्टि से कम, लेकिन दु:खी नहीं और वास्तव में इसके बारे में कुछ भी करने के लिए पर्याप्त रूप से प्रेरित नहीं, जब मुझे एक फोन आया, जो मेरे जीवन को बदल देने वाला था। अमोल पालेकर ने मुझे फोन किया और पूछा कि क्या हम उस फिल्म के बारे में चर्चा करने के लिए मिल सकते हैं, जिसका वे निर्देशन कर रहे थे। मैं सिर्फ इतना कह सकती थी कि मुझे फिल्मों में अभिनय करने में दिलचस्पी नहीं थी या मेरे पास पहले से ही एक नौकरी थी और एक योजना थी या मेरे माता-पिता क्रोधित होंगे, मैं इस पर भी विचार कर रही थी। इसकी बजाय मैंने कहा, "शनिवार कैसा रहेगा?" और फिर घर चली गई, अमोल पालेकर की प्रत्येक फिल्म को देखने के लिए, जो मेरा डी.वी.डी. वाला बंदा प्रदान कर सकता था। उनके साथ मिलने में कोई बुराई नहीं है, मैंने सोचा। निश्चित रूप से उद्योग के इस तरह के एक वरिष्ठ सदस्य को मना करना अपमानजनक होगा, मैंने स्वयं से कहा। इसके अलावा इस बात को किसी के साथ साझा करने की कोई जरूरत नहीं थी, जो मेरे विरोधाभासी स्वभाव में और अधिक पढ़ सकते हैं।

मुझे अपने आपको याद दिलाने की जरूरत नहीं थी कि हिंदी फिल्मों में अभिनय करना एक कॅरियर विकल्प था, जिसे मैंने अठारह साल की आयु में सरसरी तौर पर खारिज कर दिया था, जब एक बहुत अच्छी तरह से स्थापित निर्देशक मेरी माँ से मिलने के लिए दिल्ली में हमारे घर आए थे, मेरे लिए एक समुचित प्रसिद्ध नायक के साथ एक हिंदी फिल्म में नायिका की भूमिका निभाने का प्रस्ताव लेकर। हिंदी फिल्म में अभिनय करने के लिए ऑक्सफोर्ड छोड़ने का विचार मेरे लिए इतना हास्यास्पद व अजीब था और भीतर-ही-भीतर भयभीत अपने माता-पिता की राहत के लिए मैंने अपनी आँखें प्रस्ताव से हटाईं और उसे या कुछ अन्य प्रस्ताव, जो मेरे पास आए, उन पर कभी दोबारा नहीं सोचा।

हिंदी फिल्में सिर्फ ऊटपटांग थीं—भद्दी और अस्वाभाविक, प्रतिगामी पात्रों से भरी हुईं, जो दुपट्टा गिरने पर अनायास गाना गाते और निर्देशित नृत्य करते थे, या ऐसी मेरी सोच थी। अपने प्रतिवाद में कहूँगी, यह 1990 था, भारतीय सिनेमा का सुनहरा समय बिल्कुल नहीं, इस प्रकार के सर्वोत्तम संवादों से कुख्यात था—'मेरा नाम है पोते, जो अपने बाप के भी नहीं होते' या 'तूने मेरी बहन को मार डाला, ठीक किया, मगर तूने मेरी बहन का रेप किया, बहुत बुरा किया।' आप इस तरह के अनर्थक संवाद नहीं बना सकते हैं!

शुक्र है, जब हम उनके कार्यालय में मिले, कहानी, जो अमोल पालेकर ने मुझे सुनाई, बहुत ही अलग थी। उनकी फिल्म राजस्थानी लोक कथा पर आधारित थी और एक युवा पत्नी लच्छी के बारे में थी, जिसके पति ने पाँच साल की व्यापारिक यात्रा पर जाने के लिए शादी के एक दिन बाद उसे छोड़ दिया था। तब पत्नी को एक भूत मिलता है, जो उसके पति के रूप में प्रच्छन्न है, जो उससे प्रेम करता है और उसके पति की जगह लेता है। भूत स्नेही और सुंदर है और असली पति किशनलाल की तुलना में लच्छी और परिवार दोनों के लिए बहुत ही आकर्षक है।

जब किशनलाल पाँच साल के अंत में लौटता है, तो लच्छी को भूत और उसके असली पति के रूप में अपनी सारी इच्छाओं की अभिव्यक्ति के बीच

एक पहेली खड़ी होती है। उस समय अमोलजी फिल्म का नाम 'घोस्ट का दोस्त' रखना चाहते थे और वह चाहते थे कि मैं लच्छी की भूमिका निभाऊँ। मैं उसी समय स्क्रिप्ट और उसके सभी विलक्षण तिलस्म पर फिदा हो गई। मैंने खुद को जिंदादिल लच्छी के रूप में सोचा और जब सिटीबैंक बनाम सिनेमा की अपनी पहेली पर विचार किया तो मैंने सिनेमा के आकर्षण और लुभावनेपन को चुना।

इस मामले की सच्चाई यह है कि अवसर दिया जाए तो, हर कोई एक नायक बनना चाहता है और मेरी खुशी से बहुत ज्यादा, मैं भी कल्पना की इस उड़ान से ऊपर नहीं थी। किशनलाल की भूमिका एक नए अभिनेता द्वारा की जानी थी; यह फिल्म हम दोनों को प्रस्तुत करेगी और मुझे बताया गया था कि हमें कार्यशाला में दो महीने काम करने की जरूरत है, इसके बाद राजस्थान में तीन महीने की शूटिंग की जाएगी।

यह कोई कम रेजॉल्यूशन की तसवीर नहीं है—हम बस कैमरे की गति से तेज हैं

मुझे पता था कि यह फिल्म करने के लिए, यहाँ तक कि एक बारगी, मुझे बैंक में अपनी नौकरी छोड़नी पड़ेगी। मैंने पहले कैमरे का सामना किया था; इसका मतलब 'दूरियाँ' नहीं है, लेकिन एक और महत्त्वपूर्ण भूमिका (चार सेकेंड लंबी) जब मेरे पिताजी को, अन्य खेल की सुप्रसिद्ध हस्तियों के बीच, 'स्प्रेड द लाइट ऑफ फ्रीडम' नामक एक छोटे कार्यक्रम में राष्ट्रीय एकात्मता की एक मशाल ले जाने के लिए कहा गया था। यह 1988 में हुआ था, जब भारत में केवल एक टी.वी. चैनल था, दूरदर्शन (उस दौर की आपमें से जिसे याद हो, अलिफ लैला में हरे रंग के जिन्न और भारत का सबसे पसंदीदा सुपर हीरो शक्तिमान) था।

आप प्रमुख खेल सितारों की एक सूची पा सकते हैं, जो मशाल के साथ दौड़े थे—पी.टी. उषा, कपिल देव, मिल्खा सिंह, सुनील गावस्कर, प्रकाश पादुकोण, एम.ए.के. पटौदी और सोहा अली खान (दस वर्ष की आयु में उसकी अनूठी मासूमियत के लिए अंतिम मिनट में शामिल किया गया)। आपमें से और अधिक द्वेष करनेवाले इस फिल्मी पृष्ठभूमि को मानने से मना कर सकते हैं और मैं अनिच्छापूर्वक स्वीकार करती हूँ कि मेरे माता-पिता का शायद 'दूरियाँ' और 'स्प्रेड द लाइट' में मेरी भूमिका करने में हाथ है, लेकिन सैमसंग का विज्ञापन, जो मुझे कई साल बाद करना था, वह पूरी तरह मेरा था!

टीवी आपको खुश करता है

यह सिटीबैंक के मेरे आधे कार्यकाल के दौरान हुआ था कि मुझे सैमसंग टेलीविजन के विज्ञापन में निर्देशक होमी आदजानिया की प्रेमिका के रूप में लिया गया था, जो जैव-किरणें छोड़ने का दावा करता था, जो आपकी न केवल आँखों को, बल्कि आपके पूरे शरीर को आराम देता था। यह सोफे पर बैठे बहस करते एक युगल से शुरू होता है। लड़की गुस्से में लड़के से दूर हो जाती है और मान-मनौवल न होने पर, लड़का टी.वी. चालू कर देता है। गुलाब की पंखुड़ियों के रूप में शांति प्रदान करनेवाली किरणें टेलीविजन सेट से विकीर्ण होती हैं और शांति की धुंध में युगल को ढक देती हैं, तनाव को मिटाते हुए और उनका सुखद मिलन कराते हुए। इसे यू-ट्यूब पर जरूर देखें—इस पुस्तक को लिखते समय इसमें 1439 व्यूज हैं (अनुवाद के समय 2,200) और ये कुछ और बढ़ सकते हैं।

एक चमकदार विज्ञापन में भूमिका मिलना या तो आहार, व्यायाम, कुछ भड़कीले हैडशॉट्स के लिए महँगे फोटोशूट और व्यापक ऑडिशन में निवेश के रूप में कड़ी मेहनत व निष्ठा का सफल परिणाम है या परिस्थितियों के

एक यादृच्छिक, लेकिन आकस्मिक शृंखला की परिणति, जिसे 'सही समय पर सही जगह पर होने' के रूप में भी जाना जाता है।

मेरे लिए यह बाद वाला था। अपने भाई के घर में पढ़ने की सही जगह सोफे पर और सही समय था, जब विज्ञापन फिल्म निर्माता, जो भाई के दोस्त थे, रात में खाने के लिए घर आए। मुझे लगता है कि उन्होंने मुझे देखा और मेरे ताजा, हौसला पैदा करनेवाले आकर्षण और मेरे टेलीविजन देखते हुए चेहरे की निष्कपटता ने उन्हें मोहित कर लिया और कौन कहेगा कि वे नहीं हुए थे? बात यह रही कि जैसा कि मैंने अपने जहाज के नए कप्तान के रूप में अमोल पालेकर के साथ एक कलात्मक साहसिक कार्य शुरू करने के लिए सिटीबैंक को छोड़ने पर विचार किया था, मैं सच्चाई से कह सकती हूँ कि मैंने फिल्म, टेलीविजन और विज्ञापन में पहले अनुभव से प्रेरणा ली थी और फिल्म में अम्माँ, टी.वी. में अब्बा और विज्ञापन में भाई की कुछ अपरिहार्य भागीदारी को देखते हुए, यह कदम अपने आपसे लेने के लिए उत्सुक थी।

आपके बीच अधिक समझदार फिल्म-ज्ञाताओं ने अमोल पालेकर की फिल्म 'पहेली' (2005) को पहचान लिया होगा, जो संयोगवश, उस साल ऑस्कर के लिए भारत का आधिकारिक प्रवेश भी थी। आपको यह भी याद होगा कि जीवंत और प्यारी लच्छी की भूमिका वास्तव में मेरे द्वारा नहीं, बल्कि रानी मुखर्जी द्वारा प्रस्तुत की गई थी और किशनलाल की भूमिका एक नए अभिनेता द्वारा नहीं की गई थी, बल्कि उसके ठीक विपरीत थे, शाहरुख खान।

और इसमें विडंबना है, जो एलनिस मोरिस्सेट की कड़वी गोलियों की तरह जीवन को पुट देती है। अनिश्चितता, जोखिम और असुरक्षा के जीवन के लिए आखिरकार, वह फिल्म जो कभी नहीं हुई, या अधिक सटीक कहें तो मेरे लिए थी ही नहीं, ने मेरी स्थिर और सुरक्षित नौकरी छुड़वा दी।

मैंने किसी तरह नौकरी के प्रति अपनी प्रतिबद्धता के बारे में और एक अभिनेत्री बनने में दिलचस्पी न होने को लेकर मानव संसाधन को आश्वस्त किया था, जब मैंने फैसला किया कि मेरी वास्तव में फिल्म में अभिनय करने में बहुत दिलचस्पी थी और नौकरी के लिए कोई प्रतिबद्धता नहीं थी। मैंने अपना

नोटिस सौंप दिया और बैंक से बाहर चली आई, सहकर्मियों की दोषारोपण करनेवाली नजरों का साहस से सामना करते हुए; उनकी आँखें मुझे 'पाखंडी' चिल्ला रही थीं, लेकिन मुझे परवाह नहीं थी; क्योंकि मैं आखिरकार उबाऊ बॉण्ड्स और सुस्त ऋणपत्रों से मुक्त थी।

अगले दिन अमोलजी ने मुझे यह बताने के लिए बुलाया कि उन्होंने फिल्म को एक अलग दिशा में ले जाने का फैसला किया है। यह ठीक अगला दिन नहीं हो सकता है, लेकिन घटनाओं की मेरी याद में यह चॉकलेट ज्यादा खाने के बाद के अपराध की तरह होना प्रतीत होता है। उन्होंने कहा कि यह एक निर्देशन था, जिसमें सुपरस्टार और बड़े निर्माण और विपणन का बजट शामिल था और अफसोसपूर्वक मेरे लिए कोई जगह नहीं छोड़ी और इसलिए मैं वहाँ थी—बिना नौकरी, बिना वेतन, बिना अपने माता-पिता को नौकरी और वेतन गँवाने के बारे में बताए और सबसे अधिक एक योजना के बिना।

और इसी तरह मेरी पहली फिल्म, मेरा 'बड़ा' पदार्पण, एक छोटी सी बांग्ला फिल्म इति श्रीकांता (2004) से हुआ, जिसमें मैंने एक आश्रम तक ही

पहला फ्रेम

सीमित वैष्णवी की भूमिका निभाई, जिसे कमलता कहा जाता था, जो शायद ही कभी बात करती थी (शुक्र है, क्योंकि मैं बंगाली में दूर तक धाराप्रवाह नहीं हूँ)। निर्माता मुंबई में मुझसे मिले थे। उन्होंने बताया कि यह एक छोटी बजटवाली फिल्म थी, इसलिए वे मुझे बहुत कम राशि दे सकते थे। बस इतना बता दूँ कि महीने का मेरा धोबी का बिल मेरी फीस से अधिक था। हम चार सप्ताह के लिए शांतिनिकेतन में शूटिंग करेंगे और इसलिए एक अतिथिगृह में रहेंगे, आसपास के इलाकों में कोई होटल नहीं होने के कारण। यह बिल्कुल आकर्षक पदार्पण नहीं था, जिसकी कल्पना मैंने की थी; लेकिन यह फिल्म शरत चंद्र के 1917 के उपन्यास 'श्रीकांत' पर आधारित एक नाटक थी और इसे दो बार राष्ट्रीय पुरस्कार विजेता निर्देशक अंजना दास द्वारा निर्देशित किया जा रहा था। मैंने फैसला किया कि मेरे एक अभिनेत्री बनने की चाह में यह एक आदर्श परीक्षा है—ग्रामीण बंगाल में, मीडिया की नजरों से दूर, मैं खुद को खोज सकती थी कि मैं फिल्म निर्माण की प्रक्रिया, कैमरे के सामने होने और पात्र निभाने की प्रक्रिया का आनंद ले रही हूँ और अगर नहीं तो मैं अपने पहले वाले जीवन को चुपके से और अधिक कॉर्पोरेट व्यवस्था में फिर से शुरू कर सकती थी।

मुझे हमेशा अपना पहली बार कैमरे का सामना करना याद रहेगा—सिवाय इसके कि मैं वास्तव में उसका सामना नहीं कर रही थी; यह बगल में था, लेकिन अभी भी इतना करीब कि मैं उस तक पहुँच सकती और उसे छू सकती थी। आदिल हुसैन, एक बेहद सफल अभिनेता, जो श्रीकांत की नाममात्र भूमिका निभा रहे थे, मेरे पास बैठे थे। मैंने अपनी पंक्तियाँ याद कर ली थीं और मुझे पता था कि कैमरे में सीधे नहीं देखना है, यह मेरी माँ द्वारा मुझे दी गई पहली सलाह थी।

'अपनी पसंद के एक लड़के के रूप में कैमरे के बारे में सोचो। आप उसे प्रभावित करना चाहते हैं, इसलिए आप उसे अपना सबसे अच्छा कोण देंगे, आप सुनिश्चित करेंगे कि वह आपको देख और सुन सके, लेकिन आप सीधे उसे संबोधित नहीं करेंगे, लेकिन आपको हमेशा पता चल जाएगा कि वह

कहाँ है।' और इस तरह कैमरे के साथ मेरी लीला शुरू हुई। पहले तो यह एक बेदम, बेबुनियाद, अनाड़ी मामला था, जो मुझे मेरे बालों की जड़ों तक लजाने लगा, लेकिन धीरे-धीरे, समय के साथ, मैं तनाव मुक्त हुई, मैंने साँस छोड़ना, समय निकालना, कैमरा, केंद्रित टकटकी में आनंद उठाना सीखा।

और जब फिल्म समाप्त हो गई तो मुझे निराशा महसूस हुई। मैंने कोलकाता के हवाई अड्डे से अपनी माँ को भरी आँखों से फोन किया। मुझे समझ में नहीं आया कि क्यों मैंने इतना बेसहारा महसूस किया, इतना खोई हुई। उन्होंने समझाया कि यह फिल्म का एक हिस्सा होने की एक स्वाभाविक प्रतिक्रिया थी, यह एक भावुक और व्यक्तिगत अनुभव है, एक चरित्र निभाने के लिए आप सप्ताह और महीनों के लिए अपना इतना कुछ देते हैं और फिर यह सब अचानक समाप्त होता है और तुम्हें सब पीछे छोड़कर आगे बढ़ना सीखना होता है।

और इसलिए मैं आगे बढ़ी, यद्यपि अनिच्छा से। मुझे एकांत और अज्ञेय कमलता का किरदार निभाना पसंद था; फिल्म के सभी किरदार मेरे सबसे करीबी दोस्त बन गए थे; यूनिट परिवार की तरह महसूस होने लगी थी और अब मैं निर्बाधित थी, हवा में दुर्बलता से फड़फड़ाती हुई। मुझे आवश्यकता थी एक दूसरी फिल्म की, खुद को संलग्न रखने के लिए दूसरी भूमिका की।

शायद एक और अधिक आधुनिक, अधिक युवा—एक ऊर्जावान, प्रेरित लड़की, कॉलेज से हाल में बाहर निकली, उसके कदमों में दुनिया, एक सफल कॅरियर और आजादी के सपने के साथ। दूसरे शब्दों में दिल माँगे मोर से नेहा! मेरी पहली हिंदी फिल्म।

काश किसी ने मुझे उस समय यह बताया होता कि अपनी पहली हिंदी फिल्म के रूप में तीन लड़कियों के साथ एक फिल्म का चयन करना बुद्धिमानी नहीं थी, आपको एकल नायिकावाली फिल्म चुननी होगी, जहाँ सबकुछ आपके बारे में हो (नायक के बाद बेशक!)। मुझे तीन लड़कियों में से किसी भी भूमिका को चुनने के लिए कहा गया था, जो मुझे सबसे अधिक पसंद आया हो। काश किसी ने मुझे उस लड़की को चुनने के लिए कहा होता,

जो अंत में लड़के के साथ होती है। इसकी बजाय, मैंने कहानी सुनी और इसे पसंद किया और नेहा के चरित्र को सबसे अधिक मजबूती के रूप में पाया, जो अठारह वर्ष में अपने महाविद्यालय प्रेमी से शादी करने और समरपुर, जो भले ही कितना भी सुखद हिल स्टेशन हो, में बस जाने की तुलना में शहर में एक एयर होस्टेस अकादमी में एक प्रतिष्ठित नौकरी के लिए उत्सुक है। मैंने कितनी बेवकूफी की!

मूवी का गणित सरल है। एक लड़का, तीन लड़कियाँ, लड़की, जो लड़के के ऊपर नौकरी चुनती है = खलनायिका। लड़की, जो सबके ऊपर लड़का चुनती है = नायिका, और इसलिए मैंने अपनी पहली व्यावसायिक फिल्म में नायिका न होना चुना था।

बॉक्स ऑफिस पर फिल्म का भाग्य अच्छी तरह से प्रलेखित है, इसलिए डरावने शब्दों का कोई मतलब नहीं है। यह एक असफल फिल्म थी। जैसे किसी ने जो कुछ भी किया था, उसमें हमेशा उत्कृष्टता प्राप्त की हो। यह अदम्य क्षेत्र था—एक विफलता और उस पर एक दर्दनाक सार्वजनिक। एक लोकप्रिय राष्ट्रीय अखबार ने 'दिल माँगे नो मोर!' नामक एक समीक्षा की थी और यह सिर्फ फिल्म नहीं थी, जिसकी आलोचना हुई थी। जैसे ही मैंने अभिनयवाले हिस्से के लिए तीखी टिप्पणी को पढ़ना शुरू किया, मैंने अपना नाम उन शब्दों के बाद देखा, जो हमेशा के लिए मेरी स्मृति में उकेरे हुए हैं—'वह अपनी माँ की तरह दिखती है, लेकिन वह अपने पिता की तरह एक्टिंग करती है।' अब अब्बा ने कुछ बहुत ही अच्छी अभिनय कला एक से अधिक अवसरों पर दिखाई थी, ग्वालियर सूटिंग्स, एशियन पेंट्स, ले चिप्स, कुछ विज्ञापनों के नाम पर, जो उन्होंने किए थे, लेकिन मुझे लगता है कि इनका समीक्षक पर कोई प्रभाव नहीं पड़ा था, जिनका आशय स्पष्ट रूप से प्रशंसावाला नहीं था।

मुझे अपमानित किया गया था। मैं उस समय तक (बैले को छोड़कर) कोशिश की गई किसी भी चीज में असफल नहीं हुई थी और यहाँ व्यापक रूप से, मेरी क्षमताओं का विकृत विघटन या इसकी कमी उपलब्ध थी।

'समीक्षाओं को मत पढ़िए।' 'यह एक व्यक्ति की राय है और बहुधा

उनका सिर्फ एक बुरा दिन चल रहा होता है।' 'आप हर किसी को खुश नहीं कर सकते।' 'यही है जो वे आपको बताते हैं और कुछ अभिनेता इस सलाह पर ध्यान देते हैं, लेकिन हममें से अधिकांश लोग हर एक ऑनलाइन, प्रिंट और इलेक्ट्रॉनिक आलोचना और रेटिंग को बड़ी मेहनत से पढ़ने का प्रयास करते हैं।

ज्यादातर अभिनेता, जो लंबे समय तक शीर्ष पर रहने के बाद अपरिहार्य उतार को देखने के लिए मौजूद हैं, गैंडे की खाल को ओढ़े रहते हैं, लेकिन एक निर्दयी समीक्षा तब भी हड्डी में झटका दे सकती है और मुझे अभी तक मोटी चमड़ी की एक या दो सुरक्षात्मक परत विकसित करने का समय नहीं मिला था। समीक्षा के आखिरी दो पैराग्राफ मेरी आँखों के सामने तैर रहे थे, जो अचानक आँसुओं से भर गए थे। मैंने शर्मिंदगी और अपमानित महसूस किया, सार्वजनिक लज्जित किए जाने के लिए अलग किया जाना। मुझे समझ नहीं आया कि उन्हें मेरे परिवार को इसमें क्यों खींचना पड़ा, क्यों यह अकेले मेरी विफलता नहीं हो सकती थी। मैं खुद को किसी के सामने नहीं ला सकती थी; मैं सिर्फ अपने आपको दुनिया से दूर करना चाहती थी, जब तक कि वह मेरे बारे में यह सब भूल न गई हो।

मैंने अपने फोन को साइलेंट कर रखा था, परदों को बंद कर लिया और स्ट्राबेरी आइसक्रीम के एक बड़े टब और 'सेक्स ऐंड द सिटी' के पहले सत्र के साथ बिस्तर पर चढ़ गई। आठ घंटे और 6000 कैलोरी के बाद, जैसे ही सत्र का आभार मेरे टेलीविजन स्क्रीन पर आया, मैं पैनी और झूमती फसल की बालियों की वैश्विक भाषा से प्रोत्साहित हुई। मैं एक मजबूत, स्वतंत्र कार्यरत महिला थी और वह समीक्षक बेचारा, कुंठित मूर्ख था। मैंने अपना फोन उठाया, सहानुभूति की बाढ़ या अवमानना की प्रवाह का सामना करने के लिए तैयार थी···मेरे ड्राइवर की एक मिस्ड कॉल थी और वोडाफोन से एक संदेश मुझे देय तिथि से पहले अपने बिल का भुगतान करने की याद दिला रहा था; वस्तुतः उपहास की बाढ़ का मेरा पूर्वानुमान नहीं। मैंने जिम जाने का फैसला किया, जिससे अपने खोए उल्लास की कुछ भरपाई कर सकूँ।

ट्रेडमिल पर, किसी भी व्यक्ति के साथ आँखों के संपर्क से बचने के

प्रयास में, मैंने शुरू में अपना सिर नीचे रखा और अपनी आँखों को अपने पैरों पर प्रशिक्षित किया। जब मैंने अंततः शक्ति को इकट्ठा कर अपने चारों ओर देखा, तो मुझे कृत्रिम मुसकान और अल्पहास के साथ अभिवादन की उम्मीद थी, लेकिन हर कोई बस अपनी सामान्य फिटनेस दिनचर्या को निभा रहा था। मेरे भाई ने मुझे कॉल किया था, जैसे ही मैं बाहर निकल रही थी।

उन्होंने पूछा, 'क्या हम रात के खाने के लिए आज बाहर चलें?'

'मेरी फिल्म एक मुसीबत है। वे बोलते हैं कि मैं एक लकड़ी की गुड़िया हूँ, एक अस्वाभाविक संवाद उच्चारण के साथ, जो ऐसा सुनाई देता है, जैसे मुझे तमाचा मारा गया हो, खुद को नियंत्रित करने में असमर्थ होने के कारण मैंने बका।

'आज की समीक्षा पंक्तियाँ कल की कचरा-कागज टोकरी', भाई ने प्रसन्नचित्त होकर कहा, 'लोग तुम्हारे बारे में सभी प्रकार की बातें कहेंगे—अच्छी, बुरी और भद्दी। तुम इसे दिल पर नहीं ले सकती हो या तुम गरम पानी के टब में खून बहाना चाहोगी। तुम्हें आठ बजे लेने आऊँगा?'

वे सही थे। मुझे यह जानने की जरूरत थी कि दूसरे लोग क्या सोचते हैं, इससे मुझे कोई फर्क नहीं पड़ता। मुझे अपने काम के लिए प्रतिबद्ध होना चाहिए और स्वीकार करना चाहिए कि कुछ ऐसे होंगे, जो मुझे आँकेंगे, मुझे प्रतिभाहीन या खराब या अयोग्य कहेंगे और यह ठीक था—इससे मुझे अपने आत्मविश्वास को तोड़ने की जरूरत नहीं थी, इससे अपने सपनों को तोड़ने के जरूरत नहीं थी। बॉक्स ऑफिस पर हमेशा अच्छी और बुरी समीक्षाएँ, स्वप्न भूमिकाएँ और खोए अवसर, सफलताएँ और विफलताएँ होंगी। सफलता कभी भी अंतिम नहीं होती और विफलता कभी घातक नहीं होती। मायने यह रखता है कि आप दृढ रहें।

2004 में मेरी पहली हिंदी फिल्म प्रदर्शित हुई, सर्वव्यापी सोशल मीडिया के आज के दौर से पहले। आज जब मैं अपने ट्विटर फीड के माध्यम से स्क्रॉल करती हूँ, यह अभी भी मुझे आश्चर्यचकित करता है कि कितने लोगों ने द्वेष में मौज ली, उन सार्वजनिक व्यक्तित्वों का मजाक उड़ाना, जिन्हें वे

कभी नहीं मिले हैं और कुछ भी नहीं जानते हैं। मैं खुद एक बार से अधिक अवसरों पर इसका लक्ष्य रही हूँ।

उदाहरण के लिए, जब मैंने भारतीय रिजर्व बैंक के पूर्व गवर्नर रघुराम राजन के जून 2016 में उनके पद छोड़ने की घोषणा के बारे में अफसोस व्यक्त किया।

मैंने ट्वीट किया, 'भारत के लिए गहरी क्षति है कि आर.बी.आई. गवर्नर रघुराम राजन को पद छोड़ने के लिए मजबूर किया गया है। वे केवल उन लोगों की सहायता कर सकते हैं, जो खुद की मदद करना चाहते हैं। शर्म की बात है।'

यह उन टिप्पणियों में से कुछ हैं, जिनसे मेरा पाला पड़ा था—

'क्या वह आर.बी.आई. का पूरा नाम जानती हैं?'

'क्या हमें अब मूर्ख अभिनेत्रियों को सुनना चाहिए?'

'आपको अपनी लंबी नाक को हर मामले में क्यों घुसेड़ना है? अपने क्षेत्र में रहो'

मैं पूरी तरह अभिव्यक्ति की आजादी के पक्ष में हूँ और पूरी तरह से सम्मान करती हूँ कि हर किसी के पास एक राय का अधिकार है, लेकिन साइबर दादागिरी जीवन की एक वास्तविकता बन गई है और अभिनेता अकसर गुमनाम व्यंग के लिए कोमल लक्ष्य हैं। अधिकांश बार ऐसी टिप्पणी की अनदेखी करना सबसे अच्छा होता है, लेकिन ऐसा भी होता है, जब मैं इस तरह के उकसावे में आ जाती हूँ।

इस मामले में 140 अक्षर एक उपयुक्त उत्तर तैयार करने के लिए पर्याप्त थे—'एल.एस.ई. लंदन स्कूल ऑफ एंटरटेनमेंट के लिए संदर्भित नहीं है और 'मूर्ख अभिनेत्रियाँ' आर्थिक नीति पर वैध विचारोंवाली नागरिक हैं पर्याप्त कथन।'

कई बार ऐसा होता है, तो भी जब ट्विटर पर अक्षर सीमा एक परिपक्व और सुविचारित प्रतिक्रिया के लिए अनुमति नहीं देती है। जैसे कि जब हाल ही में साड़ी पहनने के लिए मेरा मजाक बनाया गया था। हाँ, आप सही पढ़ रहे

हैं—एक बिकनी या एक छोटी स्कर्ट नहीं, संयोगवश दोनों के लिए मेरी पहले ही तसवीर खींची गई थीं (जैसा कि बहुत पहले 1960 के दशक एक प्रसिद्ध पत्रिका के कवर पर एक बिकनी मॉडल के रूप में मेरी माँ पहली भारतीय अभिनेत्री थीं), बल्कि छह मीटर पारंपरिक कांजीवरम रेशमी साड़ी पहने हुए।

ये दोहराई जानेवाली कुछ हलकी टिप्पणियाँ हैं—

'तो आखिरकार आप एक हिंदू हो गई हैं।'

'आपको शर्म आनी चाहिए, आप मुसलिम नहीं हैं।'

'आप यह खान सरनेम लगाना बंद करिए। यह सरनेम हमारा है, काफिरों का नहीं।'

पूरे नौ गज की साड़ी

उस वक्त 140 अक्षरों और दुनिया के सभी इमोटिकॉन्स मेरे अंदर के बढ़ते हुए क्रोध को व्यक्त करने में मेरी मदद करने में पर्याप्त नहीं थे। बेशक, धार्मिक रूढ़ियों और परंपराओं की अज्ञानता के बारे में टिप्पणियाँ झूठी साबित होती हैं, इसे समझने के लिए केवल बंगाल और दक्षिण भारत की साड़ी पहनी हुई मुसलिम महिलाओं को ही देखना होगा। हालाँकि यह समस्या काफी गहरी और अधिक परेशान करनेवाली है। मैं उन लाखों महिलाओं में से एक हूँ,

जिनके कपड़े की अपनी पसंद के लिए आलोचना की गई है और इस विशेष साड़ी-घटना से पता चलता है कि यह मुद्दा लैंगिकता की अभिव्यक्ति या परिधान के सूचक विकल्पों के साथ नहीं है; यह केवल एक महिला पर हमला करने के कारण है, क्योंकि वह एक महिला है—वही पुराना लैंगिकवाद। हर महिला को, जो कुछ वह चाहती है, वह पहनने का अधिकार है अन्यथा सुझाव भी पूरी तरह अस्वीकार्य है। यह हमारे पोशाक की लंबाई नहीं है, जिसे बढ़ाने की आवश्यकता है; यह आपके दिमाग की चौड़ाई है।

कुछ दिनों बाद मैंने अपनी एक हरे रंग के पत्ते की आकृति के साथ मुद्रित सफेद पोशाक में एक तसवीर डाली, चित्र परिचय 'लीफ ऐंड लेट् लीफ' के साथ जो कुछ मैंने सोचा था, जो एक रहस्यमय बिंदु था, अवसर का लाभ लिया। यह पूरी तरह से संभव है कि कोई भी संबंध नहीं जोड़ सका, लेकिन मुझे अपने आपसे प्रसन्नता हुई!

2004 में इस तरह की सार्वजनिक आलोचना मुझे पंगु कर सकती थी, लेकिन आज मैं गर्व से एक सख्त और मुश्किल से छेदी जा सकनेवाली मोटी खाल का कवच दिखा सकती हूँ, जो मुझे अपमान से बचाती है। यह पिछले तेरह वर्षों में नियमित रूप से अपने सुविधा क्षेत्र—भूमिकाएँ निभाना, जो मुझसे बिल्कुल अलग है, मंच पर सजीव जटिल नृत्य प्रदर्शन करना, खेल शो की मेजबानी करना और लगभग दैनिक आधार पर अजनबियों के साथ बातचीत करना, से लगातार बाहर रहने के द्वारा विकसित किया गया है। मैंने बहुत सी फिल्मों में अभिनय किया है। कुछ ने आलोचनात्मक और व्यावसायिक प्रशंसा अर्जित की हैं, कई

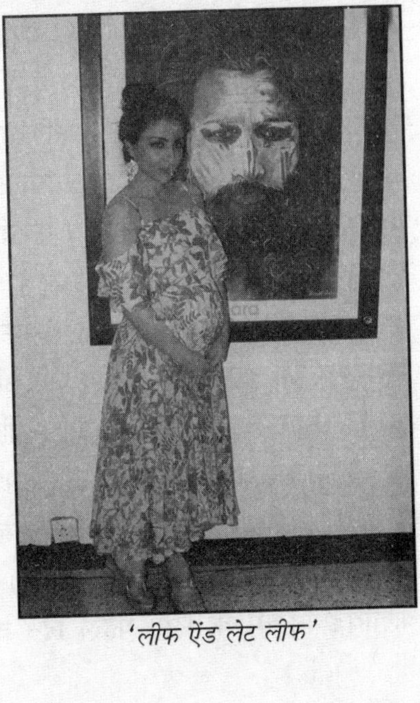

'लीफ ऐंड लेट लीफ'

विभिन्न कारणों से अपनी पूर्ण संभाव्यता हासिल नहीं कर पाई हैं और कुछ, जिनके प्रदर्शन की तारीख पर मैंने देश छोड़ने के लिए मजबूर महसूस किया है।

निर्विवाद रूप से 'रंग दे बसंती' (2006) बॉक्स ऑफिस की सफलता के साथ-साथ अभिनेत्री के रूप में मुझे पुरस्कार और विश्वसनीयता हासिल करने, दोनों की दृष्टि से मेरी अब तक सबसे सफल फिल्म है। यही एकमात्र फिल्म भी है, जिसके लिए मैंने ऑडिशन दिया था। मुझे राकेश ओमप्रकाश मेहरा के दफ्तर से यू-टी.वी. द्वारा निर्मित आमिर खान की मुख्य भूमिकावाली अभिनीत एक फिल्म के एक अभिन्न अंग के लिए स्क्रिप्ट पढ़ने के लिए फोन आया था। पहले से ही ए.आर. रहमान संगीत निर्देशक और बिनोद प्रधान सिनेमैटोग्राफर के रूप में ले लिये गए थे। 40 करोड़ रुपए (उन दिनों में बहुत बड़ी राशि थी) के बड़े निर्माण बजट के साथ यह एक सपनेवाली परियोजना थी और हर युवा अभिनेता कलाकारों का हिस्सा बनना चाहता था। मुझे स्वयं संकेत देनेवाले मेहरा के साथ तीन दृश्य करना याद है। दो हलके-दिलदार और खुशनुमा थे तथा एक मेरे चरित्र सोनिया की राष्ट्रीय टेलीविजन पर उसके मंगेतर अजय (आर. माधवन द्वारा निभाई गई) की मौत की घोषणा पर प्रतिक्रिया थी।

न कोई रंगमंच-सामग्री, न कोई माहौल बनाने में सहायता करनेवाला संगीत, दफ्तर में एक बंजर लाक्षणिक वातावरण था। मेरे पास केंद्रीभूत होने और कल्पना करने के लिए पाँच मिनट का समय था कि अगर मुझे अचानक यह पता चले कि मैं जिससे प्यार करती थी और शादी करनेवाली थी, उसकी मृत्यु हो गई है। यह अच्छी तरह से हुआ होगा क्योंकि मेहरा बाद में मेरे पास आए और कहा कि वह चाहते थे कि मैं बिल्कुल ऐसा ही करूँ, जब हम इस दृश्य की वास्तव में शूटिंग करें और इस दृश्य ने आखिरकार मुझे एक विश्वसनीयता दिलाई, जो मैंने अभिनेत्री के रूप में माँगी थी।

मुझे इस बात पर गर्व है कि 'रंग दे बसंती' ने प्रदर्शित होते ही भारत में बॉक्स ऑफिस के सभी रिकॉर्ड तोड़ दिए थे। उस समय, भारत में अपने शुरुआती सप्ताहांत (23 करोड़ रुपए) उच्चतम कमाईवाली फिल्म थी और बॉलीवुड फिल्म के लिए पहले दिन की सबसे अधिक कमाईवाली फिल्म

लीड्स, यूके में भाई के साथ आइफा अवार्ड के दौरान

भी थी। पटकथा, संवाद, संगीत और अभिनय को बहुत सराहना मिली और 2007 में इसने सबसे लोकप्रिय फिल्म के लिए राष्ट्रीय पुरस्कार जीता। यह फिल्म न केवल इसकी सफलता के लिए, बल्कि लोगों के जीवन और रवैए पर होनेवाले प्रभाव के लिए भी उल्लेखनीय है; वास्तव में, शब्द 'आर.डी.बी. प्रभाव' को लोगों के साथ हमदर्दी के तार का वर्णन करने के लिए गढ़ा गया था।

उन लोगों के लिए जिन्होंने फिल्म नहीं देखी है, यह भगतसिंह और चंद्रशेखर आजाद की अगुवाईवाले लड़ाका क्रांतिकारियों की राजनीतिक गतिविधियों पर एक फिल्म में अनिच्छा से भाग लेनेवाले मोहभंग, बेचैन कॉलेज छात्रों के समूह के बारे में है, जो व्यक्तिगत त्रासदी का सामना करने के बाद न्याय के लिए काररवाई करने, लड़ने का निर्णय लेते हैं। फिल्म ने चतुराई से इस तथ्य को चित्रित किया है कि आज भी कोई कल के हमारे राष्ट्रीय नायकों के रूप में एक क्रांतिकारी हो सकता है। कहानी एक चिंता को प्रकट करती है, दैहिक भ्रष्टाचार के साथ एक सनक, जो कि लोग, खासकर शहरी मध्यम वर्ग और हमारे देश के युवा ढो रहे थे।

हमारे अपने हाल के अतीत के आदर्शवाद को याद करते हुए दर्शकों में एक देशभक्ति प्रज्वलित हुई, एक जाग्रत्, जिम्मेदारी लेने की आवश्यकता और परिवर्तन को प्रभावी बनाने की समझ। यह संभवतः कैंडललाइट जागरूकता जुलूस द्वारा बेहतर ढंग से दिखाया गया था, जो कि जेसिका लाल हत्या के बाद इंडिया गेट पर और उसके बाद होनेवाले कानूनी अन्याय के बाद हुआ था। जुलूस बहुत कुछ, अजय की मौत के बाद 'रंग दे बसंती' के कथानकों

की अगुवाई में जैसा हुआ था, का प्रतिबंब था। मैं फिल्म की लोकप्रियता या दर्शकों की इच्छाओं और चिंताओं पर इसके प्रभाव को बढ़ाकर नहीं बताना चाहती, लेकिन 'आर.डी.बी.' एक ऐसी फिल्म है, जो हमेशा मेरी फिल्मोग्राफी में अपनी लाभप्रदता से परे कारणों के लिए विशेष स्थान रखती है।

हालाँकि 'यह खोया खोया चाँद' (2007), मेरी पसंदीदा फिल्म में, मेरे सबसे यादगार अभिनय के रूप में अलग है।

यह फिल्म सुधीर मिश्रा द्वारा निर्देशित थी और 1950 के दशक में निखत शेख के उत्थान और पतन का पता लगाती थी और यह शायद सबसे चुनौतीपूर्ण भूमिका थी, जिसमें मुझे अभिनय करने का अवसर मिला।

किसी को अकसर शूटिंग के पहले महीनों के लिए तैयारी करने का मौका नहीं मिलता है कि वस्तुतः चरित्र के व्यक्तित्व में ढल सके। मुझे अन्य कौशलों के बीच उर्दू, कथक, घुड़सवारी और तलवार से लड़ना सीखना था और इसमें समय लगा, हालाँकि मैं तुरंत स्वीकार करती हूँ कि मैंने क्रैश-कोर्स की किस्मों को संक्षिप्त रूप से सीखा था!

सेट पर जिंदगी

जब फिल्म खत्म हुई तो मैं खाली महसूस कर रही थी, मुझे लगा कि मैंने अपना सबकुछ इस तरह दिया था, जैसा मैंने पहले कभी नहीं किया था और मैं थकी हुई, लेकिन खुश थी। एक अभिनेता के लिए उस तरह महसूस करना बहुत संतोषजनक होता है। फिल्म ने बॉक्स ऑफिस पर अच्छा प्रदर्शन नहीं किया था और समीक्षाएँ मिश्रित थीं। इस बार मैंने सकारात्मक समीक्षाओं पर ध्यान देने और नकारात्मकवालों को नजरअंदाज करने का फैसला किया; मुझे अपने काम पर गर्व था और यह तथ्य कि मेरी सबसे मजबूत आलोचकों में से एक, मेरी माँ ने मुझे फिल्म में पसंद किया था, मेरे लिए मेरी दुनिया थी।

मुझे याद है कि फिल्म के प्रीमियर पर मध्यांतर के दौरान मेरे पास आकर उन्होंने कहा, 'तुम बहुत अच्छी हो।' सिर्फ चार शब्द हैं, लेकिन मैं बहुत खुश थी। मुझे फिर से पुष्टि मिली। शायद यह एक असफलता नहीं होनेवाली थी, आखिरकार, कॅरियर की यह पसंद, यह उलटा मोड़ मैंने रसातल की ओर का लिया था।

'खोया खोया चाँद' का एक दृश्य

तब से दस साल हो चुके हैं। मैं अच्छी और उतनी अच्छी फिल्मों का हिस्सा नहीं रही हूँ; मैं एक अभिनेत्री के रूप में उभरी हूँ और अब कैमरे के सामने सहज महसूस करती हूँ, हालाँकि मुझे पता है कि 'एक्शन' और 'कट' के बीच मेरे दिल की धड़कन अनिवार्य रूप से बढ़ जाती है, लेकिन यह एक अधिवृक्कीय तीव्र प्रवाह है, जो मुझे पसंद है और जो कि मेरे अभिनय प्रदर्शन के लिए एक आवश्यक ऊर्जा को बढ़ाता है; मैं सोशल मीडिया पर आनेवाली सभी समीक्षाओं को पढ़ती और देखती हूँ और उनमें से कुछ की अभिस्वीकृति देती हूँ, भले ही सभी की नहीं।

एक राष्ट्रीय समाचार-पत्र में 'सेलिब्रिटी इंडेक्स' नामक कुछ कहा जाता है, जो दूसरों की तुलना में आपकी प्रसिद्धि का आकलन और श्रेणीबद्ध करता है। पचास भाग्यशाली अभिनेता और पचास सौभाग्यशाली अभिनेत्रियाँ, फिल्म संबंधी और अन्यथा, अपने कारनामों के आधार पर हर महीने अपना स्थान बनाते हैं। मैं खुद उधार के समय पर रह रही हूँ—जुलाई 2016 में एक सामान्य मध्यम 26वें स्थान पर होने के लिए, सितंबर में 18वें, एक निजी सर्वश्रेष्ठ स्थान पर होना (31 अक्तूबर फिल्म के प्रमोशन के दौरान) और वर्तमान में 46वें स्थान पर बेदखल होने के खतरनाक रूप से करीब, एक अनिश्चित स्थिति, जो मुझे पता है।

यह एक तथ्य की ओर ध्यान केंद्रित करता है—लोग आपके बारे में व्यक्तिगत रूप से नकारात्मक चीजों को कहेंगे और साथ-ही-साथ आपके काम की आलोचना करेंगे, लेकिन सबसे बुरी प्रतिक्रियाएँ अपमानित करने के लिए नहीं होती हैं, जो तब होती हैं, जब वे बिल्कुल जवाब नहीं देते हैं, जब आप केवल चर्चा करने के लिए पर्याप्त रूप से प्रासंगिक नहीं होते हैं। शायद मेरा इतिहास का छात्र होना, मुझे विस्मृत होने के डर के साथ प्रसिद्धि के लिए एक अभिनेता की इच्छा से सामंजस्य करने में मदद करता है। मुझे पता है कि इसका कोई अर्थ नहीं, आप अपने कॅरियर में कितना अधिक सम्मान और प्रतिष्ठा हासिल कर लेते हैं, चीजों की बड़ी योजना में हममें से ज्यादातर लोग विस्मृत कर दिए जाएँगे। इस समझ के अभाव में, ख्याति की लालसा में

फँसना आसान है, जो ध्यान देने के लिए एक प्रतिस्पर्धा जनित करता है, जो तीव्र और संवृत्ति-भीत हो सकता है।

एक अभिनेता के रूप में जीवन दमघोंटू हो सकता है। हमारा हिंदी फिल्म उद्योग दुनिया के किसी भी अन्य की तुलना में अधिक फिल्में बना रहा है। जिसमें हर तीसरा व्यक्ति नायक/नायिका बनना चाहता है। प्रतियोगिता तीव्र है और ईर्ष्या तथा असुरक्षा व्यापक है। अन्य लोगों की राय से मान्य या नष्ट महसूस करना आसान है और सतह पर रहना एक सरल और अधिक आकर्षक विकल्प बन जाता है। इंस्टाग्राम पर उँगलियाँ फिराते हुए लोगों को आँकना आसान हो जाता है कि गहराई में जाने की बजाय वे किन तरीकों से देखते हैं और परिणामस्वरूप अच्छा दिखना अधिक महत्त्वपूर्ण हो जाता है।

संक्षिप्त विकल्प अब लोकप्रिय हैं—उचित आहार के बजाय किसी के शरीर को गढ़ने के लिए स्टेरॉयड; मांसपेशी-निर्माण और हृदय तथा रक्तवाहिकाओं संबंधी व्यायाम वसा जलाने के लिए। कॉस्मेटिक संवर्धन जैसे कि बोटॉक्स, फिलर्स और पेट कम करना अब अपने पैरों की वैक्सिंग करने जैसे सांसारिक हैं। अच्छा दिखने के लिए जो करना पड़े, सब बस ऐसा करते हैं। रिश्ते भी, इस क्षण में मस्ती और जीवित रहने पर जोर देने के साथ, केवल दिखावटी जैसे लगते हैं। हमारी गहरी भावनाओं को साझा करना बहुत कठिन है, जब चीजें कठिन हो जाती हैं, तब वहाँ होने के लिए भी कड़ी मेहनत करनी पड़ती है, हमारी गलतियों से सीखना भी बहुत भारी है।

यदि हम अपने सपनों और डर के संपर्क में रहने के लिए खुद के भीतर गहराई तक जाने के लिए तैयार नहीं हैं, तो हम अपने दोस्तों को यह मौका देने की संभावना नहीं रखते हैं। इतना कि लोगों ने वास्तव में एक-दूसरे को जानना या एक-दूसरे के जीवन को प्रभावित करना बंद कर दिया है। यह एक अस्तित्व ज्यादा है और जीवन कम, एक जीवन पूर्ण से ज्यादा खाली।

विडंबना यह है कि एक अभिनेता के रूप में, स्क्रीन पर आपके द्वारा अभिनीत पात्रों के साथ सहानुभूति के लिए, आपको गहराई तक पहुँचना और भावनाओं का पता लगाना पड़ता है, लेकिन आप ऐसा ईमानदारी से कैसे कर

सकते हैं, यदि आप आश्वस्त हैं कि दुनिया आपके इर्द-गिर्द घूमती है, अगर मर्केटर की तरह, आप अपनी सारी विविधता और भव्यता में दुनिया का अनुभव करने के लिए बाहर नहीं निकले हैं? यही कारण है कि डुबकी लेना और गहरा गोता लगाना आवश्यक है। अपने आरामतलबी के क्षेत्र के बाहर चले जाएँ। आत्म-परीक्षण करें। पूरी तरह से जीना और प्यार करना सीखें और ऐसा करने का एक बेहतरीन तरीका बैग पैक करना और बॉलीवुड से बाहर निकलना है। ब्रह्मांड में आप छोटे कण हैं, अपने आपको याद दिलाएँ, क्योंकि अगर आप सतह पर रहना जारी रखेंगे तो आप समतल रेखा होंगे।

□

7

हमारे पास हमेशा होगा पेरिस

'जब तक तुम पूरी तरह तैयार न हो, तब तक हम नहीं जाएँगे, परंतु जब मैं कहूँ कि जाओ, तुम दौड़ पड़ो। पीछे मत देखो और भगवान् के लिए संकोच मत करो।'

ये वाक्य 1963 की अमेरिकी फिल्म 'द ग्रेट एस्केप' के हैं, जो अभिनेता स्टीव मैक्वीन द्वारा एक घबराए युद्धबंदी से एक उच्च सुरक्षावाले नाजी युद्ध शिविर से फरार होने का दुस्साहस करने के लिए बोले गए। वास्तविकता में टॉम ने मुझे ये बातें बोली थीं, जब मैं गार्ड रेल पर बैठी अपने पैरों को झुला रही थी, जो सड़क से वाहनों को इधर-उधर जाने से बचाने के लिए एक सुरक्षात्मक सीमा के रूप में कार्य करता है। हम एम 25 पर कहीं फँसे हुए थे, जो इंग्लैंड के सबसे व्यस्त मोटरवे में से एक, दोहरी चार लेन सड़क है, जो ग्रेटर लंदन को चारों ओर से घेरे हुए है और हर दिन हजारों कारें इस पर से गुजरती हैं। वह मार्च 1997 का एक सुंदर बासंती दिन था और हम विश्वविद्यालय के कैंसर-जागरूकता के लिए पैसे जुटानेवालों के रूप में ऑक्सफोर्ड से पेरिस तक पैदल यात्रा कर रहे थे।

तब तक हम अविश्वसनीय रूप से अच्छा प्रदर्शन कर चुके थे, डोवर (ऑक्सफोर्ड से 150 मील की दूरी पर) तक की आधे से अधिक दूरी हम तय कर चुके थे, जहाँ हम कैलेस के लिए नौका पकड़ने वाले थे। हमें लिफ्ट दी रास्ते में काम पर जा रहे एक व्यक्ति ने, अपने बच्चों को स्कूल छोड़ने जा रही एक महिला (जिसने हमें सैंडविच दिए थे) ने और एक विशाल वाहन के चालक ने, जिसने अपने सी.बी. रेडियो पर बहुत सहृदयता से समाचार प्रसारित कर दिया कि क्रॉस-कंट्री यात्रा पर जा रहे दो यात्री उसके साथ हैं, जिन्हें

टॉम के साथ फेरी पर, स्पेन से मोरक्को जाते हुए

सहायता की जरूरत है। उस प्रसारण के अनुकूल प्रतिक्रियाओं में उत्तेजना थी, मुझे संदेह है कि उसने हमारे बारे में जैसा विवरण दिया था कि दो कम कपड़ों में हृष्ट-पुष्ट स्कैंडिनेवियाई युवतियाँ मुश्किल में हैं, तो ऐसा ही कुछ होना था! एक व्यक्ति ने तुरंत और बहुत उदारता से उसे आश्वासन दिया कि वे हमें द टुटो कैंटरबरी, जिसकी डोवर से केवल 20 मील दूरी होगी, ले जाएगा। जब उसने एक गैर-महिला टॉम और मुझ गैर-स्कैंडिनेवियाई को लॉरी से उतरते देखा तो उसने अपनी निराशा किसी तरह छिपाई, लेकिन 10 मील की दूरी तय करते ही, उसका दिल अचानक बदल गया और बिना अनौपचारिकता हमें एक तिराहे के बीचोबीच उतार दिया।

और इस तरह हम एम 25 की गलत साइड में फँसे हुए थे, जहाँ हमारे दोनों ओर से वाहन आठ लेनवाली सड़क से आ-जा रहे थे, जहाँ से हमें निकलना था। हमारे पास कोई विकल्प नहीं था, सिवा इसके कि वहाँ से निकलने के लिए दौड़ लगाएँ, या एक पुलिस कार द्वारा निकाले जाने तक इंतजार करें।

मैं अपने जूते के फीते कसने के लिए झुकी, अपने पिट्ठू को ठीक किया और टॉम के आदेश की प्रतीक्षा में द्रुत गति से गुजर रही कारों के प्रवाह का सावधानी से अध्ययन किया। मैंने गाड़ियों पर ध्यान नहीं दिया, बल्कि टॉम की आवाज पर केंद्रित रही। उसे इतनी जोर से चीखना था कि आते वाहनों का शोर सुनाई दे और जब वह चिल्लाया, 'जाओ!' मैं दौड़ पड़ी। यह उत्साहजनक था। मुक्ति देनेवाला और मूर्खतापूर्ण। बहुत मूर्खतापूर्ण, लेकिन बहुत ही उत्साहजनक भी। स्वयं को जीवित महसूस करने के लिए मृत्यु को छूकर निकल जाने जैसा! इसके बाद हम एक या दो घंटे पैदल चले, पहले मोटरवे के किनारे और फिर विलक्षण अंग्रेजी गाँवों से होकर गुजरनेवाली एक पार्श्व सड़क पर। हमने एक सराय में दोपहर का भोजन किया था, जो एक हरियाली वाली जगह पर थी, जहाँ क्रिकेट का खेल चल रहा था। हमने बात की कि कौन सा पिजा हमें पसंद है। मुझे, गहरे पैन की तरह चीज का, जिसमें आप अपने दाँतों को धँसा सकते हैं; टॉम को पतली पपड़ी जैसा चुरमुरा, जो बीच से बिस्किट की तरह टूटता है। हमने घंटियाँ खनकाते चर्चों तथा मवेशियों, सूअरों और मुरगियों से भरे खेत पार किए। हमने छोटी जलधाराओं और बगीचेवाले छप्पर के घरों को पार किया। मैं चिंतित थी कि हम दौड़ में पिछड़ रहे थे, लेकिन टॉम अविचलित था। उसने कहा, 'अच्छे यात्री की कोई नियत योजना नहीं होती और आने पर कोई इरादा नहीं है।' उसने बाद में मुझे बताया कि वह अलेन डी बॉटन लिखित 'द आर्ट ऑफ ट्रैवल' से ये पंक्तियाँ उद्धृत कर रहा था, लेकिन तब मैं अभिभूत थी, उसकी बुद्धिमत्ता से, जैसा मैं सोचती थी। रास्ते में कुछ जगह बारिश भी हुई, लेकिन हम चलते रहे, चेहरे खुले आसमान की तरफ किए, अपनी जीभों पर बूँदों को लपकते हुए, ठठाकर हँसते हुए।

शुरुआती शाम थी और आसमान गुलाबी होने लगा था, हमने गुजर रही एक कार को हाथ हिलाकर रोका। चालक एक मध्यम आयु वर्ग की महिला थी, जो शुरू में हमारे प्रति शंकालु थी, लेकिन कैंसर-जागरूकता के लिए पैदल यात्रा लक्ष्यों के बारे में जानने के बाद उन्होंने निश्चय किया कि हमें

डोवर तक छोड़ने के लिए वे अपनी यात्रा में एक घंटे अतिरिक्त देंगी। यह पता चला कि उनकी माँ हाल ही में फेफड़ों के कैंसर की एक दर्दनाक लड़ाई हार गई थीं और वह हमारे प्रयासों की बहुत सराहना कर रही थीं। हम डोवर लगभग 8 बजे रात में पहुँचे और कुछ ही समय बाद हम नौका पर चढ़ने में कामयाब रहे। ऑक्सफोर्ड और डोवर के बीच 150 मील की यात्रा करने में हमें बारह घंटे लगे थे, लेकिन यह बहुत साहसिक रही थी और अभी बहुत कुछ तो शेष था।

जब नौका 10.30 बजे रात में कैलेस पहुँची, हम अन्य यात्रियों-परिवारों के समूह, व्यापारियों और अन्य यात्रियों के साथ-साथ बंदरगाह पर निकल आए, जिसके बाद वे एक-एक करके तितर-बितर होने लगे, कोई अपनी कार में, कोई टैक्सी से या फिर पैदल···केवल टॉम और मैं वहाँ रह गए। हमने पेरिस जाने के लिए कई यात्रियों से संपर्क किया, लेकिन दुर्भाग्य से हमें वहाँ ले जानेवाला कोई नहीं मिला। आप याद कीजिए कि टॉम और मैं इस मनोरंजक यात्रा के छह महीने पहले विश्वविद्यालय में पढ़ाई की शुरुआत में मिले थे। टॉम आगे चलकर वैश्विक एक्टिविस्ट समूह 'आवाज' को स्थापित करेगा और वर्तमान में सीरिया, इराक और आई.एस.आई.एस. पर ब्रिटेन की विदेश नीति चलाता है, लेकिन वह जनभावना-प्रेरित, जिम्मेदार प्रवृत्ति पूरी तरह वैसी ही नहीं प्रमाणित हो रही थी और यद्यपि हम दोस्त थे, मध्य रात्रि में एक उजाड़ और विदेशी स्थान पर एक उन्नीस वर्षीय लड़के के साथ पूरी तरह अकेली थी, मेरी आत्मरक्षा की भावना और संदेह बढ़ गया था।

मैंने टॉम की ओर तिरछी नजर से क्षण भर देखा, जबकि मेरे मस्तिष्क ने 'सहायता' के लिए फ्रांसीसी शब्द को याद रखने की कोशिश की। ब्रिटिश स्कूल को धन्यवाद कि मेरे पास फ्रेंच में जी.सी.एस.ई. (जनरल सर्टिफिकेट ऑफ सेकेंडरी एजुकेशन) की योग्यता थी और मैं आत्मविश्वास से बीस प्रकार के बाड़े में पाले जानेवाले जानवरों, मानव शरीर के मुख्य भागों के नाम बोल सकती हूँ और सौ तक गिनती गिन सकती हूँ, सभी बिल्कुल व्यावहारिक रूप से महत्त्वपूर्ण! शुक्र है, टॉम की मुझसे दुर्व्यवहार करने में दिलचस्पी नहीं

थी और उसने खुशी से बताया कि उसके दिमाग में योजना है। हम थोड़ी दूर स्थित कैलेस विले रेलवे स्टेशन टहलते हुए चले गए, यह सोचकर कि कोई तेज टी.जी.वी. ट्रेन पकड़कर पेरिस तक शेष 180 मील की दूरी एक घंटे में कवर कर लेंगे। यदि हम भाग्यशाली होंगे तो हम घड़ी के आधी रात की घोषणा करने से पहले, अपने गंतव्य एफिल टॉवर पहुँच जाएँगे।

लेकिन हम भाग्यशाली नहीं थे। स्टेशन बंद था और गेट पर सूचना चमक रही थी कि वह 4.30 बजे सुबह ही खुलेगा, छह घंटे बाद और इस तरह मैंने अपनी पहली और एकमात्र रात एक शहर के फुटपाथ पर लेटे हुए गुजारी। मैं 'लेटने' शब्द का इस्तेमाल इसलिए कर रही हूँ, क्योंकि मेरी आँखें और कान अँधेरे में हर छोटी आहट के लिए सतर्क थे। चाहे एक कागज की थैली हवा में उड़ रही हो, खाने की तलाश में चूहे की चहलकदमी हो या मेरे बचे हुए पनीर सैंडविच के लिए एक पागल द्वारा मेरी जान लेने का इरादा? मैं नहीं बता सकती कि मैं डर से काँप रही थी अथवा ठंड की वजह से कँपकँपी थी या टॉम के खर्राटों की प्रतिध्वनि से काँप रही थी, लेकिन मैं एक पल नहीं सो पाई थी।

जब गेट खुला तो स्टेशन पहुँचनेवाले हम लोग पहले व्यक्ति थे और जैसे-जैसे उगते सूरज की स्वर्ण-गुलाबी किरणों के आगे स्याह रात ने आत्मसमर्पण किया, हमारी ट्रेन अंततः गारे डु नॉर्ड में खड़ी हो गई। पैदल यात्रा के सभी प्रतिभागियों को ऑक्सफोर्ड घर वापसी के लिए एफिल टॉवर पर 8 बजे रात में मिलना था, जिसके कारण टॉम और मुझे पेरिस में बारह घंटे मिल गए थे।

'एक शहर को खोजने का सबसे अच्छा तरीका पैदल चलना है,' टॉम ने घोषित किया और उसने सीएन की दिशा का जो अनुमान लगाया था, उस ओर तेज गति से बढ़ चला (उसे कैसे मालूम था?) इसके बाद मेरे जीवन का सबसे शानदार दिन आया। हमने बैगुएट्स और चीज खरीदीं और नदी के किनारे पिकनिक मना लिया। मुझे कभी नहीं पता था कि आटा, पानी और खमीर का इस तरह का एक अहानिकर मिश्रण का स्वाद इतना अद्भुत

होगा—ताजा, सुगंधित और पूरी तरह पोषक।

हम सीएन के बाएँ और दाएँ किनारों को जोड़नेवाले सैंतीस पुलों में से एक पर चले गए—यह मेरा पसंदीदा, शानदार सुनहरा पोंट एलेक्जेंडर-III बन गया। जब हमने चैंप्स-एलाइसीज की तरफ चलना शुरू किया, तार्किक रूप से यह दुनिया का सबसे सुंदर रास्ता था, मैंने टॉम से बताया कि मैं यहाँ पहले भी आई हूँ।

'चलो इसे फिर अलग तरह से करते हैं,' उसने कहा और मेरे कंधों पर दृढता से हाथ रख दिया। उसने मेरी आँखों में झाँका, 'क्या तुम मुझ पर भरोसा करती हो?'

'वास्तव में नहीं,' मेरे मस्तिष्क ने कहा, लेकिन शिष्टाचार ने जोर मारा और इसके बजाय मैंने कहा, 'जरूर।'

'अपनी आँखें बंद करो और मुझे मार्गदर्शन करने दो। मैं तुम्हें बताऊँगा कि कब मुड़ना है, कब रुकना है, कब सड़क पार करना है।'

'मैंने टॉम की ओर देखा, फिर दुकानों, कैफे, रेस्तराँओं और लोगों के साथ पंक्तिबद्ध चौड़े 2 किलोमीटर लंबे रास्ते पर नजर डाली। मैंने टॉम की ओर दोबारा अविश्वसनीय रूप से देखा।

'मुझ पर विश्वास करो,' उसने कहा। मुझे खयाल आया कि मैंने पैदल यात्रा के लिए साथ जाने और उसका नेतृत्व स्वीकार करने की सहमति देकर पहले से ही उस पर भरोसा जताया था और हम एक बार से अधिक मुश्किल स्थिति से साथ-साथ बच निकले थे।

हमें एक अद्वितीय दृश्य अवश्य देखना चाहिए। मेरी आँखें बंद थीं तथा संतुलन बनाए रखने के लिए हाथ बाहर निकले हुए थे और टॉम, अति-आवश्यक निर्देशों को बोल रहा था। हमने आर्क डी ट्रायमफे की तरफ अपना रुख किया, जो चैंप्स-एलाइसीज के पश्चिमी छोर पर स्थित है, अनोखे पर्यटक साथी। आधे रास्ते में हमने अपनी स्थितियाँ बदल लीं और मैंने शेष रास्ते टॉम का नेतृत्व किया, शुरू में कुछ गलतियाँ कीं, लेकिन धीरे-धीरे आत्मविश्वास बढ़ा। उस वक्त मेरा इरादा अभ्यास का था, ध्यान था कि ठोकर न खा जाऊँ;

यह केवल बहुत ही बाद में, बस से घर की सवारी के दौरान, मुझे एहसास हुआ कि 2 किलोमीटर की पैदल दूरी चलाकर टॉम ने मुझे आसानी से नेतृत्व सौंप दिया था और मैंने ग्रहण कर लिया था।

विश्वविद्यालय पहुँचने तक मेरा बचपन बहुत ही आश्रित था—वह स्कूल और वह दोस्त, इंग्लैंड की छह सप्ताह की वार्षिक गरमियों की छुट्टी। यह वह समय था, जब मेढक कुओं से बाहर निकलते हैं। यह शुरुआती दिन थे, लेकिन मैं अपनी पहली बिना पर्यवेक्षणवाली यात्रा पर थी और मैं अपना रास्ता स्वयं ढूँढ़ रही थी।

शेष दोपहर हम मोंटमारट्रे के रास्तों पर चढ़ते हुए सैक्रे-कूरर के चमचमाते महल तक पहुँचे, जो पेरिस में सबसे ऊँचे स्थानों में से एक है, और शहर का एक लुभावना मनोरम दृश्य दिखाता है। रास्ते से उतरते समय हम एक छोटे से सल्वाडोर डाली संग्रहालय पर ठिठक गए, जो एक पथरीली सड़क के अंत में स्थित था। यहाँ विलक्षण कलाकारों के कुछ कम-ज्ञात कार्य रखे हुए थे, विशेष रूप से उनकी अद्‍भुत पिघलनेवाली घड़ियों—आकर्षक और विचित्र दोनों। यह समय बीतने का और नियत समय पर अपने शेष समूह से मिलन का एक उपयुक्त अनुस्मारक था।

एक घंटे पश्चात् मैंने अपने आपको 'एफिल टॉवर' के नीचे खड़ा पाया, प्रतिष्ठित लौह-जाल टॉवर, जो पेरिस में सबसे ऊँची संरचना बनाती है और दुनिया में पैसे खर्च करके सबसे अधिक देखा गया स्मारक भी है। हम सभी ने इसके चित्र देखे हैं, लेकिन जब आप इसके नीचे खड़े होते हैं और इसके त्रिकोणीय ढलाईवाले ढाँचे को 985 फीट की ऊँचाई तक देखते हैं, तो आप इसकी भव्यता से आश्चर्य चकित हुए बिना नहीं रह सकते। रात में यह भव्यता एक सुनहरी दमक से और बढ़ जाती है, जो टॉवर के आधार पर स्थित शक्तिशाली पीले सोडियम लैंप से निकलती है।

शताब्दी बीतते ही 20,000 झिलमिलानेवाली रोशनियाँ सुनहरे प्रकाश के ऊपर लगाई गईं, जो टॉवर को सूर्यास्त से रात 1 बजे तक हर घंटे पाँच मिनट के लिए जीवंत कर देती हैं, क्योंकि इनमें से प्रत्येक रोशनी को अलग-अलग

ढंग से लगाया गया है, वे झिलमिलाते हैं और अटकलपच्चू बंद होते हैं, जैसे बनावटी झिलमिलाते सितारे। यह काफी जादुई लगता है। मैं पहले बौना महसूस करता, हालाँकि मैं पाँच फीट 2 इंच का हूँ और मैं अत्यंत सफल लोगों के एक परिवार से हूँ, लेकिन दीनता आपको महसूस होती है, जब आप उत्कृष्टता से सामना करते हैं, प्राकृतिक हो या मानव-निर्मित, यह ऐसा है कि सभी को अनुभव करना चाहिए।

जगमगाती एफिल टावर

मैं घर जा रही बस की अपनी सीट पर वापस स्थिर हो गई, थकी हुई थी; लेकिन खुश। मेरा मस्तिष्क इतिहास के लेखन पर डार्विन के प्रभाव पर निबंध के बारे में सोचने लगा, जिसे मुझे जमा करना था; मुझे अगली सुबह अपनी कॉफी के लिए ताजा दूध लेने के बारे में भी याद रखना था। जैसे ही मैंने अपना चेहरा रोशनी के शहर से दूर किया और घर वापसी के लिए खुद को तैयार किया, टॉम की नींद भरी आवाज मेरे ऊपर झोंके की तरह आई, 'मेरा हमेशा यह एक सपना रहा है कि रेत के टीलों के बीच नग्न होकर दौड़ूँ। क्या कभी तुम अफ्रीका में रही?'

और इस प्रकार एक वर्ष पश्चात्, 1998 के वसंत में, जब सेलीन डायोन का 'माई हार्ट विल गो ऑन' यू.के. के नक्शे पर सबसे ऊपर चल रहा था—टॉम, एलिसन (बल्लिओल में अपने पहले वर्ष में एक अमेरिकी छात्रा) और मैं स्पेन चले गए, जहाँ हमने मैड्रिड, टोलेडो, कोर्डोबा, सेविल और ग्रेनेडा के चारों ओर पिट्ठू लादे दो सप्ताह बिताए। फिर हमने स्पेन के तारिफा से मोरक्को के तंजियर की सबसे कम दूरी, मुश्किल से 90 मिनट की यात्रा के

लिए कम-से-कम दूरी को कवर करने के लिए जिब्राल्टर की जलसंधि से एक नौका की। उस अवकाश की मेरी यादें अकेले ही इस पुस्तक के पन्नों को भर सकती हैं और अकेले एक अध्याय में इनके साथ न्याय करना असंभव है, लेकिन मैं कुछ खास बातों को साझा करने की कोशिश करूँगी।

कड़ी मिट्टी से बनी झोंपड़ी की तसवीर की कल्पना कीजिए, इसकी छत सूखी वनस्पति, संभवतः किसी प्रकार की पुआल से निर्मित। झोंपड़ी के अंदर कोई फर्नीचर नहीं है, केवल एक जोड़ी सोने के लिए गद्दे, एक स्टोव और एक लाइन से लटके हुए कुछ अतिरिक्त कपड़े। यह झोंपड़ी 'मोहमेट' में है, जो निरंतर-विस्तारित सहारा के रेगिस्तान से पहले अंतिम दूरस्थ 'बर्बर' उपनिवेश है। यह अब्दुल का था, एक देशी खानाबदोश, जो कि ऊँट से रेगिस्तान में 3,000 मील पार करने के लिए चार दिन, तीन रात के लिए हमारा गाइड बनने को राजी हो गया था।

बेहतरीन आतिथ्य

यह वे जगह हैं, जहाँ टॉम, एलिसन और मैंने रात बिताई। इससे पहले कि हम अपनी निडर जोखिम भरी शुरुआत करें, हमने मोमबत्ती की रोशनी में फर्श

पर खाना खाया, क्योंकि गाँव तक बिजली पहुँची नहीं थी—टेगिन (खिचड़ी) और कुसकुस (सूजी से बना खाद्य पदार्थ) की दावत, जिसके बाद अब्दुल ने हमें 'व्हिस्की बर्बर' (पुदीने की मीठी चाय) के साथ रेगिस्तान की अपनी जिंदगी की कहानियाँ सुनाईं, क्योंकि हम अरबी का एक अक्षर भी नहीं समझते थे, इसलिए उसने हमें फ्रेंच और टूटी-फूटी अंग्रेजी में सब बताया। हमने जल्दी सोने और सुबह जल्दी उठने का निर्णय लिया, इस इरादे से कि गरमी बहुत बढ़े, उसके पहले पाँच या छह घंटे की यात्रा पूरी हो जाए।

टॉम और एलिसन अनुभवी यात्री थे, अच्छी तरह से स्लीपिंग बैग्स से लैस थे, जिसमें वे तुरंत घुसते थे और सो जाते थे; मुझे बिस्तर के बाहर सोने के बहुत अवसर नहीं मिले थे और इसलिए मेरे पास स्लीपिंग बैग नहीं था। मैं एक बची मोमबत्ती को जलता हुआ देखते हुए झोंपड़ी के फर्श पर लेट गई, मोम किनारों से पिघलकर नीचे जमा हो रहा था। वहाँ हवा का एक झोंका होना चाहिए, क्योंकि पीली लौ दीवारों पर छाया बनाते हुए नृत्य कर रही थी, जैसे वे जीवित हों और फिर मुझे एहसास हुआ कि दीवारें जीवित नहीं होतीं, वे सैकड़ों कीड़ों के साथ जरूर जीवित थीं। वे हर जगह थे।

कुछ चमकदार थे और झींगुर की तरह, अपने रात्रिचर अभियान पर दीवारों से ऊपर और नीचे घूमते हुए; दूसरे जो बड़े थे, लंबे रोएँदार उपांगोंवाले, गिरते-पड़ते जैसे मदहोश हों। मेरी दृष्टि एक भद्दे कीड़े पर टिक गई—छोटी मूँछें और झिल्लीदार पंखों के दो जोड़े के साथ एक गहरे भूरे रंग का सहचर, मेरे ऊपर सीधे छत से उलटा लटका हुआ था। उनकी बड़ी खटमल जैसी अलग-थलग आँखें जैसे मुझे ही देख रही थीं और जब मैंने दहशत में उसे वापस देखा, उसने अपने पारदर्शी पंखों को फैलाया, जैसे धीमी गति से उड़ान लेने के लिए तैयार हो···तब तक मोमबत्ती बेतहाशा टिमटिमाई, धुँधली पड़ी और बुझ गई, मुझे एक अँधेरे में छोड़कर, जो पूरी तरह संवृत्ति-भीत था। आपने अनुमान लगाया, मैं उस रात एक पल नहीं सोई थी।

जब अब्दुल ने झोंपड़ी के बाहर से हमें आवाज दी तो अभी भी अँधेरा था, 'विएंए रिकौट्रैर टेस चमेक्स।' आओ अपने ऊँटों से मिल लो। टॉम और

एलिसन रोमांचित थे और बिना किसी हिचकिचाहट के बाहर भाग गए। मैं अप्रभावित थी, क्योंकि हमारे भारत में ऊँट हैं। मैं उन पर राजस्थान के स्कूली दौरों में बहुत बार और उदयपुर में एक शादी के दौरान एक बार बैठ चुकी थी। दरअसल, मैं इस पूरे भ्रमण के दौरान अपेक्षाकृत स्थिर रहने की अपेक्षा कर रही थी, जबकि मेरे पश्चिमी दोस्तों की सोच निस्संदेह 'प्राच्यदेश' की शैली और स्वांग थे। इसलिए पिछली शाम की तरह मैं बहुत शांत रही, जब हम यात्रा के लिए अपने सिर के स्कार्फ का चयन कर रहे थे।

सनस्ट्रोक से दो मिनट पहले

अब्दुल ने सभी रंगों के स्कार्फ पकड़ रखे थे, जिन्हें हम अपने सिर को सूरज से बचाने और ऊष्माघात को रोकने के लिए पगड़ी का रूप देनेवाले थे। टॉम और एलिसन ने समझदारी से सफेद चुना, एक ऐसा रंग जो गहरे रंग की तुलना में कम गरमी को अवशोषित करने के लिए जाना जाता है। मैं दिल्ली में बड़ी हुई थी, जहाँ तापमान 48 डिग्री सेल्सियस तक दर्ज किया जाता है; मैं जरा सा भी सोचना नहीं चाहती थी कि रेगिस्तान का तापमान मुझे हतोत्साहित करे। इसलिए मैंने अपने पसंदीदा रंगों में से एक चुना, गहरा आसमानी नीला।

जब मैं बाहर आई, टॉम और एलिसन पहले ही अपने चुने हुए ऊँटों, अरफा और इक्सा पर सवार थे। मेरे लिए हंपी थिंग को छोड़ दिया था और हंपी थिंग किसी भी ऊँट से अलग था, जैसे मैंने पहले देखे थे। सबसे पहले तो वह विशालकाय था—नाक से लेकर पूँछ तक 7 फीट लंबा और संभवत: जमीन से अपनी कूबड़ तक 9 फीट ऊँचा था और उसका कूबड़ था भीमकाय। उस पर बैठने के लिए कोई चौखटा नहीं था, जैसा कि भारत में होता है, वास्तव में कोई

भी गद्दी नहीं थी, एक खूब फटा-पुराना गलीचा उसकी पीठ पर लापरवाही से पड़ा हुआ था। मेरा आत्मविश्वास डगमगाया, जब मैंने शिष्टता से चढ़ने की कोशिश की, जैसा मैं कर सकती थी। आराम से बैठना और कोशिश करना जितना मैं कर सकती थी, असंभव था; क्योंकि उसके भारी-भरकम कूबड़ के चारों ओर अपने पैरों को फैला नहीं पा रही थी। अंतत: मैं हंस जैसी गरदन से आनेवाली छोटी रस्सी को कसकर पकड़कर अनिश्चिततापूर्वक बैठ गई। जब सुबह का झुटपुटा समाप्त हुआ, हमारा काफिला बढ़ चला।

रेगिस्तान के डेरे

क्योंकि मैं अपने प्रिय जीवन के लिए शुक्र मना रही थी, मैंने टॉम की तरफ नजर बचाकर देखा, जो इक्सा के ऊपर था, 1001 अरब नाइट्स पढ़ते हुए और काफी शांत दिखता हुआ। हम पाँच घंटे तक चले, जब सूर्य सीधे हमारे ऊपर आ गया, निर्दयता से वार करते हुए। आकाश में एक बादल नहीं था, या कोई पेड़, जिससे छाया का एक सुनहला टुकड़ा भी मिले। यह ऐसा था जैसे हमें एक विशाल ओवन में धीरे-धीरे पकाया जा रहा हो। हंपी थिंग का लयबद्ध हिलना-डोलना, नींद की कमी और तीव्र गरमी से मुझे चक्कर

आ रहे थे और इससे पहले कि मैं मूर्च्छित हो जाती, मैंने अब्दुल को रुकने के लिए कहा। टॉम ने ऊपर से उतरने में मेरी मदद की और एलिसन ने मेरे सिर पर बँधी हास्यास्पद लगभग काली पगड़ी को निकाला। मैंने उन्हें अपने माथे पर एक गीला कपड़ा डालने और मुझे घूँट-घूँट पानी पिलाने के लिए कहा। कुछ ही मिनटों में मुझे अपनी आँखें खोलने लायक काफी ताकत मिल गई।

हंपी थिंग

हंपी थिंग मुझे अपनी मोटी पलकों से ढकी हुई बड़ी काली आँखों से देख रहा था, धूल से एक जरूरी सुरक्षा, जिसे मैं बाद में जान पाई। उन आँखों में उदासीन परित्याग की एक अभिव्यक्ति थी, लेकिन निर्विकार भाव के पीछे छिपे विनोद का एक इशारा, एक शरारती चमक थी। यह संभवत: मेरे ऊष्मा घात से पीड़ित मस्तिष्क मुझसे चालबाजी खेल रहा था, लेकिन मैं कसम खा सकती हूँ कि मेरा ऊँट मेरा उपहास उड़ा रहा था। मेरी सहनशक्ति की असमर्थता के लिए बहुत कुछ!

हमारा सहारा प्रवास चार दिन और तीन रातों तक चला और मेरे जीवन के सबसे चुनौतीपूर्ण, लुभावने और यादगार अवकाशों में से एक

अरब में सोहा

था। हमने सुबह से पूर्वाह्न 11 बजे और फिर लगभग 3 बजे अपराह्न से रात होने तक एक प्रतिमान में सवारी की। दिन अगर जलानेवाले थे, तो आर्द्रता की कमी ने रात के तापमान को जमा दिया था। हमने बहुत कम टैगीन और बिस्किट ज्यादा खाए और अपने सीमित पेयजल की आपस में समझदारी से हिस्सेदारी की। फिर भी हम चौथे दिन छह घंटे में दोपहर तक रेगिस्तान से बाहर निकल गए, अपने अंतिम गंतव्य पर। मैं भाग्यशाली हूँ कि कभी भूख या प्यास नहीं लगी, जो कोई जोर-जबरदस्ती नहीं थी, लेकिन उन छह घंटों में मैंने आतंक की सीमा तक व्यग्रता का भाव महसूस किया।

टॉम ने उत्साहपूर्वक घोषित किया कि मानव शरीर तीन दिनों तक पानी के बिना जीवित रह सकता है, लेकिन आश्चर्यजनक रूप से, मेरी अस्वस्थता को दूर करने के लिए कुछ नहीं किया। यह केवल तब हुआ, जब हम मोहमेट वापस आ गए थे और मेरे हाथ में बहुत स्वादिष्ट कड़क बर्फ जैसा ठंडा H_2O का गिलास था, जिससे मुझे शांति महसूस हुई।

स्टारबक्स की तलाश में

शायद सबसे ज्यादा मैं तभी डरी, जब मुझे एक रात शौच के लिए जाना पड़ा था। हमने रेत के टीलों के

क्षेत्र में डेरा जमाया था, जहाँ तक आँखें देख सकती थीं, स्तूपों और उभारों के ढेर थे। मैंने अधिकतम गोपनीयता के लिए कुछ बड़े टीलों के पीछे जाने का फैसला किया। जब मैं निवृत्त हो गई, तब मैंने अपने पाँव पीछे खींचे और एक सर्पिलाकार टीले का चक्कर लगाया, इस उम्मीद में कि बाकी लोग दिखेंगे, लेकिन इसके बजाय मेरे सामने एक और टीला आ गया। मैंने अपनी दाईं ओर देखा और फिर अपनी बाईं तरफ, लेकिन अँधेरे में सभी टीले एक जैसे दिखते थे। मैं तत्क्षण और पूरी तरह से चाँदी के रेत के समुद्र में खो गई थी, जो चमकते हुए चाँद से स्फुरदीप्त था, उसकी आभामय लहरें क्षण में जम गई थीं। यह जानने का कोई तरीका नहीं था कि मैं किस दिशा से आई थी और बिना किसी लक्ष्य के टीलों के चारों ओर घूमने के खतरे बहुत वास्तविक थे। मुझे अब्दुल की एक अमेरिकी पर्यटक की कहानी याद आई, जो अपने शिविर से बहुत दूर रास्ता भटक गया था। वह शिविर से केवल 350 मीटर की दूरी पर था, जब वह चार घंटे बाद मिला, एक घंटे, बहुत देर हो चुकी थी। शुक्र है कि मेरा नाम पुकार रहे अब्दुल की आवाज से मेरा ध्यान भंग हुआ। मैंने राहत के आँसू समेटते हुए कृतज्ञता से उत्तर दिया और इसके बाद हम फिर से इकट्ठा हो गए। तब से हर बार मैंने नित्यक्रिया के लिए जाते समय एलिसन को अपने साथ आने दिया। जीवन रक्षा किसी भी दिन गोपनीयता पर भारी पड़ सकती है!

रात को जब हम सोते थे, तो हंपी थिंग के ऊपर रखा गलीचा, जिसने दिन में मेरे नितंबों को दूसरी डिग्री के घर्षण से जलने से बचाया, गद्दे के रूप में मेरे काम आया। 'पटौदी' में एक बच्चे के रूप में, मुझे याद है कि हम मच्छरदानी समेत अपने बिस्तर आँगन में ले जाते थे, जब बहुत गरमी लगती थी। यह हमारे यहाँ एयर कंडीशनर लगने से पहले की बात है। हम तारों के नीचे सोते थे और विभिन्न नक्षत्रों को समझने की कोशिश करते थे। मेरे नाम 'सोहा' का अर्थ अरबी में 'तारा' है, विशेष रूप से सप्तऋषि में एक तारा और खुद को ढूँढ़ने की कोशिश किए बिना तारों से भरे आकाश की तरफ देख नहीं सकती थी। जब मैं 'सहारा' के बीच में रेत पर लेटी, मुझे लगा मैं खो गई हूँ और सब तरह से असुरक्षित, मैंने अपने हम नाम को आकाश में ढूँढ़ा और वह

वहाँ था, छोटा, लेकिन उज्ज्वल और तेज चमक बिखेरता हुआ। मैंने सुरक्षित और आश्वस्त महसूस किया।

हमारी तीसरी और आखिरी रात को मैं ब्रह्मांड के अनंत विस्तार को घूरती हुई सो गई थी, यह सोचते हुए कि क्या हम वास्तव में अकेले थे या नहीं। कैसे भी उसने दिमाग को आशंकित कर दिया। मुझे नहीं पता कि किस कारण मेरी नींद खुल गई, लेकिन मैंने अपनी आँखें खोलीं तो अब्दुल को खुद पर झुका पाया, उसका चेहरा मुझसे कुछ इंच दूर। वह मुझ पर मुसकरा रहा था और मैं उसके सामने वाले दो दाँतों पर भूरे रंग के दागों की गिनती कर सकती थी। 'तुम क्या चाहते हो?' मैंने उठकर कुछ दूरी बनाकर बैठते हुए पूछा। अब्दुल की तेज मुसकराहट जारी रही। मैंने सहायता के लिए टॉम की तरफ देखा, लेकिन मुझे एहसास हुआ कि उसका स्लीपिंग बैग खाली था और वह कहीं नहीं दिखाई दे रहा था। मेरे अंदर घबराहट बढ़ रही थी। हम कैसे इतना बेवकूफ हो गए थे कि एक पूरी तरह अजनबी के हवाले अपनी जिंदगियाँ कर दी थीं, पूरी तरह से निर्जन क्षेत्र के बीच में, असुरक्षित, अपना नेतृत्व करने के लिए अनुमति देकर। उसने स्पष्ट रूप से टॉम की हत्या कर दी थी और अब मेरे साथ बुरा करनेवाला था।

'वीएंस एवेक मोई,' अब्दुल फुसफुसाया। मेरे साथ आओ। कोई मौका नहीं था, मैंने सोचा कि एलिसन को तलाशूँ। मैं उसके सुनहरे बालों को स्लीपिंग बैग की जिप से बाहर फैला हुआ देख सकती थी, लेकिन मैं बता नहीं सकती कि क्या वह गतिशील, साँस ले रही थी। अब्दुल खड़ा हो गया, उसने मुझे अपने पीछे आने का इशारा किया। आज तक मैं नहीं जान पाई कि मैंने क्यों उसके निर्देश का पालन किया; शायद मैं आज्ञाकारी हूँ, यह प्रकट करना चाहती थी, जब तक कि उसे काबू करने के लिए मुझे किसी प्रकार का हथियार न मिल जाए।

यह वैसा होना चाहिए, जो इसे वश में कर ले, लेकिन जान नहीं ले; क्योंकि तब दुनिया में सबसे बड़े रेगिस्तान के बीच मैं अकेली रह जाऊँगी और यह सर्वोत्तम योजना नहीं है। हम एक हँसिया की आकृति के टीले के

ऊपर एक साथ चढ़ गए और मैंने अपने 'बरबर' गाइड की ओर देखा, अगले निर्देश के इंतजार में। वह सीधे आगे घूर रहा था, चेशायर बिल्ली की तरह मुसकराते हुए। मैंने उसकी निगाह की दिशा में देखा—यह टॉम था, दो टीलों के बीच पूरी रफ्तार से दौड़ते हुए, दोनों हाथ सिर के ऊपर उठे हुए—एक नवजात शिशु की तरह नग्न!

टॉम का एक सपना था कि जिसे सनक मानकर ज्यादातर लोगों ने खारिज कर दिया होगा, लेकिन उसने कर दिखाया। उसने मुझे दिखाया कि सपनों को व्यर्थ नहीं होना चाहिए। उसने मुझे अपने क्षितिज का विस्तार करने में मदद की। मैं अठारह की थी, जब मैंने उसके साथ पेरिस तक पैदल यात्रा की, लेकिन मैं यात्रा करने के लिए नई नहीं थी। तब भी मेरे पासपोर्ट का अन्य देशों के साथ यूनाइटेड किंगडम, संयुक्त राज्य अमेरिका, स्विट्जरलैंड, सिंगापुर का वीजा था...फ्रांस का भी, लेकिन उन सभी यात्राओं में से प्रत्येक योजनाबद्ध, पर्यवेक्षित, साफ-सुथरी थी। यात्रा आपको परिचित और अज्ञात, अपने आरामदायक क्षेत्र से बाहर धुँधलके में, अपने खोल से बाहर एक नए और रोमांचक दुनिया में ले जाने के लिए है। इसका मतलब शिक्षा के लिए है। आप नई संस्कृतियों के बारे में, जीने के तरीके, खाने, प्यार, आपके लिए अलग तरीके; अपने बारे में, आपकी सीमाएँ, शारीरिक और मानसिक और नए विचारों के लिए, अपने खुलेपन को जानें।

फिर यात्रा करने का सबसे अच्छा तरीका क्या है और इसमें व्यस्त मोटरमार्गों में फुरती दिखाना और/या संभाव्य विषैले कीड़े का खतरा उठाना शामिल होना चाहिए, क्योंकि आप सूरज उगने का इंतजार करते हुए एक अजनबी व्यक्ति की झोंपड़ी में फर्श पर थरथराते हुए लेटते हैं? यदि हम यह मान सकते हैं कि ज्यादातर लोगों के लिए प्राथमिक जीवन का लक्ष्य रोमांच हासिल करना है, तो हाँ, महत्त्वपूर्ण है कि समय-सारिणी, आराम, घबराहट को भूल जाएँ। यह हमेशा मजेदार नहीं हो सकता है, लेकिन हम इस दृष्टिकोण की तलाश करते हैं कि दूरी और परिवर्तन दे सकते हैं।

हम यात्रा करते हैं, क्योंकि हमें पता है कि हम घर आएँगे और जब हम

करेंगे, तो घर तो वही है, लेकिन हम बदल गए हैं और वह सबकुछ बदल देता है। आज जब मैं मुंबई में अपनी छत से रात में आसमान को देखती हूँ, तो वह सांसारिक और उबाऊ नहीं है, बल्कि असीम संभावना से भरा है। यह सब उसी रात के आसमान की तरह है, जिसने मुझे अफ्रीका में आश्चर्य से भर दिया।

यात्रा ने मुझे जीवन के बहुत ही मूल्यवान सबक सिखाए हैं, लेकिन एक जो सबसे उचित है, वह स्वीकार करने का है। मैं सुप्रसिद्ध व्यक्तियों के पदचिह्नों पर चल रही हूँ और निंदा एक हमेशा से मौजूद जोखिम है। मेरे लिए यह असामान्य नहीं है कि मैं असभ्यता महसूस करूँ, निराशा महसूस करूँ, यह महसूस करूँ कि मेरे माता-पिता, मेरे भाई की तुलना में, जो कुछ भी मैं प्राप्त करती हूँ, मैं हमेशा नीचे ही रहूँगी, लेकिन उदाहरण के लिए जब आप शानदार 'ग्रैंड कैन्यन' के किनारे पर खड़े हों और उसकी डूबनेवाली गहराइयों में देख रहे हैं, जिसमें एक अरब वर्षों से अधिक का भौगोलिक इतिहास समाहित है, तो आप कुछ नहीं कर सकते, सिवा यह महसूस करने कि दुनिया के आगे बौने हैं।

प्रभववशाली ग्रैंड कैन्यन

वहाँ बहुत कुछ है, जो आपसे अधिक बड़ा है, आपसे अधिक मजबूत है और जो आपके जाने के बाद लंबे समय तक टिका रहेगा, यह आपको आपकी

खामियाँ, आपकी नश्वरता और इस तथ्य को स्वीकार करने के लिए प्रेरणा प्रदान करता है कि सबकुछ आपकी इच्छा के मुताबिक नहीं होगा। यदि आप सचमुच जानना चाहते हैं कि क्या चीज मुझे जमीन पर रखती है—एक बहुत ही मशहूर परिवार की आधुनिक युग की एक राजकुमारी, वही यह जागरूकता है।

पेरिस में लुई विट्टोन शोरूम से वापस लौटा दिए जाने पर

2009 में मैंने अपने आपको वापस पेरिस में पाया, उज्ज्वल नारंगी पहरेदारवाले चोगे में, हाथ में झाड़ू, 'केमिस्ट्री' नामक एक फिल्म (ऐसी फिल्म, जो कि खराब लेखन और नौसिखिया निर्देशन का प्रचंड कॉकटेल, जो अपने नाम के अनुरूप, स्वत: पूर्व-रिलीज की गई) के लिए श्रेयस तलपड़े के साथ असाध्य जटिल निर्देशित नृत्य करने का प्रयास। जैसे गीत के बोल हैं—'तुम और मैं, बेबी, हमारी केमिस्ट्री मिली, तुम और मैं'—चैंप द मार्स पर मचा शोर, मैंने कोरियोग्राफर और उसके सहायक को देखा, जिनके कदमों की नकल हमें करनी थी।

वर्षों के अनुभव में तपे हुए, वह अभिनय देखने के लिए ठिठकते पर्यटकों की भीड़ से बेखबर लगते थे। जब शॉट का समय आया तो मैं कैमरे के सामने अपना स्थान लेने के लिए उठ गई। मेरी दृष्टि के सामने एक भारतीय परिवार था, उनकी पीठ दुनिया के सात नए चमत्कारों में से एक एफिल टॉवर की ओर थी, उसकी बजाय हमारी तसवीरें खींच रहे थे। मेरे दाहिनी ओर शहर के एक नक्शे पर झुके पिट्ठू लादे लोगों का एक समूह था और आगे जाने कहाँ पर जाना था, इस पर बहस कर रहा था। कितनी भाग्यशाली थी कि एक बार मैं भी उनमें से एक थी, मैं अपने बारे में सोच रही थी, जब संगीत की गूँज हुई और सिर्फ पेरिस या मोरक्को ही नहीं, मैंने तब से जान लिया था कि 'टस्कनी'

में एक किराये के विला में पास्ता कैसे तैयार किया जा सकता था, इस्तांबुल के एक पारंपरिक हम्माम में मेरे ऊपर साबुनवाले पानी की बालटी उड़ेला जाना और दक्षिण अफ्रीका के एक राष्ट्रीय पार्क में एक हाथ की दूरी पर दो शेरों को संसर्ग करते देखा।

हाँ, हजार बार हाँ

मेरी आँखें टॉवर के नीचे आलिंगनबद्ध एक जोड़े पर ठहर गईं—लड़की अपने आँसू पोंछ रही थी, जबकि लड़का राहत में और कुछ हद तक अभिभूत दिख रहा था। यह स्पष्ट था कि उसने उसे प्रस्तावित किया था, जिसे उसने स्वीकार कर लिया था, क्योंकि कोरियोग्राफर आदिल गिनती गिन रहा था 5…6…7…8…और मैंने अंदर नृत्य की अधिष्ठात्री देवी का स्मरण किया, मुझे क्या पता था कि पाँच साल और छह महीने बाद, जुलाई 2014 में, मैं एफिल टॉवर के नीचे उसी स्थान पर पेरिस वापस आऊँगी, यह देखने कि कुणाल दुनिया की सबसे सुंदर अँगूठी बनवाएगा और मुझसे कहेगा कि उसकी पत्नी बन जाऊँ, लेकिन यह एक अलग अध्याय का विषय है।

□

8

यह जटिल है

मैं इस अध्याय को लिखने के लिए सत्रह बार बैठी हूँ।

मैं पुरानी तसवीरों को देखती हूँ, अपनी डायरी और पत्रों को पढ़ती हूँ, अपनी शादी का वीडियो देखती हूँ। मैं कुणाल के बचपनेवाले खूबसूरत चेहरे को देखती हूँ, जब वह कमरे में अपने फेसबुक न्यूजफीड को स्क्रॉल करते हुए मेरे सामने बैठता है। उसके पास ऐसी परिभाषित ठुड्डियाँ हैं और उसकी अग्र-भुजाएँ इतनी पुष्ट हैं कि जब वह अपनी उँगलियों को कुछ लिखने के लिए अपने फोन पर ले जाता है तो मैं उसकी मांसपेशियों का खिंचाव देख सकती हूँ।

और फिर, जब मैं यह महसूस कर रही होती हूँ, मेरे अंदर जुनून का उदय होता है, जो कि मेरी उँगलियों तक प्रसारित होता है, जैसे ही वे की-बोर्ड के आर-पार उड़ने की तैयारी करते हैं, प्यार की हमारी कहानी को छलकाने के लिए, वह कुछ ऐसा करता है, जिससे मुझे उठने और उसके चेहरे पर मुक्का मारने का मन करता है।

जैसे कि अब। हमने दिन के पूर्वार्ध में अध्ययन कक्ष में लिखना तय किया था और इसलिए यहाँ मैं अपने कंप्यूटर पर तैयार हूँ। कुणाल एक घंटे से अधिक से अपने फोन पर चिपका हुआ है। मैं घड़ी को देखती हूँ। सुबह के 11.15 बजे हैं। सुबह इतनी जल्दी, इतने लंबे समय के लिए स्क्रीन पर रहना स्वास्थ्य के लिए ठीक नहीं है। हर बार अकसर फोन से ध्वनि की तीखी गूँज होती है—एक वीडियो किसी ने अपने कुत्ते को 'आई लव यू' कहकर, हालिया फिल्म का नवीनतम रीमिक्स गीत, एक नया संवाद प्रोमो डाला है। लिखने पर ध्यान देना मुश्किल है।

मैं ट्रे में बस उसके फैले हुए पैरों के पास उसके नवीनतम सावधानीपूर्वक

शोध करके खरीदे, उच्च तकनीकवाले हैडफोन की एक जोड़ी देख सकती हूँ। हो सकता है कि अगर मैं उसकी ओर अर्थपूर्ण ढंग से देखूँ तो वह संकेत समझ ले और उन्हें पहन ले।

सिवाय इसके कि उसने पिछले पैंतीस मिनट में एक बार भी नहीं देखा है और अब उसे अपने गिटार को ट्यून करने के लिए जानकारीवाला वीडियो मिल गया है। यदि वह अपना गिटार उठाने पहुँचता है तो मुझे उस पर कुछ फेंकना होगा।

शुक्र है कि समाधान स्वयं प्रस्तुत हो जाता है, जब मेरा हाथ नाश्ते से बचे हुए ऑक्सीकृत हो रहे सेब के बीजकोष तक पहुँचता है। मैं शोर-निष्प्रभावी करनेवाले हैडफोन को लगाती हूँ, जिसे पहनने की बात उसके दिमाग में आई नहीं थी और तुरंत एवं सुखद रूप से समस्त व्यापक ध्वनि से मेरा संपर्क टूट जाता है।

मैं कहाँ थी? मोहब्बत। हलकी भूरी आँखें, जिन पर हँसी के साथ सिलवट पड़ जाती हैं और सम्मोहित करने की शक्ति के साथ एक पूर्ण चेहरा। मैं अपने जीवन के प्यार पर चुपके से एक और नजर डालती हूँ...जो अब मेरे दैनिक प्लानर में कुछ लिख रहा है, जिसे मैंने उसे दस लाख बार नहीं करने को कहा है। कम-से-कम वह ऐसा कर सकता है कि उन तारीखों पर लिखे, जो बीत चुकी हैं और न कि उन पर जो आनेवाली हैं! मैं भीतर बढ़ रही खीझ को निगल लेती हूँ, हैडफोन निकाल देती हूँ और सोफे पर उसका साथ देती हूँ, जहाँ हम नेटफ्लिक्स पर 'लाइन ऑफ ड्यूटी' के तीन एपिसोड देखने के लिए आगे बढ़ते हैं।

मोहब्बत।

मुझे श्रीमती नरुला याद हैं, ब्रिटिश स्कूल के 6ठवें वर्ष में मेरी साहित्य की शिक्षक, हमें 'मिल्स ऐंड बून' उपन्यास पढ़ने के लिए कहती थीं। हम 'रोमांटिक लव' का अध्ययन करने जा रहे थे—चौसर के 'द मिलर टेल' से लेकर बायरन के महाकाव्य व्यंग्यवाले 'डॉन जुआन' से जेन ऑस्टेन के 'प्राइड ऐंड प्रेज्यूडिस' तक और मिल्स ऐंड बून हमारी शुरुआत कराने के लिए एकदम

सही प्रारंभिक पुस्तक होगी। अगर आप लड़की हैं तो निश्चित रूप से आपने कम-से-कम एक मिल्स और बून उपन्यास पढ़ा है? वे रोमांटिक उपन्यास पलायनवादी काल्पनिक पुस्तकों के सबसे लोकप्रिय प्रकाशक बने हुए हैं। वास्तव में इतने लोकप्रिय कि द्वितीय विश्व युद्ध के दौरान जब कागज का वितरण नियंत्रित किया गया था, तो मिल्स और बून की पुस्तकों को महिलाओं के मनोबल को बढ़ावा देने के लिए छापने की अनुमति दी गई थी! प्रेम कहानियाँ थोड़ी सूत्रबद्ध हैं—लड़की लड़के से मिलती है, लड़की को लड़का अभिमानी और भावनाशून्य लगता है, लड़का कुछ हद तक लड़की को उसकी इच्छा के खिलाफ लुभाता है (बलात्कार की सीमा तक व्याकुलता उत्पन्न करते हुए), लड़के के लिए एक दहकती इच्छा लड़की के अंदर प्रज्वलित होती है, जो (सेरोटोनिन, डोपामाइन और ऑक्सीटोसिन के एक नशीले कॉकटेल द्वारा विचारहीन हो जाती है) लड़के को दयालु और गलतफहमी का शिकार, नए रूप में देखती है, लड़का अहंकार निगलनेवाला एक असाधारण काम करते हुए लड़की से अपना प्यार जताता है, जिस पर वह लगभग अपनी जान छिड़क चुका है, लड़की और लड़का आलिंगनबद्ध होते हैं और एक संपूर्ण सूर्यास्त में आरोहण करते हैं। मैंने पहले से एक या दो पढ़ी थी, विशेष रूप से एक वासनोत्तेजक कवर के साथ स्ट्रैनडेड अर्थात् फँसे हुए, सेड्युस्ड अर्थात् बहके हुए, प्रेगनेंट अर्थात् गर्भवती (असली शीर्षक) और बूटी ऐंड द बीस्ट अर्थात् महिला की जूती और जानवर व्यक्ति (ठीक है, यह उधार लिया गया है) जिसे मैंने पुराने अखबारों से बने आवरण में छिपाया था। मुझे विश्वास नहीं हो सका कि यह ग्लानियुक्त आनंद अब मेरे आधिकारिक शैक्षणिक पाठ्यक्रम का हिस्सा था!

एक युवा लड़की के रूप में, सुरंग क्षेत्र, जो किशोरावस्था है, के जरिए अपना रास्ता बना रही, इन पुस्तकों ने मेरे पहेली जैसे मस्तिष्क में जरूर अपनी धारणा डाल दी होगी। सुदर्शन पुरुष जैसे गठीले नायक, जो अमीर, शक्तिशाली भावशून्य मनुष्य थे; असहाय नायिकाएँ, जो युवा, अधिक शक्तिशाली और दर्द से भरपूर थीं···ओह···खूबसूरत। उकसाने वाला यौन तनाव, जो सबसे निष्कलंक

और कोमल प्यार में फूटेगा, जो हमेशा आनंद में समाप्त होता है, विवाह में नहीं तो एक साथ होने के लिए दृढ प्रतिबद्धता में। इन लैंगिक घिसी-पिटी वासनाओं की नारीवादी आलोचना को एक तरफ रखकर, मेरे साहित्य कक्षा के लड़कों पर एक संक्षिप्त नजर ने यह प्रदर्शित किया होगा कि ये पात्र वास्तव में वास्तविकता से, सच्चाई से बहुत दूर और पन्नों के भीतर दुनिया, एक कोरी कल्पना थे। हर लड़की बचाई जाना नहीं चाहती और हर लड़का रोबदार और प्रभावशाली व्यक्तित्व का आदर्श मिश्रण नहीं है।

श्रीमती नुरूला ने अपने पूरे अनुभव और ज्ञान के साथ, हमारे लिए इसे आसान किया, अगर हम इनमें और अन्य रोमांटिक उपन्यासों में चित्रित किए गए प्रेम के बारे में उम्मीदें लगाए रहते हैं, तो हम निराशा और अफसोस के लिए खुद को स्थापित करेंगे। 'पूर्णता' उन्होंने अपने बहुत ही वास्तविकता के तरीके से कहा, 'बस अस्तित्व में नहीं है।'

यह एक स्पष्ट कथन लग सकता है, यहाँ वास्तव में कोई आश्चर्य नहीं है, लेकिन मुझे लगता है कि जब हम रोमांटिक उपन्यास पढ़ते हैं या रोमांटिक हास्य नाटक देखते हैं तो हम अपने सहयोगियों पर गौर करते हैं और आश्चर्य करते हैं, कब आखिरी बार उन्होंने हमें फूल या चॉकलेट दिया था या कुछ भव्य हाव-भाव के माध्यम से हमारे लिए अपने प्यार का इजहार किया था। संभावना है, अगर आपका साथी मेरे जैसा है, तो विवाह का उनका प्रस्ताव आपके मन में उछलेगा और फिर आपको उसके बाद से सारा बीता समय, कई वर्षगाँठें भी याद आएँगी और रोमांटिक आयात का कुछ भी आपको याद नहीं आएगा और फिर आप इस तथ्य को सामने लाएँगे कि उन्होंने अभी भी आपके चचेरे भाई की शादी के लिए कार्ड पर नहीं लिखा है, जिसके लिए वे कहेंगे कि वे आपके चचेरे भाई को शायद ही जानते हैं और आपने कार्ड पर उसके लिए ज्यादा जगह नहीं छोड़ी है तो आप ही उनके नाम का हस्ताक्षर कर दें और इससे पहले कि आप जानें, आप इस बात के बारे में बहस करेंगे कि वे घर में आपके मुकाबले परिश्रम नहीं करते और एक अच्छी शाम पूरी तरह से बरबाद हो जाएगी।

प्यार निश्चित रूप से सबसे अनमोल और प्यारी चीज है, लेकिन यह पूर्णत: आलसी रूप और प्रेमशील आलिंगन नहीं है। जानने की क्षमता यह नहीं है कि जिनके बिना दूसरे व्यक्ति को क्या चाहिए, वास्तव में आपको बताना जरूरी है। यह चिढ़, संघर्ष या निराशा का अभाव नहीं है। यह कठिन काम है और हमेशा सुधार के लिए जगह है। श्रीमती नरूला अकेली व्यक्ति नहीं थीं, जिन्होंने मुझ किशोरी को यथार्थवाद में एक सबक दिया।

जब मैं सत्रह साल में विश्वविद्यालय गई थी, अम्माँ ने मुझे बैठाकर कहा, 'तुम्हें बहुत सी चीजों के बारे में जानने की आवश्यकता होगी—कपड़े धोने की मशीन का प्रयोग कैसे करना है, खाना कैसे बनाना है, बैंक खाता कैसे संचालित करना है, सेक्स, सार्वजनिक परिवहन का उपयोग कैसे करना है...' वाह! यह पहली बार था, जब उन्होंने 'सेक्स' शब्द का उल्लेख मुझसे किया, सौम्य रूप से बीच में रखा गया, क्योंकि यह सांसारिक कामों के बीच था। उन्होंने मुझे अर्थपूर्ण नजरों से देखा और कुछ कहा, जो एक अभिभावक से सुनने में उस समय मुझे शर्मनाक लगा, लेकिन बाद में समझ में आया कि यह कुछ अच्छी सलाह थी, जो एक माँ अपनी बेटी को दे सकती थी।

'सिर्फ इसलिए कि आप किसी के साथ यौन संबंध रखते हैं, इसका मतलब यह नहीं है कि आपको उनसे शादी करनी पड़ेगी। सेक्स मस्तिष्क को धुँधला कर सकता है और आपको विश्वास और सहानुभूति जैसी चीजों का एहसास दे सकता है। आप सोच सकते हैं कि आप प्यार में खो गए हैं, लेकिन आप नहीं हो सकते हैं।' उन तीन वाक्यों ने उनके भीतर की गुबार को बाहर कर दिया और मुझे एक सेकेंड के लिए लगा कि वे रोने जा रही थीं, लेकिन उन्होंने उठकर बेडकवर को सीधा किया और कहा, 'तुम्हें अपना' खुद बिस्तर लगाना भी सीखना होगा।'

वार्त्ता समाप्त।

उस समय मेरे कुल दो ब्वॉयफ्रेंड थे—दोनों मेरी कक्षा से, दोनों को मेरे माता-पिता अच्छी तरह जानते थे और दोनों ही वास्तव में सिर्फ दोस्त थे, ऐसे लड़के, जिन पर आप भरोसा कर सकते थे, जिन्हें 'आपके साथ या आपके

बिना' धीमा नृत्य करने के लिए आप कह सकते थे, लेकिन मेरी पहली स्मृति में एक आकर्षक लड़के का साथ बहुत पहले स्कूल के समय का था, जब मैं सात साल की थी। डैनियल गोरा और नीली आँखोंवाला था और मैं हमेशा उसकी संगत में बहुत खिलखिलाती रहती थी। जब यह घोषित किया गया कि कक्षा-नाटक स्लीपिंग ब्यूटी होगा और डैनियल प्रिंस की भूमिका निभाएगा, मैंने दिल से प्रार्थना की कि राजकुमारी अरोरा की भूमिका मुझे मिल जाए। हालाँकि यह नहीं होना था और मैं दूर से तिक्तता के साथ देख रही थी अपनी सहपाठी सावित्री के कपोल को उसे चूमते हुए। मुझे मेरी भूमिका को निभाने के लिए ज्यादा अभिनय करने की जरूरत नहीं थी—एक चिड़चिड़ा पिशाच गुंडा।

डैनियल का परिवार कुछ ही समय बाद दिल्ली से दूर चला गया और मैं पूरे दो दिन तक उदास थी। हालाँकि किशोरावस्था के लचीलेपन ने मुझे इससे उबार लिया, मेरे एकतरफा प्यार का पहला अनुभव था। शुक्र है कि आगे आनेवाले साल, विपरीत लिंग के निर्लज्ज और घिनौना, नीच प्रतिरूप, जो आपके बालों को खींचते हैं और अपनी नाक की मैल को आपके कपड़े पर पोंछ देते हैं, वाली मेरी सशक्त भावनाओं में गुजर गए।

एकतरफा प्यार का मेरा दूसरा मौका कई सालों बाद आया, जब मैं पंद्रह की थी। इस व्यक्ति को कोई नाम न दें, क्योंकि मैंने उसे कभी नहीं बताया कि मैं उसे पसंद करती थी और मैं इसे इसी तरह रखना चाहूँगी। वह मेरी बहन सबा की कक्षा में एक लड़का था, इसलिए मेरे से दो साल वरिष्ठ और वह 'बुरी खबर' था। उसके लंबे बाल थे और गंदे ढंग से कपड़े पहनता था, कक्षा छोड़ता था, साइकिल शेड में धूम्रपान करते हुए पकड़ा गया था और स्कूल से अधिकांश निलंबनों का रिकॉर्ड बनाया था और मैं उसकी ओर ऐसे आकर्षित थी, जैसे एक लौ की तरफ एक कीट, या अधिक सही ढंग से पक्षाघात से पीड़ित एक्र कीट, क्योंकि मैं वास्तव में जलने जितना करीब नहीं गई। इसके बदले मैं उसका खुशी से दूरी से पीछा करती, उसे बास्केटबॉल कोर्ट के उस पार से घूरने से संतुष्ट या भाग्यशाली रही, अगर गलियारे में उसके पास से गुजरी और धीरे से दबे स्वर में 'हे' कहती। आप मुझे यह नहीं समझा सकते हैं

कि यह प्यार नहीं था, एक प्रेम, जो पूरे आठ महीनों तक चला था, जब तक कि वह व्यक्ति स्नातक नहीं हुआ और अमेरिका के कॉलेज में न चला गया। इस बार मैंने अपने टूटे हुए दिल को विचलित होने से पहले पूरे हफ्ते अपनी कक्षा की माउंट आबू और उदयपुर की यात्रा में सँभाला। जब मैं वहाँ से वापस आई, मैं उसके बारे में सबकुछ, उसका नाम तक भूल चुकी थी।

तो मैं सुरक्षित रूप से कह सकती हूँ कि दिल के मामलों में, जब मैं विश्वविद्यालय के लिए निकली थी, वयस्कता की दहलीज पर, मैं अम्माँ और श्रीमती नरूला की दी गई, उपयुक्त सलाह के साथ अच्छी तरह से लैस, लेकिन अनुभव में अपर्याप्त सुसज्जित थी। तब से मैं दो कॉलेजों में गई हूँ, जहाँ मुझे बी.ए. और एम.एस-सी. की डिग्री मिली है, मैंने कई ए.बी.बी.ए-थीम पर आधारित रेट्रो पार्टियों में भाग लिया है, घूमी हूँ, मेक-अप और बालों को हटाना सीखा, ऐसे लड़कों से मुलाकात की, जिनके साथ मैंने वास्तव में बातचीत की थी—कुछ बहुत दिलचस्प, कुछ सुस्त, मैंने कुछ दिलों को तोड़ा है, मेरा खुद दिल टूटा है, विभिन्न उद्योगों में काम किया, नए दोस्त बनाए और पुराने लोगों के साथ संपर्क खोया···संक्षेप में मैंने अपना जीवन जिया है। इस समय शायद दो रिश्ते हैं, जो अलग दिखते हैं। बारीकी से खुलासा करना, संबंधित अन्य लोगों के लिए असभ्य और अनुचित होगा, लेकिन मैं जितना संभव है, समझदारी और शालीनता से मैंने जो कुछ सीखा है, उनको साझा करना चाहूँगी।

ऑक्सफोर्ड में मेरा सबसे अच्छा दोस्त जेसी था। मैं पहले टर्म के दूसरे महीने में अपने प्रथम वर्ष में उससे मिली थी और जब तक हमने स्नातक की उपाधि प्राप्त की, तब तक हम एक साथ थे, जब लंबी-दूरी की क्रूर उँगलियों ने हमें अलग कर दिया अर्थात् रिश्ता पारस्परिक रूप से असुविधाजनक हो गया और हम अन्य लोगों से मिले। वह···स्वच्छंद था।

पहली बार हम मिले थे, जब उसने एक शाम को मेरे दरवाजे पर दस्तक दी, जहाँ वह जा रहा था, उस पार्टी के लिए उसने एक नीला आई शेडो, अधिमानतः चमक-आधारित उधार लेने के लिए पूछा। वह फिशनेट स्टॉकिंग्स, एक टैंक टॉप और मिनी स्कर्ट पहने हुआ था। जब मैं उस पर आई शेडो

लगा रही थी, मैंने मासूमियत से पूछा कि क्या वह पार्टी एक फैंसी ड्रेस थीम-आधारित थी। 'नहीं' उसने कहा और दरवाजे को भेड़ते हुए बाहर निकल गया, मैं दरकिनार, मेरा मुँह खुला रह गया था। मुझे लगता है कि यह जिज्ञासा थी, जो मुझे अगले कुछ दिनों तक उसकी तलाश करनी पड़ी। वह समलैंगिक नहीं था। वह अर्थपूर्ण था और जिसे वह 'उत्तर आधुनिक कलात्मक कथन' कहता था, बनाना उसे पसंद था। वह मुझे हँसाता था; वास्तव में वह एक शौकिया दृढ हास्य कलाकार था, इसलिए उसने बहुत से लोगों को हँसाया था। वह मैंडोलिन बजाता था, गाने लिखता था और क्रिकेट टीम में एक बाएँ हाथ का स्पिनर था। वह एक धार्मिक पुनर्जन्म ईसाई था ('पुनर्जन्म' होने का अर्थ है कि आपने अपने शारीरिक जन्म से एक आध्यात्मिक पुनर्जन्म का अनुभव किया है और अब यीशु मसीह के साथ एक व्यक्तिगत संबंध है)। उसने मेरा लियोनार्ड कोहेन, जेफ बक्कली और द स्मैशिंग पंपकिंस से परिचय कराया। हमारे नकारात्मक रूप से सुदृढ परिपक्वता स्तर के फलस्वरूप पौष्टिक गतिविधियाँ, जैसे कि एक ब्लूबेरी मफिन के साथ कॉलेज प्रांगण में बैडमिंटन खेलना और एक प्याज और कुछ टूथपेस्ट की ट्यूबों के साथ स्थानीय सुपरमार्केट के गलियारों में दस-पिन बोलिंग करना। उसके बारे में लोगों की क्या सोच थी, उसे कोई फर्क नहीं पड़ता था, चाहे वह कॉमेडी कार्यक्रम के दौरान उसे मंच पर धिक्कारते थे या उसकी धार्मिक आस्था या असामान्य फैशन के लिए उसका मजाक उड़ाते थे। वह वह था, जो वह था और उसने मुझे सिखाया कि जो मैं हूँ, ठीक थी। अगर मैं एक बड़ी शराबी नहीं थी तो मुझे मजा लेने के लिए पीने की जरूरत नहीं थी, अगर मैं शर्मीली थी और लोगों से खुलने में समय लेती थी, वह भी ठीक था (हालाँकि शायद प्रत्येक दिन लंच के लिए एक बड़ा ट्विक्स और डाइट कोक लेना ठीक नहीं था)। एक विदेशी धरती पर जेसी ने मुझे अपने खोल से बाहर आने में मदद की और तीन साल बाद जब हम कॉलेज के अंत में जुदा हुए तो हमने कहा कि हम संपर्क में रहेंगे। मैं दिल्ली लौट आई और मानव विकास, आर्थिक सशक्तीकरण, शिक्षा, मानव अधिकार और लोकतंत्र को आगे बढ़ाने के वैश्विक मिशन के साथ फोर्ड फाउंडेशन, एक अंतरराष्ट्रीय

गैर-सरकारी संगठन, जिसका न्यूयॉर्क में मुख्यालय है, में एक नौकरी पा गई।

मेरे लिए चिंता का पहला प्रतीक था, जब मैंने जेसी को यह बताने के लिए फोन किया कि मुझे यह अद्‌भुत नौकरी मिली है और उसका उत्तर यह था कि यह 'टाइटैनिक पर पीतल को चमकाने' की तरह था। जब मैंने उसे समझाने के लिए कहा, उसने कहा कि ये लोग, जिनकी हम मदद कर रहे हैं, डूबते जहाज हैं और उन्हें जरूरत थी कि कोई उनकी आत्मा की रक्षा करे, उन्हें सैंडविच न दे। यह वह था, जिसे वास्तव में वह मानता था और मुझे तब पता था कि भले ही हम सबसे अच्छे दोस्त थे, हमने साथ बहुत ज्यादा मजा किया था, हम एक साथ नहीं होनेवाले थे और फिर उसके इ-मेल पर साइन-ऑफ बदल गया, 'लव, जेसी' मैं 'मसीह, मैं तुम्हारा भाई, जेसी।' ऐसा नहीं था कि मैं एक संभावित जीवन साथी खो रही थी; मैं केवल इक्कीस की थी और मुझे पता था कि पूरा जीवन मेरे सामने था, लेकिन मैं अपने सबसे अच्छे दोस्त को खो रही थी।

कट् टू, जैसा कि हम फिल्मवाले कहना पसंद करते हैं, 2002, नई दिल्ली के इम्पीरियल होटल का बार। मैं लंदन स्कूल ऑफ इकोनॉमिक्स ऐंड पॉलिटिकल साइंस से अंतरराष्ट्रीय संबंधों (अंतरराष्ट्रीय रिश्तों पर नहीं, जैसा कि मीडिया यहाँ अकसर गलत उद्धरण देता है, एक डिग्री, जो उन्होंने अभी तक स्थापित नहीं की है, लेकिन जिस पर उनका ध्यान है, मैं कल्पना करती हूँ, एक पूरी तरह से अलग कौशल समूह!) पर एम.एस-सी. करके लौटी थी। मैंने लंदन में सिटीग्रुप प्राइवेट बैंक में एक सहयोगी बैंकर के रूप में नौकरी सुरक्षित कर ली थी और इसकी शुरुआत बैंक के मुंबई कार्यालय में एक वर्ष के प्रशिक्षण से होनी थी। मेरे पास दिल्ली छोड़ने से पहले बिताने के लिए एक पखवाड़ा था और अधिकतर रातें दोस्तों के साथ मैं बाहर गुजार रही थी। मैं लड़कियों के समूह के साथ चर्चा करते हुए कि हम आगे कहाँ जा सकते हैं, दरवाजे पर खड़ी थी, जो बगीचे की ओर बाहर निकलता था, जब वह कमरे में आया।— लंबा, साँवला और सुंदर। खूबसूरत नैन-नक्श, जैसे पाठ्य-पुस्तक।

मैंने अपनी नजरें उससे दूर हटाने की कोशिश की, जब वह हमसे दो

मेज दूर अपने दोस्तों में शामिल होने को बढ़ा। मेरी दोस्त मेहर मुझसे कुछ कह रही थी, लेकिन मैं उसकी बातों पर ध्यान केंद्रित नहीं कर पा रही थी, मैं केवल इस व्यक्ति की उपस्थिति की तीव्रता और अपने कानों के रक्त संचार से अवगत थी। शायद मेरी यह इच्छाशक्ति थी, लेकिन उसने मुझे देखा और मेरी अटूट टकटकी को पकड़ लिया। मुझे लग रहा था कि मेरा चेहरा लाल पड़ गया है, लेकिन उसने एक सहज मुक्त मुसकान छोड़ी और मैं शरमाते हुए वापस मुसकराई। बाकी शाम अन्यमनस्कता के दौर में गुजर गई, लेकिन जब हम अपनी चीजों को इकट्ठा कर जाने की तैयारी कर रहे थे, मैंने तिरछी नजरों से देखा, उसे अपनी ओर बढ़ते हुए। मुझे याद नहीं है कि वास्तव में क्या कहा गया था, लेकिन मुझे याद है कि मुझे सुख की अनुभूति और राहत मिली थी, जब उसने मेरा नंबर लिया और पूछा कि क्या वह मुझे किसी समय कॉल कर सकता है ?

अगले कुछ दिन फोन कॉल, कॉफी पर मिलने, रात्रिभोज में व्यस्तता और पार्टियों में बीते। डीजे अन्य लड़कों की तुलना में अधिक परिपक्व प्रतीत हो रहा था, जिन्हें मैं जानती थी—वह कार चलाता था, उसके पास नौकरी थी, एक दाढ़ी भी। मैं किसी के साथ दोस्ती की अभ्यस्त थी और वह दोस्ती धीरे-धीरे कुछ और में विकसित हो रही थी; यह विपरीत था और यह नया और रोमांचक था। जैसे कि आँख की झपकी की तरह प्रतीत हुआ, मेरे दो हफ्ते बीत गए थे और मेरा सामान पैक करने और मुंबई जाने का समय आ गया था। यह डीजे का आशावाद था, उसके अडिग संकल्प ने मेरे विश्वास को बल दिया कि हम इसे निभा सकते हैं। उसने अपनी प्रतिबद्धता के सबूत के रूप में मेरे लिए एक अँगूठी भी खरीदी, लेकिन मेरी माँ ने मुझे इसे वापस लौटवा दिया, यह कहते हुए कि इतने मूल्यवान और महत्त्व के उपहार स्वीकार करना बहुत जल्दबाजी थी और इसने कुछ समय के लिए काम किया। मैं अपनी हर छोटी बचत का बड़ा हिस्सा हर दूसरे सप्ताह के अंत में उड़ान भरकर दिल्ली आने के लिए खर्च करती थी, हमने भविष्य के लिए योजना बनाई थी, वह लंदन में नौकरी के अवसर देख रहा था।

यह बता पाना मुश्किल है कि कब रिश्तों की गरमी पिघलनी शुरू हुई। मुझे लगता है कि जब आप लंबी दूरी के रिश्ते में होते हैं, तो चुनौतियाँ होती हैं, जो पहले अच्छे संवाद और कुछ बलिदानों के साथ आगे बढ़ने योग्य होती हैं, लेकिन फिर वे बलिदान चुभने शुरू हो जाते हैं। आपको लगता है कि आप बाहर निकलने या दोस्त बनाने के अवसर खो रहे हैं, खासकर जब आप एक नए और अपरिचित शहर में हैं, क्योंकि आपको रात 10 बजे के स्काइप कॉल तक घर आना होता है। जब वह कॉल और उन लोगों के उत्सुकता भरे प्रत्याशित दौरे अनिवार्य महसूस होने लगते हैं, तो आप जानते हैं कि यह एक लाल झंडी है।

लेकिन जब आप एक लंबी दूरी के रिश्ते में होते हैं, तो यह समझने के लिए बहुत अधिक समय ले सकते हैं कि आप गलत व्यक्ति के साथ हैं। आप इतना कम समय एक साथ बिताते हैं और वह समय अधिकतम मस्ती करने तथा संघर्ष को कम करने की लगभग हताश इच्छा से भरा होता है, जो अधिकतर नजरअंदाज कर दिया जाता है। जब मैं दीवाली के दौरान दस दिनों के लिए दिल्ली गई, मुझे पता था कि रिश्ते ने अपनी चमक खो दी है। यह सिर्फ इतना नहीं था कि जीवन के प्रति हमारे अलग-अलग हित और सामान्य रुचियाँ थीं या यहाँ तक कि हमारी अलग-अलग प्राथमिकताएँ थीं—मेरे कुछ करीबी दोस्त उन लोगों के साथ खुशी से विवाहित हैं, जो उनसे रुचि और स्वभाव में बिल्कुल विपरीत हैं—यह वह बात थी कि हम अपने मतभेदों पर बातचीत करने में असमर्थ थे या उसके लिए तैयार नहीं थे।

आप जानते हैं कि आप सही व्यक्ति के साथ हैं, जब वे आपके बीच अपरिहार्य मतभेदों को सहन करने में सक्षम होते हैं और जब आप बदले में ऐसा कर सकते हैं। दुर्भाग्य से, यह एहसास मुझे केवल तब ही हुआ, जब डीजे ने मुझे यह बताने के लिए फोन किया कि उसे लंदन में एक निवेश बैंक में नौकरी मिल गई है और कुछ महीनों में ही स्थानांतरित हो सकता है, उसी समय के आसपास जब सिटीबैंक में मेरा आंतरिक स्थानांतरण होगा। मैं नौकरी नहीं करना चाहती थी और मुझे पता था कि तब मैं उसे नहीं चाहती

थी। नतीजा यह हुआ कि डीजे लंदन चला गया और मैं मुंबई में रही, लेकिन फिल्मों में कॅरियर की शुरुआत करने के लिए सिटीबैंक छोड़ दिया, यह एक अभिनेत्री के रूप में अपने कॅरियर की योजनाओं के कारण समाप्त नहीं हुआ, हम सिर्फ एक-दूसरे के लिए सही नहीं थे और जब हमें यह समझ आया, तो हम अलग हो गए।

अब, मैं आपको उन सभी रिश्तों, जिनमें मैं रही हूँ, की ओर नहीं ले जाऊँगी; क्योंकि मैंने पहले से ही ध्यान देने लायक जो था, उसे सम्मिलित किया है और यह सचमुच मेरे पति को परेशान करने के अलावा कोई अन्य उद्देश्य पूरा नहीं करेगा। कहने में कोई हर्ज नहीं है कि जब मैं फिल्मों से जुड़ी, तब मैंने अपनी माँ की किसी अभिनेता के साथ संबंध नहीं बनाने और निश्चित रूप से किसी से शादी नहीं करने की सलाह को दिल पर लिया था। उन्होंने मुझसे कहा, 'यह तुम्हारे जीवन को मुश्किल बना देगा। अभिनेताओं की बहुत अधिक देखभाल और ध्यान देने की जरूरत होती है, वे तुनकमिजाज होते हैं, वे असुरक्षाओं को ढोते हैं, वे या तो बहुत कठोर परिश्रम या तो बिल्कुल काम नहीं करेंगे और दोनों ही समस्यात्मक बातें हैं।' यह अच्छी सलाह थी, यह मेरे बारे में सच थी और इसलिए मुझे पता था, इसकी दूसरों के बारे में सच होने की संभावना थी। इसलिए मैंने रोमांस की ओर से आँख मूँद ली। मैंने अलग-अलग लोगों के साथ अलग-अलग फिल्मों पर काम किया और दोस्ती बनाई, कुछ अस्थायी—फिल्म की अवधि तक, पेशे की प्रकृति ही ऐसी है, लेकिन कुछ एक, जो वर्षों से टिके हुए हैं, उनसे मैं शादी करने या 'बसने' की जल्दी में बिल्कुल नहीं थी। यह मुहावरा ही मुझे परेशान कर देता, इसका एक कारण था कि इसे बसना कहा जाता था, न कि समझौता! मैं उन महिलाओं में से नहीं थी, जो छह साल की उम्र से अपनी शादी के दिन का सपना देखती हैं। स्थान, मेन्यू, सजावट या पोशाक के बारे में मेरी कोई दृढ राय नहीं थी और जहाँ तक दूल्हे का सवाल है, मैं मानती हूँ कि मन में एक सूची थी, अनुभव के आधार पर, जो मैं चाहती थी, वह नहीं, लेकिन जो मैं नहीं चाहती थी, वह जानती थी।

एक अभिनेता नहीं (बहुत कठिन काम)।

मेरे से भी छोटी उम्र का नहीं (मुझे 'सँभालने' के लिए पर्याप्त परिपक्व नहीं होगा)।

कड़े विचारोंवाला एक कठोर व्यक्ति नहीं।

बहुत अहंकारवाला कोई नहीं।

अधिकार जमानेवाला या ईर्ष्यालु नहीं।

ड्रामेबाजी करनेवाला नहीं, जैसे दरवाजे तेजी से बंद करना और फर्नीचर को लात मारना।

ऐसा कोई नहीं, जो कभी विदेश में नहीं रहा, अध्ययन किया या काम किया हो, विशेषत: इंग्लैंड में।

काफी बड़े पैरोंवाला कोई नहीं (यह हमेशा मेरा व्यक्तिगत डर रहा है)।

इस सूची में स्पष्ट रूप से ठोकर खानेवाले अवरोध शामिल नहीं हैं, जैसे कि हास्यवृत्ति न होना, हिंसा की प्रवृत्ति, महिलाओं का सम्मान करने में असमर्थता या पशुओं पर क्रूरता।

जीवन है, जैसा कि जॉन लेनन ने प्रसिद्ध 'ब्यूटीफुल बॉय' में गाया था, तब क्या होता है, जब आप अन्य योजनाओं को बनाने में व्यस्त होते हैं। यह 2008 का वसंत था और मैंने एक युवा और प्रतिभाशाली अभिनेता के मुकाबले 'ढूँढ़ते रह जाओगे' नामक एक फिल्म स्वीकार की थी। निर्देशक हमें पटकथा पढ़ने के लिए बांद्रा में ताज लैंड्स ऐंड में मिलवाना चाहते थे। जब मैं वहाँ पहुँची तो वह पहले ही कॉफी शॉप में मेज पर बैठे हुए थे। निर्देशक और स्ट्रेट-फिट जींस, आधे बाजूवाली सफेद शर्ट, जिसमें उसके डोले बमुश्किल आ रहे थे, जूते और नाल जैसा काँसे के बकसुआ के साथ एक बेल्ट में एक खूब तंदुरुस्त लड़का था। उसकी आँखें खूब काले धूप के चश्मे के पीछे छिपी हुई थीं और उसके बाल बेतरतीब घुंघराले एक काले झाड़ जैसे थे। मेरी पहली धारणा—यह लड़का जिम में रहता होगा। हम प्रोटीन शेक के अतिरिक्त सेट पर और क्या बात करेंगे? यह एक विचार था, जो फिल्म की शूटिंग के दौरान तक कायम रहा, क्योंकि मुंबई शेड्यूल के दौरान कुणाल ने मुझसे कुल 15 शब्द बोले होंगे।

एक दूजे के लिए

मोबाइल नंबर का आदान-प्रदान करने से बहुत दूर, हम एक-दूसरे से पूर्णतया दूर रहते थे, सिवाय जब हम दोनों शॉट की स्थिति में होते थे और प्रकाश या कैमरे के साथ कोई समस्या होती थी।

उन दो महीनों में हमारी दो सबसे लंबी बातचीत निम्न थीं—

मैं : तो आप अपने खाली समय में क्या करना पसंद करते हैं?

कुणाल : बहुत कुछ नहीं। मुझे फिल्म देखना पसंद है।

मैं : क्या आप बाहर बहुत जाते हैं?

कुणाल : नहीं, मैं फिल्में अकेले देखना पसंद करता हूँ।

बातचीत का अंत।

दूसरी तब हुई, जब मैं अपने लैपटॉप पर कुछ लिख रही थी—

कुणाल : आप क्या लिख रही हैं?

मैं : ऑक्सफोर्ड मैगजीन के लिए, अपने कॉलेज के लिए एक लेख।

बातचीत का अंत।

अगले दिन मैंने देखा कि कुणाल एक पुस्तक लाया था और सेट पर ध्यान से पढ़ रहा था, जो पहली बार हुआ था। जब उसे क्लोज-अप के लिए बुलाया गया था, तो मैंने मोटी काली चमड़ेवाली पुस्तक को उठाया था कि वह क्या था। द गेम—पेनेट्रेटिंग द सीक्रेट सोसाइटी ऑफ पिकअप आर्टिस्ट्स। उस दिन हमारे बीच कोई बातचीत नहीं हुई थी।

मेरा मानना है कि हमसे बड़ी एक शक्ति थी, जो हमें एक साथ देखना चाहती थी; क्योंकि अगर मलेशिया में फिल्म का एक आउटडोर शेड्यूल नहीं होता और अगर इसके तुरंत बाद हमारे द्वारा दिल्ली में साथ '99' नामक फिल्म शूट करना नहीं होता, तो हमारी दोस्ती होने की भी कोई संभावना नहीं थी, एक रिश्ते की शुरुआत तो भूल जाइए। हम खड़िया और चीज जितने अलग थे, हालाँकि यह मुहावरा वास्तविकता नहीं दरशाता है, क्योंकि इसका अर्थ है कि मुझे कुणाल के बारे में थोड़ा सा पता चल गया था। चीज की तुलना में अधिक उपयुक्त खाद्य उत्पाद एक प्याज होगा—निश्चित रूप से सुगंध या उपस्थिति के संदर्भ में नहीं, लेकिन इस संदर्भ में कि इससे पहले आपको उसके मूल तक पहुँचने के लिए धीरे-धीरे छीलने की जरूरत होती है।

लंगकॉवी में एक शाम, पूल के ग्यारह खेलों और कम-से-कम उतने ही कॉकटेल, हमने बात करना शुरू किया और मुझे एहसास हुआ कि वह सुस्त या निरपेक्ष नहीं था; वह संयमी और शर्मीला था। वह उनमें से नहीं था, जो लोगों से तुरंत परिचित हो जाए; वह अपनी दूरी बनाए रखता था, अपना लगाव आरक्षित करता और अपना समय लेता था। हम सुबह 6 बजे तक उठे थे, बात कर रहे थे। उसने मुझे अपने श्रीनगर में बड़े होने, निर्वासन के बारे में, मुंबई जाने के बारे में और एक नए जीवन में समायोजित होने के बारे में, एक बाल अभिनेता बनने के बारे में, अपने सपनों और उम्मीदों के बारे में कहानी सुनाईं। मैंने उसे चित्ताकर्षक पाया। मुझसे पूरी तरह से अलग जीवन ने मुझसे पूरी तरह से अलग एक व्यक्ति को आकार दिया था। मैंने उसके लिए प्रशंसा और सम्मान महसूस किया और मैं चकित थी। मैं उसे और अधिक जानना चाहती थी।

'99' फिल्माने के दौरान मुझे उसे और अधिक जानने का अवसर मिला और जितना अधिक मैं जानती गई, उतना मैं रीझती गई। इन बातों ने तकलीफ नहीं पहुँचाई थी कि उसकी खूबसूरत भूरी आँखें थीं, जो दुश्मनी और निर्दोषता के बराबर भागों के साथ नृत्य करेंगी और एक आलसी एकतरफा मुसकराहट, जो मुझे अस्थिर कर देती थी और वह इनका पूरे लाभ के लिए इस्तेमाल करता था। मैंने 'द गेम' नहीं पढ़ी है, लेकिन मैं कल्पना नहीं कर सकती कि कोई पुस्तक से फ्लर्ट करना सीख सकता है—बस उसे यह करना होता था, उन आँखों से मुझे बस में कर लेना और मेरा बौद्धिक कौशल बेतुके प्रलाप तक सीमित हो जाता था।

और वह मजेदार था। उसने कहानियाँ सुनाईं, जो मुझे दोगुनी हँसाती थीं; वह ऐसी चीजें कहता और करता था, जो इतनी बेहिचक और मनोरंजक थीं, मैं कल्पना नहीं कर सकती थी कि मैंने कभी उसे शर्मिला समझा था और फिर भी मैं तीक्ष्णता से जानती थी कि वह मुझसे कुछ साल कनिष्ठ अभिनेता था, जिसने विदेश में ज्यादा समय नहीं बिताया था और जो स्वयं वर्णित सफेद बालवालों के लिए शून्य सहिष्णुता के साथ श्वेत-श्याम व्यक्ति था, लेकिन उसके पास सबसे अधिक आनुपातिक थे।

हमारा नौ महीने का प्रेमालाप नृत्य था, मेरे मस्तिष्क ने मुझे बताया कि उसने सभी बिंदुओं पर सही का निशान नहीं लगाया है, लेकिन जब भी उसके संग होती थी, तब मेरा दिल खुश रहता था।

अंततः दिल ही जानता है कि वह क्या चाहता है और प्रेम के मामले में, आपको दिल को जीतने की अनुमति देनी चाहिए। कुणाल क्यों? ऐसा नहीं था कि वह उत्तम लड़का था, ऐसी कोई चीज नहीं होती है। दूसरे रिश्तों के अनुभव का लाभ यह है कि आपके पास सच्चाई को समझने का मौका है कि हर कोई, सबसे शुरुआती रोमांचकारी संभावना भी, पूर्णता से कम पाई जाती है। जितना अधिक समय आप एक साथ बिताएँगे, उतना अधिक स्पष्ट होगा कि हम सभी त्रुटिपूर्ण हैं, हम सभी छिन्न-भिन्न हैं। यह देखा जाना शेष है कि क्या हमारे टूटे टुकड़े एक साथ फिट होते हैं या कि दाँतेदार किनारें गहराई से काट देते हैं।

लंगकॉवी में जून में उस शाम को 9 साल हो जाएँगे, जब हमारे रिश्ते की शुरुआत हुई, वार्त्तालाप के रूप में, हमने पहली बार जिसके लिए संघर्ष किया, लेकिन बाद में बंद नहीं करना चाहते थे। एक नौ साल का वार्त्तालाप, जिसे हम सदा के लिए बनाए रखने के लिए प्रतिबद्ध हैं।

2015 की जनवरी में हमने घर के एक सुपरिचित कानूनी विवाह में अपने संबंधों को अमलीजामा पहनाने का फैसला किया। ईमानदारी से, हमारे विचार में, समारोह अनावश्यक था—कुणाल और मैंने पहले से ही एक-दूसरे के प्रति अपने वादे किए थे और वास्तव में महसूस किया कि सरकार की भागीदारी हमारे बंधन को अधिक पवित्रता नहीं देगी, लेकिन यह हमारे परिवारों के लिए महत्त्वपूर्ण था और जैसा कि हमारे लिए अप्रासंगिक था, हम आसानी से शादी कर सकते थे, जैसे कि शादी नहीं कर सकते थे, हमने तय किया कि हम शादी कर सकते थे।

और इसलिए अपने परिवार के नजदीकी तीस सदस्यों की उपस्थिति में हमने प्रतिज्ञाओं का आदान-प्रदान किया और कागज के एक टुकड़े पर हस्ताक्षर किए, जो हमारे पति और पत्नी बनने की घोषणा कर रहा था।

मैं पूरी तरह जानती हूँ कि शादी एकमात्र वैध संबंध नहीं है; कुछ लोग यह तक कह सकते हैं कि शायद किसी भी तरह की साझेदारी कालातीत है। मेरा एक मित्र जोर देकर कहता है कि भविष्य का सफल संबंध प्रतिमान वास्तव में समलैंगिक गैर-यौन संबंध है। उसका सबसे स्थायी बंधन छह वर्षों से अपने फ्लैटमेट के साथ रहा है। वह एक-दूसरे को घरेलू आश्रय और व्यक्तिगत देखभाल उपलब्ध कराते हैं, एक विस्तृत खाना पकाता है, दूसरा उसकी तुलना में रंगरेली मनाते हुए 'प्लानेट अर्थ' का नवीनतम एपिसोड देखता है। उनके कुछ पारस्परिक मित्र और रुचियाँ हैं और जाहिर है, अपने खुद के कभी-कभार वाले रोमांटिक भागीदार, लेकिन अकसर छुट्टियाँ अलग मनाते हैं और एक-दूसरे से बहुत अधिक उम्मीदें नहीं रखते हैं। कोई इनकार नहीं कर सकता कि वह वास्तव में आनंदित और जटिलतामुक्त लगते हैं।

शादी उसके साथ मत करो, जिसके साथ तुम रह सकते हो, बल्कि शादी उससे करो जिसके बिना तुम रह न सको

इससे मुझे एहसास हो गया कि साथी, चाहे एक पति, प्रेमी, कुत्ते, बिल्ली या नेवले के रूप में हो, सबसे अच्छा दोस्त, हम सभी उसकी तलाश करते हैं और हम सभी जिसके लायक हैं। मैं फासला, अलगाव और एकांत सभी मानती हूँ, लेकिन जीवन के एक मार्ग के रूप में नहीं।

विवाह आवश्यक नहीं है, लेकिन प्रेम···मैं कहूँगी कि प्यार अनुसरण करने योग्य है। कुछ को यह मिलता है। जो लोग कम भाग्यशाली हैं, या तो जबकि जानबूझकर अकेले हों, या जब आदर्श से कम उन लोगों के साथ रिश्ते में हों। कभी-कभी वह कम के लिए स्थापित होते हैं। अगर एक बात मैंने सीखी है, जो मैं उन लोगों को प्रदान कर सकती हूँ, जो सक्रिय रूप से या निष्क्रिय रूप से ढूँढ़ रहे हैं, स्थापित न हों। मुझे पता है कि अकेला होना कभी-कभी डरावना होता है, खासकर उन लोगों के लिए, जो पैंतीस साल से आगे निकल चुके हैं। मुझे पता है कि ऐसा लगता है, जितनी देर होगी, बाद में किसी को या कम-से-कम किसी भी सामान्य को ढूँढ़ना और कठिन हो जाएगा, विक्टोरिया

टर्मिनस के सभी लॉकर्स को भरने के लिए पर्याप्त सामान के बिना। (क्या वीटी स्टेशन पर लॉकर हैं? मैं वास्तव में कभी नहीं अंदर नहीं गई हूँ!)

और परिवार और दोस्तों के दबाव के बारे में बात मत करो, जो आप पर बहुत नकचढ़ा होने का आरोप लगाते हैं, आपके रास्ते में भी आते हैं, तो क्या हुआ अगर आदित्य तुम्हारे जन्मदिन को कभी याद नहीं रखता है। कुछ लड़के तारीखों के साथ अच्छे नहीं होते हैं। वह विश्वास नहीं करता कि तुम्हें वह पदोन्नति मिलेगी? वह सिर्फ एक यथार्थवादी है और अपने शब्दों को कम नहीं करता है। सुरेन के पास तुम्हारे लिए केवल रात 10 बजे के बाद समय है, शायद वह सिर्फ काम में डूबा हुआ है, उसे नापसंद मत करो! उसने कल रात तुमको नाम से बुलाया और तुम्हारे ऊपर रिमोट फेंक दिया? तुमने उसे यह करने के लिए मजबूर किया होगा और रिमोट वास्तव में तुम्हें नहीं लगा था, है न?

दिन के अंत में आदित्य और सुरेनजी रहे हैं, साँस लेते हुए मर्द, जो आपके साथ विवाह करने के इच्छुक हैं और यदि आप अपने तीसवें दशक के मध्य या अंत में हैं तो आपको लगातार समय की अपरिहार्य यात्रा की याद दिला दी जाएगी और सभी जैविक क्षय, जो इससे होंगे! ऐसा क्यों है कि पुरुष अपने पूरे जीवन शुक्राणु बनाते हैं, लेकिन हम महिलाएँ एक सीमित संख्या में अंडों के साथ पैदा होती हैं और जब तक हम तीस के होते हैं, उनमें से 90 प्रतिशत खत्म हो जाते हैं!

खराब विवाह में फँसाने के लिए यह किसी को भी डरा दे! टिक टॉक बूम!

अगर आपने पहले ही इस पुस्तक को कमरे में एक किनारे नहीं फेंक दिया है और अपने आदित्य/सुरेन को प्रस्ताव देने के लिए दरवाजा खटखटाया है, तो मैं यह कहना चाहूँगी, हालाँकि यह ऐसा लग सकता है, किसी रिश्ते में होने से ज्यादा महत्त्वपूर्ण है एक अच्छे रिश्ते में होना। किसी के साथ, जो आपके योग्य होता है और आपका सम्मान करता है। किसी के साथ, जो आपकी उपलब्धियों का जश्न मनाता है, आपके परिवार के साथ सामंजस्य का एक प्रयास करता है, आपको पहले रखता है और कम-से-कम दिन में एक बार

आपको बताता है कि वह आपको प्यार करता है। बेशक, यह एक जुआ है और हमेशा ऐसे जोखिम होते हैं कि आपको सच्चा प्यार नहीं मिले, लेकिन जब आपको मिलता है, तो आपको लगता है कि यह इंतजार के लायक था।

मेरी दोस्त जूही पांडे ने अपनी पुस्तक 'थिंग्स यौर मदर नेवर टोल्ड यू अबाउट लव' के उपसंहार में लिखा है—

प्यार का लक्ष्य रखें। हमेशा प्यार का लक्ष्य रखें। बाकी शोर होने दें।

क्योंकि इस मामले की सच्चाई यह है कि बाकी सबके लिए, शोर मचानेवाले हैडफोन हैं।

□

9

महत्त्व देने लायक

19 मार्च, 2017

तो मेरे पास कुछ समाचार हैं। मैं अभी आपको नहीं बता सकती, लेकिन मैं आपको भविष्य बता सकती हूँ; क्योंकि यह पुस्तक वर्ष के अंत में ही प्रकाशित की जाएगी और उस समय से पहले ही आपको पता चल जाएगा, लेकिन फिलहाल यह हमारा रहस्य है।

मैं गर्भवती हूँ!!

सटीकता से दस सप्ताह छह दिन और आठ दिन, जिसके बाद हम लोगों को बताना शुरू कर सकते हैं।

यह छिपाए रखना सबसे मुश्किल रहस्य है, विशेष रूप से किसी से भी, जो मुझे थोड़ा सा भी जानता है। मैं इस तथ्य की व्याख्या कैसे करूँ कि जब अब तक हर भोजन मिठाई के बिना अधूरा था, चॉकलेट की एक झलक भी मेरी सेहत बिगाड़ देती है या किसी के लिए जिसका दैनिक व्यायाम, चाहे बैडमिंटन, योग या जिम, पवित्र था, अब मेरे पास तकिए से अपना सिर उठाने की शक्ति नहीं है।

सौभाग्य से मैं धूम्रपान करनेवाली या अधिक शराब पीनेवाली व्यक्ति नहीं हूँ, इसलिए मेरे आहार में उनकी गैर-मौजूदगी पर ध्यान नहीं दिया जाएगा, लेकिन डाइट सोडा का न होना, जो कि मुख्य है, एक या दो को निश्चित चकित करेगा। ओह, और सुबह की उबकाई, जो, वैसे, सुबह तक ही सीमित नहीं है, लेकिन बहुत ही खराब पड़ोसी की तरह जो सीमाओं का सम्मान नहीं करती, वह दिन या रात के किसी भी क्षण आ जाती है और रुकी रहती है। यह पिछले तीन हफ्तों के लिए मेरी निरंतर साथी रही है। मैं एक क्रूज पर कभी

नहीं गई हूँ, लेकिन मैं सोचती हूँ कि ऐसा ही कुछ महसूस होता होगा—एक अनवरत उभार, एक निरंतर मंथन, एक अनवरत उबकाई। बस इतना कहें कि इसे छिपाना मुश्किल है।

एक दिन मैं एक शॉर्ट फिल्म जो मैं कर रही हूँ, के निर्देशक के साथ बैठक में से भाग गई; क्योंकि उनके आफ्टरशेव की सुगंध ने मेरे मुँह को पानी से भर दिया और मुझे पूरे दस मिनटों तक थूकने के लिए शौचालय का बेसिन ढूँढ़ना पड़ा। मुझे कम यात्रा करने की सलाह दी गई है और मुझे बीमारी के कमजोर बहाने के साथ दो या तीन सप्ताह पहले ही कार्यक्रमों को रद्द करना पड़ा है। क्या बीमारी है कि अस्पताल में भरती होने की आवश्यकता नहीं है, जिससे आप तीन हफ्तों के लिए पीड़ित होंगे!

बेशक यह पुस्तक जब तक आएगी भविष्य में, मुझे और आपको पता चल जाएगा कि यह कैसे हुआ है, लेकिन फिलहाल मैं व्याकुल हूँ और मेरे पास यह साबित करने के लिए बीमारी है। हमने अपने निकटतम परिवारों और कुछ करीबी दोस्तों को बता दिया है—सामान्य सलाह यह है कि छत से खबर के बारे में चिल्लाना नहीं है, क्योंकि पहले बारह हफ्तों में गर्भपात का सबसे अधिक जोखिम होता है; लेकिन यह बहाना करना मुश्किल हो जाता है, सामान्य रूप से आगे बढ़ने के लिए यदि बहुत खराब होना हो तो। मुझे लगता है कि अभी तक मैं सच्चाई पर विश्वास नहीं कर पाई हूँ। बाहर की तरफ देखने के लिए ज्यादा कुछ नहीं है, मेरे जबड़े पर अजीब झल्लाहट के अलावा, मैं उन सभी प्रकार की चीजों को महसूस कर रही हूँ, जिनमें से थकान, उबकाई और अपच कुछ अधिक आकर्षक हैं! आज मैंने पैदल चलने के बारे में सोचा था और बिस्तर पर बैठकर अपने जूते के फीतों को बाँध रही थी। एक घंटे बाद मैं उठी। कल रात मेरी आँख से आँसू निकल गए, क्योंकि मैं यह तय नहीं कर सकी कि नेटफ्लिक्स पर क्या देखना है।

मैंने मार्च के महीने में फिल्मों में काम करने या प्यार में पड़ने को लेकर अपना अध्याय लिखने का इरादा किया था, लेकिन मुझे लगता है कि मैं किसी और चीज के बारे में सोच नहीं सकती और इसलिए मुझे लगा कि मैं इसके

बारे में ही लिख दूँ। मैं रोमांचित हूँ। मुझे लगता है कि इस तरह मुझे पता चला कि मैं एक माँ बनना चाहती थी। कुणाल और मैंने बेशक अभिभावकता पर चर्चा की थी, लेकिन मैंने वास्तव में मातृत्व की किसी भी उत्कंठा का अनुभव नहीं किया था और वह पिता बनने की जल्दी में नहीं था। इसलिए हम एक द्विपक्षीय स्थिति में थे, सक्रिय रूप से कोई योजना नहीं, लेकिन बिना योजना के भी नहीं। हाँ, दबाव था; निकटतम परिवार से बहुत ज्यादा नहीं—कुणाल और मेरे दोनों, शुक्र है हमेशा बहुत उदार और उनके विचारों में बिना अनुरूप रहे हैं, लेकिन दूसरों से, खासकर करीना और भाई के गर्भावस्था की घोषणा के बाद। मीडिया ने मुझसे पूछा है कि मैं उन्हें 'अच्छी खबर' कब दे रही हूँ। लिफ्टों में यादृच्छिक लोगों ने मुझसे अर्थपूर्ण ढंग से पूछा है कि मेरी शादी के कितने साल हो गए। दोस्तों के दोस्तों ने मेरे कान में षड्यंत्रपूर्ण तरीके से फुसफुसाया है कि एक बच्चा कैसे विवाह को मजबूत बनाता है।

सबसे अच्छी प्रतिक्रिया जो मुझे मिली है, वह बढ़ती हुई आबादी को न बढ़ाने के अनगिनत कारणों में से किसी एक को उद्धृत करते हुए अपने बालों को झटका देना और उनके चेहरों पर हँसी-वमन, थकान, तनाव के निशान, मोटे टखने और यह तथ्य कि आखिरकार चिपटने-लिपटनेवाले बच्चे अंततः हार्मोन की दृष्टि से विशृंखल, अप्रिय, सब, पता है किशोर में परिवर्तित हो जाएँगे।

इसलिए जब मुझे पता चला कि मैं गर्भवती थी, मैं अनैच्छिक खुशी की छलाँग के लिए तैयार नहीं थी, जो मेरे दिल ने लगाई थी। 31 जनवरी की सुबह के 6 बजे थे, मेरे लिए दिन की तुलना में अधिक एक रात का समय, जब मेरी इंद्रियाँ एक सीसा की तरह सुस्त हो रही थीं। मैं केवल एक दिन लेट थी, लेकिन मैं आमतौर पर एक कॉफी पीनेवाले की तरह नियमित हूँ, अगर आपको पता है कि मेरा क्या मतलब है और इसलिए मैंने एक स्टिक पर पेशाब करने का फैसला किया। जब मैं गुलाबी रेखा या रेखाओं के बनने का बाथरूम में इंतजार कर रही थी, मैंने अपने प्रतिबिंब को आईने में देखा और अपने ऊपर नजर डाली। मेरा दिल इतनी जोर से मेरे वक्ष में धड़क रहा था, मैंने सोचा कि यह कुणाल को जगा देगा, जो शयनकक्ष में कुछ फुट दूर सो रहा था।

किसी भी परिणाम के अपने फायदे थे। हम अपनी जिंदगी से प्यार करते हैं—एक पल की सूचना पर यात्रा करने की स्वतंत्रता और कितने भी दिनों के लिए, घर में बस हम दोनों के होने की यह अंतरंगता, किन्हीं भी आश्रितों की अनुपस्थिति, जिनके लिए हमें जिम्मेदार होना था, लेकिन अगर हम एक बच्चा पैदा करने जा रहे थे तो अब यह होना चाहिए। अड़तीस की उम्र में मुझे शारीरिक और भावनात्मक दबाव, जो एक बननेवाली प्रौढ़ माँ पर गर्भावस्था में हो सकता है, के बारे में मेरी स्त्री रोग विशेषज्ञ ने बताया था। जटिलताएँ और जोखिम, जो उम्र के साथ तेजी से बढ़ती हैं। यदि हम बहुत देरी करते हैं तो हम स्वाभाविक रूप से नहीं होनेवाली चीजों का खतरा मोल लेते हैं। जहाँ गोद लेने जैसे विकल्प मौजूद थे, जिसके लिए हम तैयार थे, मैंने अपने आपसे दर्पण में पूछा, 'क्या तुम अब माँ बनने के लिए तैयार हो?'

मेरा प्रश्न मेरे और मेरे प्रतिबिंब के बीच हवा में अनुत्तरित लटका हुआ था। मैं अपनी आँखों के सामने स्टिक लाई और यह वही था। दो गुलाबी रेखाएँ—एक मराल पर पैरों की तरह धुँधले या कम नहीं, लेकिन सुस्पष्ट और स्थिर। मैं गर्भवती थी। अतीत में ऐसे क्षण रहे हैं, जब मुझे बड़ी खबर मिली है और मेरी प्रतिक्रिया हमेशा सुसंगत रही है। मैं अस्थिर हो गई थी। जैसे कि उस समय, जब मैंने टी.वी. स्क्रीन के नीचे समाचार पट्टी पर पढ़ा था कि एक दुर्घटना के बाद 'भाई' को अस्पताल ले जाया गया था। मैं दोस्तों के साथ घर पर बैठी थी, लेकिन उन्होंने स्क्रीन पर चल रहे वाक्य को नहीं देखा था। मैं वहाँ बैठी रही, पूरे दस मिनट तक चलने या बात करने में असमर्थ, जब तक कि मेरी माँ ने मुझे मेरे मोबाइल पर फोन करके बताया, जो बात मुझे पहले से पता थी। इसके बाद ही मुझे सक्रिय होने के लिए होश आया। ऐसा ही कुछ यहाँ हुआ। मैंने स्टिक को टॉयलेट पेपर की मोटी तह में लपेटकर, अपने बेडसाइड दराज में पीछे की ओर छुपाया और वापस सो गई। मैंने यह जानने के लिए पर्याप्त पढ़ाई की थी कि इन चीजों पर एक नकारात्मक परिणाम दुर्लभ था, लेकिन मुझे लगता है कि यह प्रक्रिया करने के लिए खासकर 6 बजे बहुत है।

जब कुछ घंटों बाद मैं उठी तो कुणाल नहा रहा था। मैंने उसे बताने के

बारे में सोचा, लेकिन फिर मैंने फैसला किया कि मैं पहले बिल्कुल सुनिश्चित हो लूँ और इसलिए मैंने अपने नियमित पैथोलॉजीवाले व्यक्ति संतोष को एच.सी. जी., गर्भावस्था के हार्मोन के परीक्षण के लिए रक्त का नमूना लेने के लिए घर आने का संदेश भेजा। जब वह 11 बजे पहुँचा तो मुझे उसका आना कुणाल को समझाना पड़ा, जो मैंने अनमने ढंग से, बड़बड़ाते हुए अवसाद महसूस करने और अपने विटामिन डी के स्तरों की जाँच कराने की इच्छा के द्वारा समझाया। इससे पहले कि वह मुझे इस 'अवसाद' की अचानक शुरुआत के बारे में पूछे, मैंने अपने कपड़े इकट्ठे किए और अगले 20 मिनट के लिए अपने बाल धोने का ढोंग करते हुए बाथरूम में खुद को बंद कर दिया।

जब मैं बाहर आई तो वह यूट्यूब पर 'बेस्ट क्रेजी स्ट्रीट फाइट्स' देख रहा था और उसे यह भी ध्यान नहीं था कि मेरे बाल हड्डी की तरह सूखे थे। हमारी दिनचर्या सामान्य चल रही थी, जिसमें लोअर परेल में एक फिल्म, जिसके हम सह-निर्माता भी थे, के लिए एक दिग्गज निर्देशक के साथ एक महत्त्वपूर्ण बैठक भी शामिल थी। यद्यपि मैं सबकुछ ठीक-ठाक कर रही थी, मेरा दिमाग घड़ी पर था; क्योंकि संतोष ने मुझे शाम 4 बजे तक रिपोर्ट इ-मेल करने का वादा किया था। शाम 4.45 बजे हम मुंबई में आवारा कुत्तों को सहारा देने के उद्देश्य से दान संचय के लिए भाषण के अंश रिकॉर्ड करने के मध्य में थे, जब मेरा फोन बजा। रिपोर्ट आ गई थी। मैंने बेसब्री से संख्याओं की पंक्तियों के माध्यम से स्क्रॉल किया। 5 एम.एल.आई.यू./एम.एल. से कम का एच.सी.जी. स्तर गर्भावस्था के लिए नकारात्मक माना जाता है और 25 एम.एल.आई.यू./एम.एल. से ऊपर का कुछ भी सकारात्मक माना जाता है और यहाँ मोटे अक्षरों में था—एच.सी.जी. 485 एम.एल.आई.यू./एम.एल. वीडियो कैमरे, जो अब भी मुझपर केंद्रित थे, जब वे एक क्लोजअप के लिए दिशा बदलते हैं, मैंने संतोष को काँपती उँगलियों के साथ संदेश भेज दिया।

'इसका क्या मतलब है ?' मैंने उससे पूछा।

सेकेंडों के भीतर उसका जवाब आया, 'बधाई हो, मैडम।'

'भुखमरी और निर्जलीकरण के अलावा, आवारा कुत्ते भी मानव क्रूरता

के शिकार हैं। हम आपसे अपील करते हैं—एक पालतू जानवर की दुकान से कुत्ते को खरीदने की बजाय, उन्हें पशु आश्रयों से अपनाएँ।'

यदि आप मेरे इस वीडियो को ऑनलाइन पाएँ, भारत में आवारा कुत्तों की दयनीय स्थिति के बारे में बात करते हुए, कान से कान तक अजीब तरीके से मुसकराते हुए, आपको पता है क्यों? मैं कर्मीदल के काम खत्म करने की प्रतीक्षा नहीं कर सकती थी। मैं कुणाल का हाथ पकड़कर उसे अपनी स्टडी में सोफे पर ले गई, जहाँ हम ही अकेले थे। यह निष्ठा में कमी जैसा था कि संतोष जानता था और कुणाल नहीं। पहले मैंने बस उसे खूब मुसकराते हुए देखा, पूरी उम्मीद के साथ कि वह मेरी आँखों में मेरी खुशी के महत्त्व को पढ़ लेगा। पहले तो उसने मुझे आश्चर्य से देखा और फिर थोड़ा घबराते हुए, शायद उसने सोचा कि मेरे 'अवसाद' ने उन्माद का रूप ले लिया था। मुझे बोलना ही पड़ा।

'यह सकारात्मक है!' मैंने कहा।

'क्या है?' उसने चिंता जताई। मुझे लगता है, क्योंकि खून की जाँच सकारात्मक होना अकसर एक बुरी चीज है।

'तुम्हें पता है''''एच.सी.जी.''''मैं गर्भवती हूँ।' उन शब्दों को जोर से कहना बहुत अजीब था और मैंने उन्हें फिल्म के सेट पर एक अस्वाभाविक अभिनेत्री की तरह बोला। तब मैं अपने दीन शंका न जतानेवाले पति पर इस महत्त्वपूर्ण घोषणा के प्रभाव को देखने के लिए वापस बैठ गई।

मुझे नहीं पता कि मैं क्या उम्मीद कर रही थी। अनिश्चितता। डर। घबराहट। मैं मानसिक रूप से उसे समझाने के लिए तैयार थी कि यह हमारे लिए होनेवाली सबसे सुंदर चीज थी। जिस बात के लिए मैं तैयार नहीं थी, वह उसका पूर्ण और मिलावटरहित आनंद और स्वीकृति थी।

उसने मुझसे एक बार भी नहीं पूछा कि क्या मुझे यकीन है, उसने मुझे करीब खींच लिया, मुझे आलिंगन में लेकर कहा, 'मैं पूरी दुनिया में सबसे अच्छा पिता बनूँगा। मैं उसे टेढ़े-मेढ़े घुमावदार पार्कों में ले जाऊँगा, मैं उसे मार्शल आर्ट सिखाऊँगा, मैं उसके साथ उसका पहला पेय पिऊँगा। बेशक। अगर लड़की हुई, तब भी।'

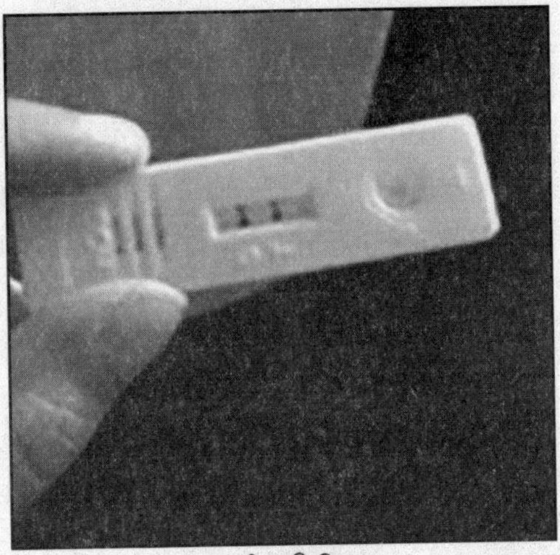
उम्मीद की किरण

हम थोड़ी देर तक चुपचाप आलिंगनबद्ध रहे—गर्भवती विराम अगर आप चाहें तो, भविष्य के बारे में सोचते हुए।

'मैंने सुबह घरेलू गर्भावस्था परीक्षण किया था', मैंने कुणाल की तरफ में फुसफुसाते हुए कहा, 'मैंने तुमको नहीं बताया, क्योंकि मैं डरी हुई थी, लेकिन मैं इसे छिपाए रखे थी।'

उसने कहा, 'मैं इसे देखना चाहता हूँ!' मैं प्रश्नगत वस्तु उसके पास ले आई, टॉयलेट पेपर की परतों के भीतर एक माणिक की तरह रखा हुआ। हमने इसे एक साथ आश्चर्य से देखा, उस छोटी से दूसरी गुलाबी रेखा के पीछे की क्षमता के परिमाण से हक्के-बक्के।

कुणाल ने अंत में कहा, 'हमें शायद इसे फेंक देना चाहिए।' और हमने ऐसा किया, लेकिन इसकी तसवीर लेने के बाद।

हम तब इस बात पर सहमत हुए कि हम अपनी-अपनी माँ को छोड़कर किसी को नहीं बताएँगे, कम-से-कम पहले कुछ हफ्तों, जो जोखिम और अनिश्चितता से भरा था, के बीत जाने तक। अम्माँ को बताने के लिए मैं इतनी उत्साहित थी कि मैं उनसे क्या कहूँगी, यह सोचे बगैर उनका नंबर डायल कर दिया। मैं कल्पना कर रही थी कि अब मैं उनकी नजर में उनकी छोटी बच्ची से एक महिला के रूप में स्नातक हो जाऊँगी, एक जैसा कद, अब एक माँ भी, लेकिन सच में मैं भयभीत एवं अनभिज्ञ थी और मैं चाहती थी कि मुझे शांत करें कि सबकुछ ठीक हो जाएगा। जब मैंने उन्हें बताया, वे मेरी भावनाओं का प्रतिबिंब थीं, मेरी खुशी, मेरी घबराहट को प्रतिबिंबित कर रही थीं। मेरी तरह वे

एक समय पर एक कदम उठाना चाहती थीं, मेरा स्वास्थ्य सबसे अधिक चिंता का विषय था। मेरी सास बहुत खुश थीं। मुझे लगता है कि दिल की गहराई से उन्होंने हमारा बच्चे होने की उम्मीद छोड़ दी थी। उन्होंने मुझे कभी भी ठेस नहीं पहुँचाई थी, एक उचित दूरी बनाकर, जिसके लिए मैं बहुत आभारी हूँ। मैंने विनीत महसूस किया कि हम उन्हें इतना खुश कर पाए। कुणाल ने मुझसे कहा था कि जब उसने उन्हें यह खबर दी थी उन्होंने जीत के एक इशारे के रूप में मुट्ठी भरी थी!

तब से, छह सप्ताह से अधिक बीत गए हैं। मेरा जीवन अब सप्ताहों में विभाजित है, दिन या महीनों में नहीं। मैं चालीस हफ्तों में से अपने ग्यारहवें में हूँ और यह तथ्य कि मेरे अंदर एक जीवन बढ़ रहा है, मेरा उभार अब शुरू होनेवाला है। इसलिए मैं इस बारे में अब लिख सकती हूँ। 7वें सप्ताह में हमने अपना पहला अल्ट्रासाउंड कराया था।

कुणाल और मैं खीझ और घबराहट महसूस कर रहे थे, अंदर क्या है, अनिश्चित थे कि हमें क्या देखने को मिलेगा, क्योंकि बाहर देखने के लिए बिल्कुल कुछ भी नहीं था।

जब मैं परीक्षण टेबल पर लेटी हुई थी, कुणाल मेरे बाएँ हाथ को कसकर पकड़कर (या मैं उसके पकड़कर?) मेरे पास खड़ा था, मॉनिटर पर एक दानेदार काली और सफेद छवि सामने आई। मुझे यह स्वीकार करना होगा कि मैं इसका कोई मतलब नहीं निकाल सकी और चिकित्सक को मेरे गर्भाशय के बीच में छोटा गोला बताना पड़ा—भ्रूण, हमारा बच्चा! और वहाँ यह था···भ्रूण के केंद्र में—एक मिनट में 135 बीट्स के माप की दिल की धड़कन। यदि कभी एक वास्तविकता की जाँच हो, तो यह वह था। सात हफ्ते की एकल अंतर्गर्भाशयी गर्भावस्था।

हमने कुछ और लोगों को बता दिया है—भाई-बहन, करीबी दोस्त, जिनके बिना यह यात्रा अधूरी सी लगती।

वास्तव में एक डरावनी चीज दूसरे दिन हुई, जिसने हमें भाई और करीना को बताने के लिए प्रेरित किया। मैं उनके एक संदेश के साथ उठी, जिसमें

लिखा था—'मुझे एक सपना आया था कि आप गर्भवती हैं, कृपया जाँचें।'

अजीब। मैंने कुणाल की पीठ थपथपाकर जगाया ताकि वह भी इसे पढ़ सके। 'शायद उनमें एक नई मातृ छठी इंद्रिय या कुछ और आ गई हो,' वह नींद में बोला।

मैंने जवाब में लिखा कि कैसे गर्भवती होने के बारे में एक सपना वास्तव में कुछ ज्यादा गहराई को दरशाता है और शायद वे अचानक मेरे साथ घनिष्ठ संबंध महसूस कर रही थीं, जिसके लिए मैं बहुत आभारी थी। कोई उत्तर नहीं आया।

केवल कुछ ही घंटों बाद, जब हम दोपहर के भोजन से घर लौट रहे थे तो हम एक पुल के नीचे ट्रैफिक लाइट पर रुके थे। करीना का एक प्रेगान्यूज घरेलू गर्भावस्था परीक्षण प्रदर्शित करते हुए बहुत विशाल विज्ञापन बोर्ड लगा हुआ था और वह कह रही थी, 'आज मुझे अच्छी खबर मिली।' यह सचमुच एक संकेत था, वस्तुतः।

और इसलिए हमने उन्हें बताया।

हमने कुणाल के पिता को बताया था। हमने अपनी बहन और कुणाल की बहन को बताया था। बेशक, हर कोई रोमांचित है—हम शादी-शुदा हैं और सोलह से अधिक हैं, पर सबसे मजेदार प्रतिक्रिया मेरे भाई की थी। वह दिखा···चिंतामुक्त।

'भगवान् का शुक्र है,' उन्होंने कहा, अपने माथे पर चपत लगाते हुए। 'अब तुम लोग तैमूर और अपने बच्चे को डिजनीलैंड ले जा सकते हो और उनके साथ फुटबॉल खेल सकते हो और सभी चीजें, जो मैं अब करने के लिए बड़ा हो चुका हूँ! और फिर वे सोते समय कहानी सुनने के लिए मेरे पास आ सकते हैं।' वे वास्तव में जिस तरह आश्वस्त थे, वह प्रीतिकर था।

जैसे-जैसे समय बीतता है, उत्साह और आनंद की भावनाएँ बेशक बढ़ती हैं, लेकिन प्रचलित भाव चिंता है। इस चमत्कार को एक सुरक्षित और स्वस्थ जन्म में ले जाने की जिम्मेदारी मेरी है; इस गर्भावस्था को बनाए रखना अब मेरे जीवन का सबसे महत्त्वपूर्ण लक्ष्य है। इस राह में कई मील के पत्थर

हैं, बच्चे की बेहतरी के एक महत्त्वपूर्ण संकेतक हैं—अनियमितता जाँच, आनुवंशिक जाँच, रक्त परीक्षणों···हर कोई मुझे सकारात्मक रहने के लिए कहता है, लेकिन उस डर को भगाना मुश्किल है कि मेरा बच्चा निष्कलंक से कम तो पैदा नहीं होगा—मुझे यकीन है कि यह सब संभावित माताओं का अनुभव है। शिकागो में मेरी दोस्त, जिनके तीन स्वस्थ बच्चे हैं, ने मुझे याद दिलाया कि तुम्हारा बच्चों के लिए चिंता करना अभिभावक बनने का हिस्सा है और यह निश्चित रूप से बच्चे के जन्म के साथ समाप्त नहीं होता है। अधिकांश बच्चे स्वस्थ पैदा होते हैं और शुरुआती आघातों और बीमारियों की एक बड़ी संख्या से बच जाते हैं। वास्तव में उसने आधा मजाक किया कि उनके अस्तित्व के लिए सबसे बड़ा खतरा बहुत ही वास्तविक अवसर है, जब वे किशोर होते हैं तो हम उन्हें खुद मार देंगे! यह डर के रूप कितना भी तर्कहीन क्यों न हो, मैं एक बड़ी राहत महसूस करूँगी, जब मुझे जाँच के परिणाम मिलते हैं और स्पष्ट होते हैं।

13 अप्रैल, 2017

अब तीन सप्ताह और चार दिन बाद—सप्ताह 14, दिन 3 और मैं आधिकारिक तौर पर अपने दूसरे तिमाही में हूँ।

जब मैंने इन पिछले कुछ पन्नों को पढ़ा है, मैं जरा सी बात के स्तर से चकित हूँ, जो मैंने आप सभी के साथ साझा करने के लिए चुना है, जिसमें अब कोई संदेह नहीं है कि आप एक गर्भावस्था चैट रूम में भटक गए हैं, ऐसा महसूस कर रहे हैं। अच्छी खबर यह है कि सभी परीक्षण स्पष्ट हैं और अंत में यह हो रहा है कि इसमें डूब रही हूँ और यह दिखना शुरू हो गया है!

मैं नेशनल स्पेलिंग बी के लिए शूटिंग कर रही थी, जिसे मैं हर साल होस्ट करती हूँ और मेरे स्टाइलिस्ट ने मेरे लिए हमेशा की तरह खूबसूरत आकृतिवाले कपड़े बनाए थे, जिसमें एक जोड़ी ऊँची कमरवाली काले रंग की पतलून और एक लाल क्रॉप टॉप था। मैं सिर्फ पैंट पहन सकी थी, और लगभग पूरा दिन

गोदभराई, स्त्रियों की ताकत

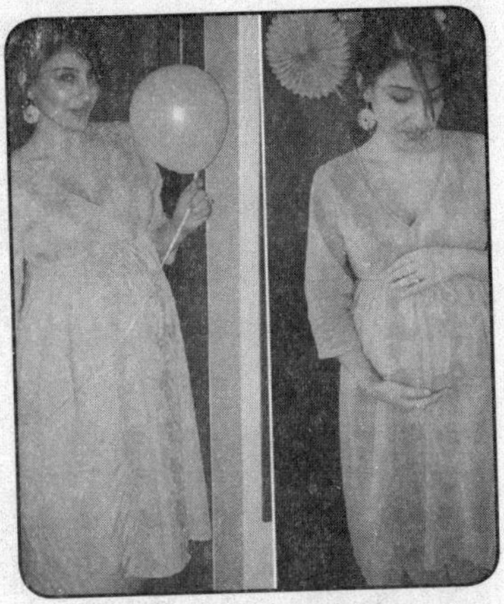

क्या यह गुब्बारा
मेरे उभरे पेट को छोटा दिखा सकता है?

जब तैमूर मस्ती से मिला

प्यार की बरसात

अपना पेट सँभालने में ही गुजार दिया! निश्चित रूप से कुछ लोचदार कमरबंदों में निवेश करने का समय है।

यह सिर्फ मेरा आकार और आकृति नहीं होगी, जो कि बदल जाएगी, उम्मीद है कि केवल अस्थायी रूप से। यह कुणाल और मेरे लिए एक नए अध्याय का प्रतीक है—स्थायी रूप से बड़े अक्षर पी के साथ हम माता-पिता

क्या आप कह रहे हैं कि आप चमक रहे हैं या आप बढ़ रहे हैं?

(पैरेंट्स) बनने जा रहे हैं। इस मामले की सच्चाई यह है कि गर्भवती होने पर मेरा ध्यान इतना केंद्रित हो चुका है—आसन्न मातृत्व की चमक का आनंद उठाना, लोगों के आशीर्वादों और शुभकामनाओं को स्वीकार करना, सृजन के चमत्कार में अपनी महत्त्वपूर्ण भूमिका के लिए मिल रहे ध्यान में डूबना, प्रसूति की अपनी नई खुमारी में अपने उभार पर इतरा रही हूँ, अपने कलात्मक रूप से मनोहर गर्भवती फोटो शूट की योजना बना रही हूँ—मैं वह सब भूल गई थी कि यह कैसे समाप्त होता है। एक बच्चे के साथ! मुझे पता है कि जीवन, जैसा कि मैं जानती हूँ, वैसा कभी नहीं होगा। लोगों ने मुझे यह बहुत बार बताया है, लेकिन मैं वास्तव में इसका मतलब क्या है, इस बारे में थोड़ा व्याकुल रहती हूँ।

'अभी जितना सो सको, उतना नींद लो' सबसे ज्यादा दी जानेवाली सलाह है और मैंने इसे दिल से लिया है। रात में कम-से-कम दस घंटे सो रही हूँ, लेकिन आप अग्रिम में इकट्ठे नींद नहीं ले सकते, आप जानते हैं। आप पूरी रात पार्टी करने या काम करने के बाद सारा दिन सोते हुए या अगली सुबह सोकर प्रतिपूर्ति कर सकते हैं, लेकिन यह उसी तरह काम नहीं करता, जब आप भविष्य की निद्रारहित रातों के लिए नींद को जमा करने की कोशिश कर

रहे हों। बिना किसी उचित आर्थिक क्षतिपूर्ति के रात में नहीं सोने या सुबह 6 बजे जागने के बारे में सोचना पूरी तरह से अनजान चीज है।

कोई भी, जो प्रसव के अनुभव से गुजरा है, वह एक संभावित माँ के साथ अपने ज्ञान को साझा करना चाहता है। चाहे वह प्रसव ही हो—'तुम्हें प्राकृतिक जन्म देने की कोशिश करनी चाहिए, क्योंकि इसमें स्वास्थ्य-लाभ बहुत तेजी से होता है। मैं उसी दिन घर आ गई थी और दो हफ्ते बाद जिम में वापस।' अगर आप जन्म के बाद एक सुखी वैवाहिक जीवन गुजारना चाहती हैं 'वैकल्पिक सी-सेक्शन का चयन करें तो प्रसव की पीड़ा आदिम और पुरानी है'। नर्सिंग—'आपको स्तनपान कराना चाहिए, क्योंकि माँ का दूध विटामिन, प्रोटीन और वसा का एक अच्छा मिश्रण है। आप अतिरिक्त कैलोरी खर्च करेंगी और अपने बच्चे के साथ बेहतर बंधन भी बनाएँगी' और 'शिशु फार्मूला में सभी पोषक तत्त्व हैं, जिसकी बच्चे को जरूरत है, आपका पति भी बच्चे को खिला सकता है और महसूस कर सकता है और यह इतना अधिक सुविधाजनक है, ताकि आप अपना खुद का जीवन व्यतीत कर सकें, जो जरूरी है। रॉकिंग—'बच्चे को खुद रोते हुए सोने दें, नहीं तो यह एक मुसकराहटवाली चीख होगी' और 'शिशुओं को गोद में रखने की जरूरत होती है और आपकी त्वचा के स्पर्श के कारण वे शांत महसूस करते हैं, इसलिए उन्हें सुलाने के लिए झुलाते हैं, जितनी बार आप कर सकते हैं।' ये अपरिहार्य हो सकता है, यह सब अच्छी तरह से, विरोधाभासी सलाह।

मुझे अब तक की सबसे अच्छी सलाह लंदन की मेरी दोस्त ने दी है, जिसकी दो खूबसूरत लड़कियाँ हैं। विनम्रता से सुनें, मुसकराएँ और हामी भरें, याद रखें, जो आपको समझ में आता है और बाकी एक मानसिक शौचालय से निकाल दें।

अगर एक चीज के साथ मैं संघर्ष करती हूँ तो वह यह सवाल है कि माँ बनने के बाद कॅरियर का क्या होगा, विशेष रूप से आपके बच्चे के प्रारंभिक वर्षों में, अच्छी बात है या बुरी। इस बारे में बहुत स्पष्ट, यद्यपि मुखर धारणा नहीं है, जहाँ दोनों पक्षों के पैरवीकारों ने समान जुनून और विश्वास के साथ

अपने कारण बताए हैं। मैं केवल अनुभव से ही बात कर सकती हूँ—मेरी माँ एक काम करनेवाली माँ थीं और मेरे पास सुबह में काम के लिए तैयार होने की उनकी सजीव स्मृति है। आउटडोर शूटिंग के लंबे दौर भी होते थे, जब वे हमसे दूर होती थीं। दूसरी ओर मेरे पिता एक संन्यास लिये हुए पेशेवर खिलाड़ी थे और इसके परिणामस्वरूप घर पर अधिक रहते थे। बड़ा होते हुए मुझे कभी नहीं एहसास हुआ कि यह असामान्य सक्रियता थी, खासकर भारत में। हमें अम्माँ की सफलता पर गर्व था और इससे प्रेरणा लेते थे। हम अपने पिता के बेहिचक समर्थन के साक्षी थे और हम इसके लिए उनका सम्मान करते हैं।

बेशक, हम उन्हें याद करते थे—स्कूल नाटक, खेल दिवस और यहाँ तक कि जन्मदिन पर भी वह कई बार उपस्थित नहीं होती थीं, हालाँकि उन्होंने मौजूद रहने के लिए अपनी पूरी कोशिश की होगी, लेकिन हम उनके साथ सेलिब्रेट करने के लिए उनके वापस लौटने की प्रतीक्षा करते थे। मेरा एक खुशहाल, स्थिर बचपन था और पुराना, जैसा कि यह लग सकता है, मेरी माँ आज भी मेरी आदर्श हैं। स्वावलंबी होने की मेरी इच्छाशक्ति उनसे आती है, जैसा कि अपने कॅरियर के प्रति मेरी कार्य नीति और प्रतिबद्धता की भावना है।

महिलाएँ, चाहे घर में रहनेवाली माताएँ या काम करनेवाली हों, अपने विकल्पों के लिए आलोचना का सामना करती हैं। या तो अपनी नौकरी छोड़कर अपने बच्चों को पालने और परिवार का प्रबंधन करने के लिए, इसे बहुत सुविधाजनक बनाने के लिए उनकी आलोचना की जाती है (जो कोई पूर्णकालिक माता-पिता होना आसान मानता है, वह स्पष्ट नहीं है कि आगे का रास्ता कौन सा है!) या कॅरियर पर ध्यान देने के लिए और इसलिए स्वयं के स्वार्थी महत्त्वाकांक्षाओं की परवाह, जो बच्चे को मिलना चाहिए, के लिए उन्हें दोषी ठहराया जाता है। एक काम करनेवाली माँ की बेटी के रूप में और अपने बच्चे के जन्म के बाद निश्चित रूप से काम करने का इरादा रखनेवाले व्यक्ति के रूप में, मुझे इस धारणा और लांछन से क्रोध आता है। मेरा मानना है कि आपको नौकरी और मातृत्व दोनों में अच्छा होना संभव है, क्योंकि मेरी अपनी माँ ने स्वयं ऐसा ही किया। उनको अपने परिवार को वित्तीय सहायता

प्रदान करने की जरूरत नहीं थी, लेकिन वे योगदान देना चाहती थीं तथा अपने जुनून को पूरा करना चाहती थीं और उन्हें किसी को अपनी वजहों को सही ठहराने की जरूरत नहीं थी।

मेरे पिता से कभी नहीं पूछा गया था कि जब वह क्रिकेट मैच की कमेंटरी कर रहे थे या तीसरे अंपायर की भूमिका निभा रहे थे, तब बच्चों की देखभाल कौन करता था, इसलिए मेरी माँ, करीना या किसी अन्य काम करनेवाली माँ से ऐसा क्यों पूछा जाए। महिला सशक्तीकरण अभी तक शायद वास्तविक रूप से नहीं हो पाया है, क्योंकि जितना अधिक हम महिलाओं का अपनी जगह बनाने के लिए समर्थन करते हैं, चाहे वह घर में या काम पर—हम उस आदर्श के उतने करीब आते हैं।

मेरी पसंद की जगह क्या होगी? मैं अभी किसी बात के लिए वचनबद्ध नहीं होना चाहती हूँ, लेकिन मुझे लगता है कि मैं फिल्मों में काम करना, विषयवस्तु का निर्माण करना, शायद एक और पुस्तक लिखना चाहती हूँ या मैं एक बिल्कुल नए क्षेत्र जैसे कि शिक्षण या धारावाहिक बनानेवाली—जब तक वह मेरे खुद का कुछ हो, जो मुझे उत्तेजित और संचालित करे। मैं वह महिला नहीं बनना चाहती, जो पचास साल की उम्र में बदल जाए और अपनी पहचान और अपने सपनों को हड़पने के लिए अपने बच्चे या पति पर क्रोधित होती है।

मुझे आशा है कि एक दिन मेरी बच्ची इस पुस्तक को पढ़ेगी। यह पुस्तक, जिसे मैंने लिखना शुरू किया, उसके पहले ही वह गर्भ में आ गई थी, लेकिन जैसे ही मुझे पता चला था कि वह मेरे अंदर बढ़ रही है, हर गुजरते दिन के साथ और बड़ी और मजबूत, यह स्पष्ट हो गया कि मैं यह उसके लिए लिख रही थी। ऐसा कहा जाता है कि पुस्तकों से प्रेम को पैदा करने के लिए आपको अपने बच्चे के लिए पढ़ना शुरू करना चाहिए, जब वह गर्भ में हो। यहाँ मैं हूँ, अपने बच्चे के लिए लिख रही हूँ।

मुझे आशा है कि इस पुस्तक के माध्यम से वह अपने परिवार और उनकी उपलब्धियों के बारे में सीखेगी और गर्व करेगी; मेरे और मेरे बचपन के बारे में और निश्चित रूप से नवाबों और बेगम के एक युग के बारे में, परंपरा

और समारोह, जो सबकुछ खत्म हो गया है, के बारे में जान पाएगी। वह यह जाने कि उसका चमत्कारी अस्तित्व जानने के बाद उसके माता-पिता कितने प्रसन्न और विनम्र थे।

सबसे ऊपर मैं आशा करती हूँ कि वह यह सीखेगी कि इससे कोई फर्क नहीं पड़ता कि वह सार्वजनिक या निजी जीवन का चयन करे; अगर वह एक अभिनेत्री, एथलीट, सक्रिय प्रतिभागी या घर पर रहनेवाली माँ बने; अगर वह प्रसिद्ध हो जाती है, मामूली या बेहिसाब रूप से, या नहीं। मायने यह रखता है कि वह वहाँ है, जहाँ वह चाहती है और वह खुश है।

मिलिए 'इनाया' से

□□□